KB099829

아버지의 인생수업

아버지의 인생수업

발행일	2022년 08월 16일

지은이	연사흠		
펴낸이	손형국		
펴낸곳	(주)북랩		
편집인	선일영	편집	정두철, 배진용, 김현아, 박준, 장하영
디자인	이현수, 김민하, 김영주, 안유경, 최성경	제작	박기성, 황동현, 구성우, 권태련
마케팅	김회란, 박진관		
출판등록	2004. 12. 1(제2012-000051호)		
주소	서울특별시 금천구 가산디지털 1로 168, 우림라이온스밸리 B동 B113~114호, C동 B101호		
홈페이지	www.book.co.kr		
전화번호	(02)2026-5777	팩스	(02)2026-5747

ISBN	979-11-6836-430-1 03810 (종이책)	979-11-6836-431-8 05810 (전자책)

잘못된 책은 구입한 곳에서 교환해드립니다.
이 책은 저작권법에 따라 보호받는 저작물이므로 무단 전재와 복제를 금합니다.

(주)북랩 성공출판의 파트너

북랩 홈페이지와 패밀리 사이트에서 다양한 출판 솔루션을 만나 보세요!

홈페이지 book.co.kr • **블로그** blog.naver.com/essaybook • **출판문의** book@book.co.kr

작가 연락처 문의 ▸ ask.book.co.kr

작가 연락처는 개인정보이므로 북랩에서 알려드릴 수 없습니다.

아버지의 인생수업

연 사 홈 수 필 집

북랩

책머리에

누구에게 의존하지 않고는 그 무엇 하나도 이루지 못하는 무능력자였던 나 자신이 한스러워, 세상 밖에 있는 모든 것들이 부럽기만 하고 말로는 표현하지 못했습니다. 언젠가는 응어리로 남아 있는 작은 한을 풀어봐야지 하는 마음을 자나 깨나 가지고 살아왔습니다.

주제도 모르고 욕심만 부린다고 주위에서 말이나 하지 않을까 하는 소심한 생각으로 몇 번씩 시작했다가 그만두기를 반복했습니다. 그러나 이제는 포기할 기회도 없다는 절박함이 나의 나약한 마음을 펜을 들게 용기를 주었습니다. 솔직하게, 담대하게 나아가자고 비록 독자의 마음을 사로잡지 못하더라도 공정하고 정의로운 진실 앞에는 마음을 당기는, 사로잡는 힘이 있음을 보여줄 수 있음을 믿으면서 말입니다.

하나님을 믿는 친구가 가벼운 농담으로 말한 것을 참으로 여러 번 써먹는 것 같습니다. 어느 날 딸이 아버지에게 "아빠, 나는 하나님 믿으면서 시험 볼 때 컨닝을 한 번도 해본 적 없다." 하더랍니

아버지의 인생수업

다. 그래서 아버지가 "왜 그런 생각을 하였지?" 하니까 딸이 "하나님이 위에서 보고 계시는 것 같아요." 하더랍니다. 이 짧은 대화가 얼마나 큰 믿음을 말해주는지 깨달은 다음에는 자주 사람들에게 얘기하곤 합니다.

사람은 누구나 살아가면서 자기의 꿈이 있는 삶을 살아갑니다. 그러나 그 꿈이 꿈으로 끝나는 한평생을 살아가는 사람이 훨씬 많습니다. 그렇다고 꿈을 이루지 못했다고 실패한 삶이라고 말할 수는 없지 않을까 생각합니다. 사람은 어떻게 살았느냐보다 무엇을 하며 살았느냐가 중요하기 때문입니다. 정직하고 정의로운 삶이 불의하고 정의롭지 못한 삶보다는 결과에 상관없이 훨씬 값지다고 생각하기 때문이지요. 이 책을 쓰면서 독자들이 옳고 그름을 판단하여 얻을 것은 얻고 버릴 것은 버리는 분별이 있으시기를 당부드립니다.

모든 것이 한없이 부족하고 미흡함을 거울삼아 더욱더 정진하는 모습으로 발전하도록 노력하겠습니다.

이 글을 쓰는 도중에 한 번도 겪어보지 못한 코로나 팬데믹을 견디어내신 독자 여러분께 세상일은 얻는 것이 있으면 잃는 것이 있다는 세상 이치를 깨달으면서 독자 여러분께 하나님의 은혜와 축복이 늘 함께하시길 빕니다.

2022. 6. 15

연사흠

작가의 자서(自敍)

좋고 나쁜 것을 선택하는 시대가 아닌 그저 주어진 것에 만족하면서 살아야 하는 시절. 필요한 것이 있으면 만족했고 없으면 그만인 시절에 충청도 시골 마을에서 태어났다.

초등학교도 옆집 자식 눈치를 보면서 나의 선택이 아닌 부모님의 선택으로 갔다.

중학교는 더더욱 힘겨운 형편에 집에서 6㎞나 떨어진 학교에 들어갔다. 게다가 지금처럼 중학교 의무교육 시대도 아니었다. 밤새도록 부모님 머리맡에서 조르고 졸라 허락을 받아냈다. 산 넘고 내 건너 하루 12㎞를 걸어서 3년을 다녔다. 어렵게 중학교를 다니는 와중에 무엇 때문인지도 모른 채 집에서 쫓겨난 적도 있었다.

고등학교는 우여곡절 끝에 청주고등학교에 합격하였다. 어느 날 국어 선생님이 "이 정도의 실력이면 어느 대학도 합격할 수 있다."라는 칭찬을 해주셨는데, 나는 그 말씀에 자만하여 학습 자세가 흐트러지기도 했다. 2학년 말 공군사관학교 필기시험에 합격하고 신체검사 준비 과정에서 시력이 갑자기 저하되는 것을 느끼고 절

아버지의 인생수업

망하였다. 오직 한 길을 걸어온 나는 상실감으로 모든 것을 포기하기에 이르렀다.

　절차탁마의 노력 끝에 서울시청에 공채 합격을 하였다. 과정에서 야간으로 을지대학을 졸업하고 야간 중학교 수학 교사도 하였다.

　이제는 인생의 황혼길에서 자식들에게 무엇을 말할 수 있을까를 생각하다가, 실패했거나 어리석었던 모습도 있었지만 삶을 솔직하게 남기고자 하는 마음에서 글을 쓰기 시작했다. 세상을 열심히 후회 없이 살아가기를 바라는 애비로서, 아니 인생의 선배로서 어떻게 살았느냐보다 무엇을 하며 살았느냐로 자문자답하며 내 자식만은 후회 없이 살아가기를 원하는 마음을 이번 책에 한 자, 한 자씩 눌러 담았다.

1장 사람으로 인정받으며 살아가는 방법

2장 공정과 상식을 모르는 사람들의 삶

3장 알아두면 좋은 상식들

4장 보통 사람들의 삶의 모습

5장 행복해지는 내려놓음

6장 갈림길에서 최선의 선택

7장 더불어 공존하는 방법

1장

사람으로 인정받으며
살아가는 방법

1.   웃으면 만사가
해결된다

한국의 1900년대 삶은 준엄한 자태로 엄숙한 표정을 하고 상대를 대함을 충정의 기준으로 삼았다. 그것이 유교를 종교로 하는 조선의 모습이었다. 밥상머리에서는 음식 씹는 소리를 내서도 안되고, 수저가 그릇에 부딪치는 소리도 안 되고, 음식을 먹으면서 말을 해서도 안 되고, 국물 마시는 소리를 내서도 안 되는 그저 조용히 밥만 먹고 자리를 뜨는 것이 예의를 지키는 일이며 그것이 가정풍습이고 전통이었다.

벼슬아치 집안이나 양반네들일수록 더욱더 엄격한 제도하에서 전통을 고수하는 사회를 원했다. 세월의 변화에 따라, 서양 문물과 남녀칠세부동석을 타파하는 남녀평등 이념 도입으로 직업 또한 남녀가 동등하게 가질 수 있는 사회로 발전됐음을 현세를 살고 있는 우리 모두는 부정하지 않을 것이다.

몇십 년 전만 해도 여자가 운전석에서 운전하는 것을 보면 신기하게 쳐다보기도 하고 경찰서나 파출소에 여자 경찰이 근무하는 것을 보면 다시 한번 확인하는 듯 쳐다보기도 하였다. 이토록 온

아버지의 인생수업

갖 사회 구석구석에 남자만 근무하던 곳에 여자도 함께 근무하는 세상이 되었다. 능력만 있으면 누구나 공채시험을 거쳐 구별 없이 근무를 한다. 하물며 군인도, 비행기 파일럿도, 배 선장도, 온갖 영업사원도 치열한 경쟁 속에서 보란듯이 근무를 하고 있다. 세상을 움직이는 여성 대통령도 각국에 얼마나 많은가. 오히려 남자들보다 능력이 우수한 여성이 얼마나 자기의 능력을 발휘하고 뛰어난 능력을 보여주고 있음을 보고 있다.

사회 곳곳에서 필요로 하는 인재들의 능력은 필요로 하는 재능을 발휘하여 상대방의 환심을 사야 하고 필요로 하는 만족함을 채워 주어야 한다. 그러려면 먼저 가까워져야 한다.

우리는 옛말에 '웃는 낯에 침 못 뱉는다.'라는 말이 있다. 처음 보는 사람에게 반가운 눈빛으로 다가가면서 웃음 띤 얼굴로 다가감은 상대방의 마음을 놓이게 하는, 다음 말을 이어갈 수 있는 기초가 되는 일이라 생각되는 기본행동이다.

아무리 돈이 많은 호사스러운 검은담비 털가죽으로 만든 목도리, 다이아몬드, 진주 등의 재물을 몸에 걸치고 있다 해도 얼굴 표정에는 심술과 고집만 가득 차 넘쳐흐르고 있다고 하면 누가 관심을 갖고 인정해 주겠는가. 아마도 몸에 걸친 옷과 패물보다 얼굴에 나타난 표정이 얼마나 중요한지를 비교 평가할 수 있지 않을까. 남자라면 누구나 알고 있는 그 사람을 그녀는 모르고 있었던 것이다. 사람의 뛰어난 성공은 그의 인품, 매력, 사교적인 능력이 가져다준 선물이며 그 자신의 매력적인 미소는 그의 인품을 형성하는

데 가장 훌륭한 요소가 되어준 것이 아닌가 싶다.

어느 날인가 우리나라 트로트 가수왕인 나훈아가 지금은 작고하신 삼성의 이건희 회장님 생신에 초대를 받고서 거절을 하였다는 말을 들었다. 개인적인 판단에 교만하다는 생각을 했다. 그러나 나훈아의 말은 내 노래를 들으려면 공연장에서 들어라 하였다 하니 그것도 이해가 갔다. 한편으로는 노래 몇 곡 부르고 3,000만 원을 받으면 되지 하겠지만 말이다. 그러나 나훈아가 콘서트공연장에서 "우리나라는 대통령이 없다."라고 한 말은 가슴을 뭉클하게 한다. 그 어떤 말보다도 더 국민들의 나라사랑을 일깨우는 한마디다. 나는 언젠가 그를 보면 웃어주고 싶다. 감사하고 고맙다고. 그 사람을 가수가 아닌 인간 나훈아로 사랑한다고. 가슴으로 그 웃음을 한 번 더 보고 싶다. 그 웃음을.

미국에 어느 중견 회사 사장님의 말로는 자기가 관찰한 바에 의하면 일에 애착과 재미를 느끼지 않는 사람은 성공하지 못한다고 한다. 한편 자신이 일하는 것이 마치 굉장한 유흥처럼 즐겨하기 때문에 성공한 사람을 알고 있다. 반면 일을 하는 것을 애착도 없이 하는 사람들은 일이 점점 무미건조해지다가 실패하는 것을 주변에서 보곤 한다.

일을 즐겨 하고 흥미를 느끼는 데는 나이도 남녀 성별도 없는 것 같다. 그분은 연세가 84세인가 85세인가 옛날 같으면 산에 누워계실 연세이다. 그런데도 대옥편(한자 사전)을 완성하였습니다. 젊은 이들도 어려운 한자 사전을 만들다니 참으로 대단하신 열정이다. 하루를 꼬박 컴퓨터에 매달리신다. 이러한 열정은 의욕만으로 되는 것은 아니다. 애정과 열정이 함께 어우러져야만 이룩할 수 있는

아버지의 인생수업

대업이라 생각됩니다.

학교에 학습 사전으로 집필을 꿈꾸셨다고 하였다. 그런데 학교 측에서 학생들이 한문 학습에 많은 어려움을 호소하는 고로 학교 측의 반대로 성공을 거두지 못하셨다 하셨습니다. 그분이 제 처의 고모부이시기 때문에 더욱더 그런 생각이 들었습니다.

나는 원래가 말이 없고 무뚝뚝하기로 집안에서도 소문이 나 있는 사람이었습니다. 그래서 붙여진 별명이 곰투가리였습니다. 그런데 밖에서는 친구들과 직장 친구들과는 말도 잘하고 웃기도 잘하였습니다. 돌이켜보면 어려서 무서운 아버지 밑에서 혼나는 것이 일이었으니 칭찬은 한 번도 들어본 적이 없이 자랐습니다. 그것이 버릇이 되어 말을 하지 않게 된 것 같습니다. 바꾸려고 해도 습관이 그렇게 변하지 않음을 느낍니다.

그러나 요즘은 교회에 나가고부터, 아니 하나님을 믿고부터 서서히 변하기 시작하였음을 느낍니다. 그저 모든 것이 감사함으로 변하고부터는 그저 작은 일이나 큰일이나 '감사합니다.'로 시작을 합니다. 그것이 편하고 내가 할 일을 하는 것 같은 느낌이 든다. 누구를 보든 말을 하든 '감사합니다.'가 인사말처럼 입에서 나옵니다. 듣는 상대편도 편한 모습인 것 같습니다.

설명 듣기가 거북한 말이라도 '감사합니다.' 한 말에 부정이 반 긍정으로 바뀔 수도 있을 것입니다. 앞으로도 무표정의 모습은 이제는 하지 않기로 합니다. 그저 고맙고 '감사합니다.'로 또는 웃는 모습으로 다가가는 긍정적인 삶이 되도록 노력하며 살겠습니다.

2. 기억나게 만드는 이름 기억하고 싶지 않은 이름

사람은 이름을 남기고 호랑이는 가죽을 남긴다는 말이 있다. 얼마나 무서운 말인지 얼마나 멋있는 말인지 곱씹어 봄 직한 말이 아닌가 합니다.

옛말에 '정승 죽은 문상객보다 강아지 죽음에 문상객이 많았다.'라는 말이 있다. 비유가 좀 지나치다 하는 생각도 들지만 얼마나 서글픈 비유인가. 만물의 영장이라 일컫는 사람을 강아지와 비유하다니. 오죽했으면 그리했을까.

우리는 자라면서 짐승만도 못한 놈이란 말을 가끔 듣고 자랐습니다. 속으로 무슨 말일까 하고 많은 생각을 해보았다. 왜 사람이 짐승만도 못하다는 소리를 들을까. 사람은 사고를 갖고 행동하며 살아가는데 아무 생각 없이 자기 욕심만을 챙기고 나와 다른 사고의 사람은 무조건 배척하는 사람은 우리는 파렴치한 사람이라 한다.

우리는 그런 사람들과 한 하늘 아래서 숨을 쉬며 얼굴을 맞대고 살아갑니다. 어쩌다가 그런 사람들을 위정자로 선택을 하였는가.

아버지의 인생수업

땅을 치고 후회해도 소용없다.

우리는 가끔은 경천동지할 기가 막힌 사연이 보도되는 것을 봅니다. 사람으로는 도저히 해서는 안 될 일인 부모를 죽인다는 파렴치범, 형제를 죽이는 짐승 같은 사람, 그것도 부족해서 자기가 낳은 자식을 학대하고 죽이는 짐승만도 못한 일들이 심심찮게 일어나는, 있어서는 안 되는 현실 속에서 살고 있다.

힘없고 능력 없다고 마음대로 학대해서도, 무시해서도 안 되는 일 아닌가. 그 힘과 능력은 그렇게 사용하라고 주어진 것이 아니다. 무시당하고 멸시당하고 몰상식하고 비상식적인 행동으로 권력을 남용하는 자들을 정신이 번쩍 들게 하라고 만들어 놓은 채찍이다.

대다수의 국민들은 콩 심은 데 콩 나고 팥 심은 데 팥 나는 지극히 상식적이고 준법정신이 강하다. 상대를 무시하고 이기기보다는 존중하고 합리적인 사고로 살아간다. 나만 잘되면 된다는 편협된 이기주의적인 생각은 일찍이 갖지 않고 살아왔습니다.

그러나 언제부턴가 국민의 가슴에 편 가르기 하는 배타적이고 이기적인 사고가 자리를 잡기 시작하였음을 봅니다. 특히 청소년들의 가슴에 2자녀를 둔 학부모들의 가슴에 더 나아가 돈이 없어서 알바로 공부하고 생계를 유지하는 그들에게 어쨌거나 지극히도 상식적이고 공정한 삶을 살아가는 젊은이와 그와 함께하는 모든 국민들은 가슴을 치고 울분을 토해내는 어처구니없는 광경을 목격하며 살아갑니다.

정부의 고위 각료라는 자가 부정으로 직위를 이용하여 허위공문서 작성은 물론이고 거짓말을 밥 먹듯이 하는 모습과 국민들을 개돼지 취급하며 가슴에 대못을 박아놓은 모습은 저것도 사람인가 하는 생각이 절로 들다 못해 짐승만도 못하다는 생각이 들곤 합니다.

일례를 들어본다. 동양대학교 총장에게 전화를 걸어서 봉사활동 확인서에 총장인을 찍어준 것이 총장 지시라고 인정해 달라고 말을 하고는 그런 전화를 부탁한 적이 없다고 한다. 총장님은 웃으신다. 사람이 아니다. 짐승만도 못하다. 그런 자가 활개 치고 한국 땅 안에서 살아가고 있습니다.

그 당사자 딸래미는 이렇게 말한 적이 있다. 누구는 팔자 좋아 좋은 가정에서 호화생활하며 좋은 부모 밑에서 힘 하나 안 들이고 공주처럼 살아간다 하니 딸래미 왈, 너희들도 돈 있는 부모 만나 살면 되지 그것도 운명이고 백이다 하였단다. 그걸 말이라 하는가.

그런 사건의 변명들을 보면서 국민들은 가슴을 치고 땅을 치며 이놈의 세상 어디로 가려 하는가. 대한민국은 망했다 볼장 다 보았다. 공산주의(사회주의)가 돼버렸다. 일부 고위층의 국가 그들만의 나라로 변모해 간다고 국민들은 땅을 치고 개탄을 하였습니다.

문 대통령은 기자회견장에서 이렇게 말한다. 이제 그만 놓아줍시다. 나는 그에게 빚을 많이 졌다. 이제 그만 놓아줍시다 하고 대통령으로서 국민 앞에서 이런 말을 말이라고 하는 것입니까. 참으로 개탄스럽고 한스러울 뿐입니다.

국민들은 개돼지만도 못하고 자기편의 사람만 국민입니까.

아버지의 인생수업

국민을 네 편, 내 편으로 양분해 놓고 과거사에 업적은 과로 몰아가는 목장의 양 떼 몰이식의 정치사고야말로 왕권정치의 파렴치한 몰상식이 아닌가 합니다.

요즘 같은 숨막히는 세상에서는 가끔 옛날 생각이 나곤 합니다. 요즈음은 머리에서부터 아파오는 가슴 저린 아픔이지만 옛날에는 육체적인 가슴 저림이었다. 그래도 그 아픔이 왠지 그리워집니다. 옛날에는 그 아픔과 저림은 순진하고 단순한 아픔이었습니다. 그 순간만 지나면 후련하고 아픔은 속 시원함으로 다가온다.

하고 싶은 말은 시골 차장의 오라이! 하며 외치는 배치기의 차장 외침이다. 청주에서 기차 통학을 하던 시절의 버스 승차는 참으로 아수라장이었다. 버스가 기다리는 손님들은 꽉 들어찬 정류장에 서면 사람들이 앞뒤 볼 거 없이 발 디딜 틈도 없는 버스에 발부터 올려놓고 밀어붙이기 시작한다. 밀다 보면 조금씩 안으로 들어간다. 버스 차장은 밖에서 버스를 탁탁 치면서 "오라-이" 한다. 그러면서 배치기로 밀어 넣으며 문을 우겨 짜면서 닫는다.

1차 승차가 끝나면 버스는 서서히 출발한다. 그다음은 운전수 몫이다. 조금 달리다가 차 안에 공간을 없애기 위하여 승객을 한곳으로 몰아넣는다. 급브레이크를 잡는다. 그러면 승객들은 공간이 있는 곳으로 몰린다. 넋 놓고 안심하던 승객들은 아우성이다. 운전 똑바로 해 하기도, 옆구리 아픈 사람을 앉은 사람의 무릎에 앉히는 진풍경에 별의별 웃지 못할 사건들이 발생한다.

이것이 우리나라의 순박하고 열심히 살아가는 모습이었습니다.

그 순간에는 힘들고 희망이 없고 미래가 불확실한 것 같은 시대였을 수도 있지만 그래도 사람 사는 모습 인정 있는 모습이었음이 기억됩니다. 정이 있고 원칙이 있고 상식 속에서 행동하였다. 복잡해진 세상이라고 원칙이 변해서는 아니 될 말이라 생각합니다.

우리는 기본이 서 있는 중심이 서 있는 가정에서 직장에서 조직에서 살아왔다. 그러나 어느 날 갑자기 원칙도 중심도 자기들만의 것인 내로남불의 조직을 만들어서 그 범주 속으로 가두어놓는 담을 쌓아가고 있습니다. 이처럼 기억조차도 하기 싫은 엄청난 과오 속에서도 내가 하면 모두가 옳고 반대하면 그르다는 그들만의 원칙을 가두리장으로 치부하는 것이야말로 참으로 어리석은 자들의 행위라 할 것입니다.

정신 차리고 개과천선하여 늦기 전에 용서를 받기 원합니다.

아버지의 인생수업

3. 아버지의 사랑

나는 음력 팔월 스무여드렛날 저녁하고 여덟 시경 태어났다. 그 해가 천구백사십칠 년 정해년 돼지띠의 해였다. 내 위로 형님 세 분 누님 세 분이 계셨고 밑으로 여동생 한 명 남동생 막내 한 명 총 아홉 명이 태어났다. 그중에 내 위 형님 한 분이 돌아가셨다.

내가 어릴 때만 해도 한집에 자녀들이 적게는 4~5명 많게는 7~8, 9명이 태어나는 시절이었다. 그 시절은 농사를 지어 생계를 꾸려가는 자급자족하는 시절로 자식 한 사람 한 사람이 일꾼이며 일손이고 재산이었다. 그래서 각 가정마다 자식 낳기를 경쟁하듯 이 낳곤 하였다.

먹고살기 힘든데 또 태어났어 하면 어른들은 이러신다. "자기 먹을 것은 지가 가지고 태어난다."라고 말씀하신다. 아마 그 말이 일꾼이 모자라서 아쉬워하던 시절 손 하나라도 도움이 필요했기 때문에 그런 말을 하지 않았었을까 생각합니다.

보통 여자들은 밭일을 하였고, 남자들은 논일을 주로 하였다. 그 때만 해도 논일은 벼농사가 주로 이루어졌고, 쌀을 수확하여 돈이 필요하면 5일장에 내다 팔아 필요할 때 돈으로 환전하여 가정을 꾸려갔었기 때문에 밭농사보다 힘도 더 들었지만 비중을 더 두고 일을 하였던 것이다. 밭일은 논일보다 힘이 덜 들고 손쉬운 일(풀 뽑기, 고구마, 감자 심기 등)을 하였다.

농사일이란 것이 한 가지 일이 끝나면 다음 일까지 텀이 있어서 쉬는 기간이 있는 것이 아니라 쉴 틈 없이 계속 이어지는 것이 농사일이다. 한 가지 일이 진행되는 과정에서도 다음 일이 기다리고 있다.

그러다 보니 부모 입장에서는 당장에 식구들의 호구지책이 문제이고 자식들은 매일같이 요구사항만 늘어놓으니 참으로 한숨만 나오고 진퇴양난이었을 것이다. 그러니 사랑이 밥 먹여주나란 말이 왜 안 나오겠냐 말이다. 그렇다고 온 세상 사람이 다 그런 것은 아니었습니다.

한마을에 두세 집은 일꾼을 두고 농사를 짓는 집이 있었다. 대부분의 가정은 자기 소유의 농토를 가지고 겨우 생계를 유지하는 정도로 살고 있었고 일부 소수의 사람은 자기 소유의 농토가 없어서 남의 농지를 소작하고 소득의 일부를 임대료로 토지주에게 바치는 힘든 생활을 하였습니다. 아무것도 모르는 어린아이 시절 지금 생각하면 그분 어디에서 살고 계실까. 아마도 돌아가시지나 않으셨는지 궁금한 한 분이 계셨습니다.

내가 자랄 때는 구정 음력 설날에는 온 가족이 다 모이는 것은 물론이고 온 동네가 떠들썩하였습니다. 객지에서 나가 살던 자식은 물론이고 온 식구가 다 집으로 돌아와서 차례를 지낸다. 지금

아버지의 인생수업

은 그 살던 방을 보면 왜 그리 방이 작은지 그런데 그때는 그 방이 그 마루가 어찌나 커 보였던지 그 방, 그 마루에 꽉 들어차서 설 곳이 없어 마당에 멍석을 깔고 거기서 절을 하였습니다.

차례가 다 지나면 차례상에 놓여있던 과자를 먹으려고 이 눈치 저 눈치 보아가며 얼른 재빠르게 움켜서 호주머니에 넣고 국과 밥을 게 눈 감추듯 먹어 치운다. 그때까지만 해도 마음은 콩밭에 가 있다. 마을 외딴집같이 떨어져 사시는 어르신 집에 가서 세배를 넙쭉 하고 세뱃돈을 기다리는 생각으로 온갖 정신은 그 집에 가 있다.

그때 우리는 차례를 지내고는 또래끼리(동갑내기) 모여서 마을(30여 채)을 다 돌며 새해 세배를 드리는 것이 풍습이었다. 대부분의 집에서는 세배를 하면 과자나 대추 등 과일을 내어준다. 집에서 어지간히 배가 찬지라 거의 먹지 못하고 일어선다. 집을 나오자마자 다음 집으로 우르르 몰려간다.

이제 생각나는 일이지만 아이들이 찾아오는 것이 부담되어 집을 비우는 어른들도 있었다. 그도 그럴 것이 다른 집에 가면 사람이 없던 그 집의 주인아주머니, 아저씨가 거기에 계시지 않은가. 그래서 거기서 세배를 드리고 나왔던 기억이 난다. 얼마나 마음이 힘드셨을까.

마지막으로는 혼자 사시는 분 외딴집으로 간다. 우르르 몰려가는 소리에 아저씨, 아주머니는 단정히 차려입은 한복을 여미시며 어서들 오너라 하신다. 새해 복 많이 받으세요 하며 넙쭉 절을 하고 일어나면 아저씨가 우리는 줄 건 없고 하시면서 지폐 한 닢씩 주신다. 그 돈이 화폐개혁 전이리라. 아마도 지금으로 치면 천 원 정도는 되지 않았나 싶다. 그러나 그 시절에는 돈을 보기도 귀하고 돈의 가치도 있었던 때였다.

어르신은 미안해하시는 모습으로, 사랑하시는 모습으로 우리를 배웅하신다. 이제 올 한해의 구정 일은 마무리되었다 하는 안도감으로 집에 돌아오면 오후 시간이다. 그동안 나는 집안에서 혼자 있는 시간을 제외하면 힘든 시간이었다. 그래서 집에서는 말을 잘하지 않았다. 할 말이 없었다. 형님이나 누님들은 나를 나무라는 말만 하니 말을 하고 싶지 않았습니다.

그러나 지금 생각하면 너무 옹졸하고 이기적이지 않았나 생각한다. 그래도 싸워도 말을 했어야 하지 않았나 생각한다. 누나들이나 형님들이 나를 사랑해주셨으면 사랑을 배웠을 텐데 하는 아쉬움이 있다. 사랑은 받아본 사람이 사랑할 줄 안다고 한 말이 나를 생각하게 만든다.

사랑과 다툼은 다르다 하는 것이다. 다툼도 사랑이다. 사랑이 없으면 다툼도 없다. 피하는 것은 사랑도 미움도 아니다. 그래서 요즘은 다툴 일이 있으면 피하기보다 부딪히기를 원하는 경우가 종종 있습니다.

대화의 기법을 염두에 두고 대화를 시작한다. 그러면 사랑이 생김을 느낀다. 이것이 대화의 유익함이고 사랑이다. 옛날의 부모님들은 체면을 중하게 여기는 효행, 대접받기를 원하는 시절의 분들이다. 더불어 본인들에게 일어나는 일들을 표현하거나 상대를 무시하는 일을 참고 견디는 습성이 몸에 밴 생활을 하는 분들이다. 내 자식이 밖에서 좋은 일, 공부를 잘하는 경우가 생겨도 자식 앞에서는 내색을 거의 안 하셨다. 사랑한다란 말을 한 마디도 하지 않으신다. 잘했어도 그것은 당연한 것이고 조금 떨어지면 꾸지람을 엄청 하신다. 왜 무엇 때문에 저 너머 저 옛날 것들을 다 헤집어 놓으실까.

어느 날은 전교 2등을 한 경우가 있었다. 아버지는 아무 말도 안 하였다. 그런데 동네 사랑방에 가서서 우리 아들이 전교 2등을 하였대 하시는 말씀을 우연찮게 지나가다가 들었다. 이것이 부모의 마음이구나. 속으로 사랑하라는 말이 바로 이것이구나. 겉으로 지게작대기로 죽일 듯이 나무라시면서도 속마음은 사랑이고 자부심이고 자랑거리임을 나는 알게 되었다. 부모가 자식을 집에서 내쫓는다 해도 그것은 사랑이 부족해서가 아니라 자식이 잘되라고 깨달으라고 시험을 주시는 것이리라 생각합니다.

나는 지금도 부모님을 사랑하지 못하였던 것을 후회합니다. 좀 더 참고 좀 더 깨닫지 못한 자신을 후회합니다. 하나님 말씀에 부모는 사람같이 대하지 말고 하늘길이 대하란 말씀을 일찍 깨달았으면 하는 후회를 합니다.

4. ○○답게
살아라

사람이 세상을 살면서 구실을 못하고 사는 사람을 향하여 우리
는 말한다. 제발 ○○답게 살아라고 말을 한다. 어떻게 그렇게 사
냐 어떻게 거기까지 올라갔는가라는 말을 듣는다.

애미라면 애비라면 그렇게 해서는 안 되지, 제발하고 ○○답게
살아라고 말한다. 벼룩이도 낯짝이 있지 그런데 우리 대한민국 국
민은 그러한 애비를 두고 그 아래서 살아간다.

부모가 자식을 죽이는 애비가 있는가. 하늘을 두고 맹세하거늘
천벌을 받을 자가 아닌가. 내가 서 있는 자리가 누가 마련해준 것
인가. 당신의 자식들이 나라를 위하고 국민을 위하여 사용하여 달
라고 마련한 자리가 아닌가.

그런데 그 자리 그 권세를 어떻게 사용하고 있는가. 그 총부리를
당신을 만들어준 국민을 향하여 방아쇠를 당기고 있지 않은가 말
이다. 이제 실탄도 다 떨어져가고 우군도 아군도 등을 점점 돌리는
시기가 되어가는 시기가 되지 않았는가 말이다.

옛말에 자업자득이란 말이 있지 않은가. 자기가 뿌린 씨앗은 자

기가 거둔다는 말 그것도 미룰 것인가. 그런 면에서 보면 세상은 불공정한 것이 아니라 참으로 공평하단 말이지. 울지 않는다고 속이 없고 말하지 않는다고 모두가 다 마음에 들고 바라보지 않는다고 당신이 이쁜 줄 아는가. 아니지 그 반대지. 바라볼 필요가 없고 말할 필요가 없고 이제는 울을 필요도 눈물도 더는 나오지 않는 아픈 가슴을 아는가.

천안함 폭침이 누구의 소행인지를 묻는 할머니의 절규 섞인 물음에 무엇을 생각하고 주저하여 할머니의 얼굴만 바라보는 그대여 오천만 국민이 무서웠는가. 국민의 시선에 물끄러미 말없이 바라보던 그 모습이 참으로 가관이더라. 호국영령의 영혼들이 무덤에서 나와 당신의 목줄을 짓누르고 애절한 유가족의 절절한 한 맺힌 절규의 원성이 애간장을 녹일 때 어찌 감히 그 총부리를 당신을 지지하는 자들에게 돌리는가.

그런가 하면 묵묵히 국가와 민족을 위하여 한 몸을 바치고 6·25전쟁 영웅으로 남으신 백선엽 장군 같은 의로운 분도 계신다. 서로가 상반되는 모습이 선명하다. 한 사람은 남의 밥상에 젓가락만 들고 앉으려는 파렴치한인가 싶은 사람. 그것이 습관이 되어 남의 일도 가로채고 나의 공으로 할 수 있으면 장소 불문 나타나서 숟가락을 걸친다. 뻔뻔하기가 둘째가라면 서러워할 사람이다.

이와 반대로 한반도가 공산화됨을 막아낸 핵심인물은 그의 공을 조용히 묻어두고 위정자들이 외면함을 뒤로하고 쓸쓸히 외로운 길을 가셨다. 피 터지는 역사의 한가운데에서 국가와 민족을 위하여 내 한 목숨을 초개와 말이 희생하는 의인이 있는가 하면, 그들의 공은 나의 공이요 그들의 과는 나의 공으로 상반된 이념의 식으로 살아가는 기생충 같은 사람들과 우리는 한 나라에서 살고 있습니다.

언제까지 색깔이 다른 자들과 살아가야 하는가. 우리는 기억할 것이다. 베트남이 망한 연유가 무엇인가. 공산주의가 되기 전 한 식구 중에도 공산주의(사회주의)와 민주주의로 구분이 되어 집 밖을 나가면 서로 적이 되는 생활을 하였던 것을, 그래서 미국이 손을 털고 철수를 한 것이다.

우리가 가는 길이 위정자들이 유도하는 길이 바로 그런 길임을 우리는 알고 있다. 조국이 청문회에서 밝히듯이 "나는 사회주의자다."라고 공개 선언하지 않았던가 바로 알고 바로 지지해야 한다. 한번 선택이 평생을 좌우할 수 있음을 잊지 말아야 할 것임을 길이 길이 생각하고 또 생각해야 우리길을 뒤에 오는 후대에 자손들이 인정하지 않을까 생각합니다.

세상에 친구라고 부르는 사람은 참으로 많다. 그러나 친구다운 친구는 참으로 찾아보기 힘들다. 신의로 맺어진 친구, 목숨과 바꿀 수 있는 친구가 평생에 한 사람만 이라도 있다면 그는 올바른 삶을 살았다고 합니다.

평소에 서로 좋고 할 적에 친구는 누구나 다 친구라 하고 지낸다. 어쩌다 손해를 본다고 한다든가 내가 진다고 생각하면 친구라는 마음은 사라지고 서로 다투고 상식적으로 이론적으로 해가면

아버지의 인생수업

서 내가 옳으니 네가 옳으니 하면서 다투기 시작한다. 옛날에는 그 당시에는 하면서 고려시대 조선시대 이야기까지 나온다.

그러나 가끔은 좋은 친구를 만나는 경우도 있다. 옛날 그 옛날에 걸어서 학교다닐 때 6㎞를 왕복하여 산길을 걸어 다닐 때 수해라는 마을을 지나서 가야만 했다. 그 마을에는 또래 친구들이 6~7명이나 되었다. 그런데 그 친구들 중에 2~3명이 매일같이 다투고 싸우는 것이 다반사였다.

그 친구들은 그래도 또래 중에서는 꽤 똑똑한 축에 들었었다. 공부도 좀 잘하고 말도 잘하고 힘깨나 쓰고 했다. 학교를 졸업하고 사회에서도 만나기만 하면 다투고 시끄럽게 하였다. 오죽하면 옆에 친구들이 너희 놈들은 만나기만 하면 싸우느냐고 핀잔을 주곤 하였다. 그나마라도 살림살이가 좀 넉넉하면 좋으련만 겨우 생활할 정도로 연명하는 것이 전부였다. 성질이냐고 까탈스럽고 밤가시같이 쿡쿡 찌르는 듯하고 부드러운 맛은 찾아볼 수가 없었다. 그래도 친구라고 하니까 만나고 이해하고 지냈다.

얼마 전에 그 마을에 사는 친구가 있었는데 가정형편이 여의치 않아 진학하지 못하고 사회생활을 갖은 고생을 하던 친구를 우연히 만나서 인사를 하고 이제껏 힘들게 살아온 옛날이야기를 하다가 꽤 깊은 속마음까지 터놓고 말을 하게 되었습니다.

나는 그 친구의 부러움을 사는 형편이었으므로 말을 하는 입장이 아니라 듣는 입장이었다. 참으로 훌륭한 삶을 살아온 친구였다. 많고 많은 말 중에 동생처럼 생각하던 직장동료가 어느날 갑자기 초대를 해서 가보았더니 나의 상관이 되어 있음을 보고 깜짝 놀라기도 하고 자신을 뒤돌아보고 내가 걸어온 길이 내가 사람들을 대하였던 방법이 무엇이 잘못되었는가를 심각하게 뒤돌아보는 계기가 되었다는 생각과 함께 사람은 독불장군 없고 겸손함으로 대하고 노력해야 한다는 것을 깨달았다고 말을 하였다.

그 후로 그 친구는 더욱더 겸손하고 노력하여 상사들에게 인정받는 사람은 물론 동료들에게 칭송 듣는 친구로 배움의 길고 짧음을 극복하는 한편, 고향 친구는 물론 친인척의 망나니 소리가 잦아들고 점잖은 어른으로 존경을 받는 친구로 성장하였음을 보고 삶의 가치는 보이는 것만이 아니라 더 중요하고 훌륭한 것은 보이지 않는 데서 우러나는 기품 있는 인격이 아닌가 깨달았습니다.

게다가 배운 기술은 원자력발전소의 기계를 설비하는 기술이라니 배움을 가진 가방끈의 길고 짧음이 무슨 소용 있는가. 그 친구가 걸어온 길이 얼마나 험난하고 배우지 못한 맺힌 설움 또한 얼마나 컸겠는가. 새삼 내 자신이 부끄러워짐은 어찌 아니크겠는가.

새삼 말씀이 생각난다. "너는 네 하는 일에 최선을 다하였는가?"라고 물으신다면 할 말 없음을 이실직고 고하겠다. 또한 교만하지 않고 겸손하기를 배우겠다.

과거를 영양분으로 미래로 가는 자가 능력자다. 세상 사람들은 말한다. 과거에 매여서는 한 발짝도 나가지 못한다는 말을 많이 한다. 그러나 그 말은 반은 맞고 반은 풀리는 말이라 하고 싶다.

과거에 매여지는 말이란 과거에 잘못하였던 것을 말하는 것이고

아버지의 인생수업

과거를 양분 삼아서라는 말은 잘했건 잘못했건 경험 삼아 발판삼아 토대로 하여 더 나은 일을 추진하여야 함이 과거가 양분이 되는 것이 아닌가 생각합니다.

과거에 매인다고 함은 원칙과 상식을 사고하지 않고 교만한 마음에서 일어나는 사고라 생각한다. 역지사지하고 발전하는 사고를 생각한다면 모든 과거든 현재든 다 양분이 있다. 그것을 활용할 줄 안다면 모든 일은 양분화될 수 있음을 상식 있는 사람들은 알아야 한다고 생각합니다.

나는 요즘 세상이 급속도로 변하고 있음을 들어서 알고 보아서 일부분은 알고 있다고 생각하고 살고 있다고 믿었습니다. 그런데 얼마 전 춘천에 사는 동문수학한 친구를 만나서 말을 하다가 요즘 젊은 사람들 (20~30대)의 말이 나왔다. 그런데 놀란 것이 우리가 살아온 과거에 즉 상식이 현재의 상식과 다르다는 것이다.

무슨 소리냐고 물었다. 친구 왈, 젊은이들만이 통하는 상식이 따로 있단다. 그 친구도 교수이고 경찰청 간부이니 원칙이 상식으로 알고 자라온 현 사회에 근간이 되는 친구들이 아닌가. 이해가 어렵고 젊은이들만의 상식이 있고 성인들만의 상식이 있는 사회 기준이 다름을 우리는 어디에다 초점을 맞추고 살아야 하는가 잠시 어안이 벙벙해졌다.

요즘의 젊은이들은 빠르고 일 처리 이해속도가 신속하다. 예전처럼 꾸물거리지 않는다. 부모님들과 의논하는 법도 별로 없다. 모든 어려운 일들을 미디어 매체를 통하여 결과를 얻고 답을 얻는

다. 자연적으로 구시대 사람들 시니어들은 소외되는 느낌을 받는다. 배움이 짧은 어른들은 말을 알아듣지도 못하고 가까이 접근하기를 자연스럽게 멀리한다. 그런 행동이 습관화되어 세대 간에 벽이 생겨 버렸습니다.

이 얼마나 서글픈 일인가. 소통하라 사랑하라 다가가라 그리하면 해결되리라. 모든 막혔던 어려움의 과거에서 벗어나라. 나도 늙어간다. 나도 같은 길을 갈 것이다. 나의 지금 가는 길이 나의 뒤에 오는 후손들이 보고 있다. 늙었다고 포기하지 마시길. 뇌도 근육처럼 관리하면 늙지 않는다는 의사 겸 기자의 말 살려서(조선일보. 21 .6. 26) 어르신들이 참고하여 실행하였으면 해서 싣는다. 많은 활용 있길 바란다.

미국 신경외과 산제이 굽타는 샤프에서 많은 사람들이 뇌를 만지거나 개선할 수 없는 일종의 블랙박스라고 믿지만 뇌는 나이나 경제적 능력에 상관없이 평생 꾸준히 지속적으로 향상시킬 수 있다고 주장하고 있다 "뇌 구조를 마치 근육 단련하듯 강화시키고 세밀하게 조정할 수 있다."라고 말하기도 한다. 생활습관과 사고방식을 통해 '늙지 않는 뇌로' 거듭날 수도 '빨리 늙는 뇌로' 주저앉을 수도 있다고 합니다.

건강은 꼭대기(TOP) 즉 머리에서 시작하는 것이다. 그는 "뇌는 삶 전체에 있어 존재하고 성장하고 학습하고 변화한다."라고 말한다. 저자는 "많은 사람들이 '기억'과 '암기'를 동일시하는 착각을 범하지만 기억은 새로운 정보를 취합하고 해석하면서 끊임없어 변화

아버지의 인생수업

하는 것"이라 말한다. 새로운 언어를 배우거나 단어를 암기하는 능력은 어렸을 때 더 좋을 수 있을지언정 어휘력은 성인일 때 더 좋을 수 있다는 것 70대 초반에 어휘 능력이 최고조에 달한다고도 한다.

이들이 반드시 유전자의 기질을 받는 것은 아니며 생활방식이 뇌의 운명에 지대한 영향을 미칠 수 있음도 알아냈다고 실려있다. "잘 움직이고, 잘 배우고, 잘 먹고, 잘 자고, 잘 소통하라." 등 다섯 가지 원칙을 저자는 뇌 건강의 기준으로 말한다. 그는 하루 1시간 운동으로 뇌가 더 총명해질 수 있다면서 운동은 이를 닦듯이 매일 해야 한다고 말한다.

노인은 새로운 것을 배울 수 없다는 믿음도 진실이 아니다. 외국어, 요가, 미술, 악기 등 새로운 것들을 새로 배우는 것이 뇌 건강에 도움이 된다. 뇌에 생각을 유지하고 전략을 세우고 학습하고 문제를 해결하도록 지속적으로 뇌의 손상을 상쇄할수록 인지력을 향상시킴으로 뇌의 건강을 유지토록 해야 한다고 말한다.

뇌에는 연어, 고등어, 정어리 등 오메가3 지방산이 풍부한 생선을 많이 먹으라 조언한다.

여러 이야기를 통하여 결과적으로 강조하는 것은 희망과 낙관주의다. 여러 해 동안 치매 환자 치료의 언론보도를 통해 보도하면서 희망을 버리지 않는 사람들이 더 잘살고 더 오래 산다는 것을 발견했다.

하지만 맹신의 늪에 빠지지 않도록 경계를 해야겠지만 필요한 것만을 취한다면 본인에게 유익한 자료가 될 줄 믿는다.

산제이 굽타가 추천하는 뇌 건강법
1. 운동은 이를 닦듯 매일 한다.
2. 외국어, 요리, 악기 등 새로운 걸 배운다
3. 생선이나 녹색 잎채소 등 건강한 음식을 먹는다.
4. 하루 7~8시간 충분한 수면을 취한다.
5. 친구 이웃과 활발히 교류하며 긍정적으로 사고한다.

나는 지금 가끔 생각하는 것이 있다. 나는 지금 어디쯤에 있는가. 내가 어릴 때 우리나라 대한민국 국민의 평균수명은 50대 정도로 기억된다. 지금 생각해보면 그때의 50대는 중늙은이 정도로 시골 한 마을에서 한 가정에 한두 사람이 사셨던 것 같다.

하는 일은 없고 농번기에는 들에 나가 풀이나 뽑고 소 꼴이나 베어다 주고 뒷방으로 물러나 힘든 일은 자식들에게 맡기고 뒷짐 지고 논밭에 나가 감독이나 하고 긴 담뱃대 물고 헛기침으로 존재를 알리는 노인이었다.

지금 같으면 젊디젊은 청년 중의 청년 아닌가. 그것도 중추적인 일을 하는 핵심요직 인물로 일을 가장 많이 하는 간부 아니면 CEO로 많은 활동을 할 시기의 사람이다. 격세지감을 느끼게 한다.

얼마 안 되는 마을에 떠나온 지도 십수 년이 지나 인척이래야 작은형님이 한 분 계셔서 일 년에 한두 번 둘러보러 가보면 집은 폐가처럼 허물어지고 보살피지 않은 구옥들은 온 동네를 온통 쓸쓸하게 만들어 놓았음을 본다. 함께 자라고 뛰놀던 동무들은 다 객지로 나가고 어디서 사는지 연락도 모르니 더욱 가슴 한구석에 찬바람이 횡하니 돈다.

어쩌다 골목길을 지나다 반쯤 구부러지고 머리는 백발로 가득하고 장바구니는 흰 살이 다 보이는 할머니를 보면 참으로 세월의 무상함을 더 실감케 한다. 그 옛날에는 그렇게도 잽싸고 날래던 모습이 이제는 온데간데없고 지금 누워도 하나도 어색하지 않는 모습을 보면서 한편으로는 내 모습을 반대로 비춰보는 듯한 생각을 해본다. 말은 안 해도 참으로 오랜 세월 속에 많이 늙었구려 하는 것 같은 그 모습이 눈으로 보인다. 세월의 고단함을 어찌 말로 다 하랴. 말로 꼭 해야만 알 것인가. 똥인지 된장인지 찍어 먹어야만 아는가. 유행가 가사처럼 세상살이가 고추보다 맵다 하지 않았던가. 온갖 세상 풍파 고초를 작은 몸뚱아리 하나로 부딪치고 견디드라. 얼마나 힘이 들었겠는가 말 안해도 나는 안다.

그 아픔을 에미 노릇, 애비 노릇을 묵묵히 수행하였음을 알아주기를 바라는 부모는 없을 것이다. 그것은 그저 부모니까 내가 아니하면 누가 하랴. 당연함만으로 만족을 느끼는 부모가 대부분이리라.

덤으로 그리 고맙다는 스쳐 지나가는 말 한마디가 고마워서 주먹으로 눈물 훔치기 일쑤고 뒷마당에서 앞치마에 눈물 적시는 순진함. 산비탈에 소리 없이 졸졸 흐르는 맑고 깨끗한 산골짜기 흐르는 더 맑고 청순할 수 없는 그저 알아주는 이 없어도 흐르기만

하는 산골짝 한 줄기 개울물처럼 단아하고 청순하고 티 없는 우리 부모님의 마음이 강으로 바다로 흘러 흘러 망망대해를 만드는 거대한 힘의 원천이어라.

젊음이여 영원하라. 잊지 마라. 힘의 근원을 그리고 존경하라. 처음과 끝은 하나니라. 오직 과정이 있을 뿐이다. 사랑한다. 그리고 영원히.

5.　심은 대로
　　거두리라

　보복에 대한 국민들의 선입감은 일반적으로 거부한다. 국민들은 보복이라는 말을 세월과 함께 먹고 살아왔다. 정권이 바뀌면서 초반을 지나 중반을 접어들면서 어김없이 나오는 말은 보복이다.

　집권 초기에는 내가 집권하면 정치보복은 없다. 국민 화합 차원에서 야당 사람들도 뜻을 같이 한다면 고루 등용하겠다 하면서 상대방을 아니 국민들을 회유 호도하여 내 편으로 만드는데 감언이설을 늘어놓는다. 나는 정치보복을 절대로 하지 않을 것이다. 호언장담을 하였다.

　그러나 어찌했는가. 국민의 뜻에 따라 어찌할 수 없었다고 한다. 절대 하지 않겠다던 정치보복을 국민 뜻으로 돌린다. 얼마나 졸열하고 치졸하고 비겁한 생각인가. 그런 그가 적폐청산 말이 나오자. 발끈하고 화를 낸다. 없는 죄도 만들어 묻겠다는 것이냐고.

　도대체 자기가 한 일을 모르고 있는 것인가 알고도 모른 체하는 것인가 재임 기간 중에 잘못한 것이 차고 넘치는 것을 국민이 다 알고 있음을 나만 모르고 있는 것인가 말입니다.

온 나라 국민들의 가슴에 못을 박는 말 기자회 전장에서 말이다. "이제 조국을 놓아줍시다. 나는 그에게 빚을지고 있는 것이 많다. 나는 임기 끝나면 자연인으로 돌아가 쉬고 싶다." 하면서 국민들을 우롱하는 말을 하였던 광경을 우리는 두눈 똑똑히 뜨고 지켜보았다. 일국의 대통령이라는 자가 중범죄인을 앞에두고 이제그만 놓아주자라는 말을 할 수 있을까. 법과 원칙에 따라 처리하라는 말을 해야 할 일국의 수장이 법과 원칙을 흐트러뜨리는 말을 한다.

2017년 1월에 출간한 『대한민국이 묻는다』에서 문재인은 '박근혜 대통령은 책임을 저야죠. 공범 관계에 있는 김기훈, 우병우도 당연히 형사책임을 물어야 합니다. 좀 더 나아가 이명박 정권때 4대강 사업을 밀어붙이고 부화뇌동했던 공직자들이나 전문가들도 법적 책임을 지는 역사적 심판을 받든 해야죠.'라고 속내를 털어놓았다.

만약 윤석열이 대통령이 된다면 단언컨대 문재인 정권 청산은 피할 수 없을 것입니다. 돌이켜보면 정통성에 자신있는 문정권은 청산에 집착하며 정치를 해왔다. 과거 김영삼 대통령은 군부청산 김대중 대통령은 보수청산 노무현 대통령은 기득권 청산 이명박 대통령은 좌파청산 박근혜 대통령은 종부 청산 문재인 대통령은 적폐청산 등으로 각정권마다 과거청산을 하는것이 대한민국의 전통 한국정치의 DNA가 되었다.

이러한 자기만의 정치 정체성은 과거 정부의 과오와 문제점을 파헤치는 것을 목적으로 하여야 하므로 반복적인 반감을 면할 길이

아버지의 인생수업

없을 것이다. 다만 원칙적이고 상식에서 벗어난 법적용이 자칫 정체성의 상반됨으로 비추일 수 있음을 유의해 구별해야 할 것이다.

문민정부의 탄핵 정부가 문제점 해결과 더욱 민주화 발전에 박차를 가할 수 있는 기회 속에서 조금도 발전되지 못하고 오히려 민주주의 후퇴를 맛보는 결과만 낳은 것은 개탄스러운 일이다.

2017년 문민정부 출범 시에는 국민의 80% 이상이 문민정부를 찬성하기도 하였다. 그 당시에 현 정부의 부족한 면을 개헌할 수도 있었던 시기였다. 사전에 그러한 작업 하나 하지 못하고 개헌 시늉만 내다가 허무하게 세월만 보내고 말았다. 정치는 오묘하고 복잡하지만 한편으로는 단순하다고도 한다.

지지기반을 넓히면 살고 좁히면 죽는다. 지난 30년간 연합한 정치세력은 승리했고 분열한 세력은 패배했다. 역사적으로 정권의 몰락은 외부공격에 의해 몰락하는 것이 아니라 내부분열로 인하여 붕괴가 시작된다고 한다.

세상에 이치를 생각해 보건대 기둥이 흔들리면 집안이 불안하고 주춧돌이 튼튼하지 못하면 집안 전체가 기울어짐을 우리는 알고 있다. 스포츠팀에서도 주전이 부상을 당하거나 빠지면 그 팀이 모두 힘을 잃곤 하는 것을 쉽게 볼 수 있다. 그래서 한 가정에서도 가장이 쓰러지면 온 집안이 흔들거리는 것을 쉽게 볼 수 있다.

나는 설날 세배를 하고 덕담할 때에 매년 한 가지씩을 준비해서 말을 한다. 그것은 가장 필요하고 가장이 행하기 쉬운 말을 골라서 생각해두었다가 부탁하기 겸 덕담을 한다. 간단히 말하자면

2001년에는 "거짓말을 하지 말아라.", "아무리 작은 일이라도 절대적으로 거짓말을 하지 말아라."라고 말하였다.

올해는 언제 어느 때에라도 "감사기도를 하고 일을 하라."라고 하였다. 먹을 때나 공부할 때나 아무 때에도 기도하라고 하였다. 그것은 애들도 다 하나님을 믿기 때문에 그렇게 하였다.

나는 생각한다. 흔들리지 말자고 내가 흔들리면 자식들은 더 흔들리고 불안해 할 것이라고. 잘했거나 잘못했거나 솔직해지라고 거짓말하지 말라고 세 살 버릇 여든까지 간다 했다. 솔직하고 진솔함이 얼마나 나를 바르게 크게 하는지 알게 함은 매우 중요하다.

직장이든, 조직이든, 국가를 보고 배울 수 있도록 처신함이 그 조직이 바로 서는 줄 믿는다. 잘못한 것은 잘못했다, 잘한 것은 잘했다고 솔직함을 말하는 것이 국가와 사회가 바로 서는 길임을 알려주는 것이 올바른 국가로 커가는 길임을 명심하시길. 자업자득의 전철을 밟지 않도록. 솔직하고 반성하는 마무리가 되었으면 하는 바람입니다.

문민정부 또한 별반 다르지 않음을 본다. 민정수석이라는 자는 온갖 부정과 내로남불을 입에 달고 다닌다. 그런 사람이 백년대계를 짊어질 대학 교수 노릇을 하고 있으며 밤낮없이 공부만 하는 학생들의 가슴에 대못을 박고 오직 자식 잘되기만을 학수고대하는 부모들에게 실망과 절망을 삶의 의욕을 상실시켜주는 한을 남겨주었습니다.

어디 그뿐인가 부동산투기를 비롯하여 한나라의 근간을 흔드는

아버지의 인생수업

정보누출로 내 집 한 칸 마련을 위하여 먹을 것 못 먹고 입을 것 못 입고 개미처럼 일을 해서 저축을 하면 몇 배로 인상되는 주택가격을 감당할 수 없어서 목표와 희망을 잃어버린 내 집 마련의 꿈.

나라 살림이 국민을 위한 정책이어야 함에도 불구하고 부자들을 위한 정책, 정책입안자(고위공직자)들의 구미에 맞추는 일에만 열중하는 위정자 노릇으로 일관하고 서민을 대변하는 위정자는 눈을 감고 외면하는 정부가 된 지 오래다. 그것이 모두 나라를 책임지는 기둥이 흔들리고 중심을 잡지 못하는 무능력의 조치가 아니고 무엇이겠는가 말입니다.

정치의 역사를 보면 김영삼 정권은 JP(김종필) 축출과 전두환, 노태우 구속으로 3당 합당 구조가 해체되면서이다. 김대중 정권은 DJP 연합이 깨지면서이다. 노무현 정권은 호남기반의 민주당을 깨고 열린우리당을 창당하면서이다. 이명박 정권은 2008년 총선 직전 박근혜가 "국민도 속고 저도 속았습니다."라고 말한 순간, 박근혜 정권은 2014년 당지도부와 충돌하면서 몰락했다. 문재인 정권은 촛불 시대의 2030세대를 잃어가고 서서히 몰락 침몰하고 있습니다.

현재 진행 중인 대선 판도는 적어도 유리하지 않은 이재명의 여당과 적어도 불리하지 않은 야당 윤석열의 혼전 속에서 피 터지는 싸움이 전개되고 있습니다. 문민정부가 처음 들어서고는 국회는 여야가 의석수가 몇 손가락 차이가 나지 않아서 피 터지는 싸움을 했었다. (2017~2021) 그러나 현재는 180:102이다. 그러니 싸울만한 상대가 못 된다. 언론 장악, 입법부 장악, 사법부 장악들 모두 다 마음대로 할 수 있는 인원이 되었습니다.

그러나 여당에서는 크고 굵직한 잘못을 너무 많이 저질렀습니다. 그러므로 큰소리칠만한 형편이 아니다. 더구나 총선에서 부정선거였음이 나왔는데도 공표하지도 못하고 벙어리 냉가슴을 앓고 있습니다.

혹자는(소설가 이문열) 아무리 썩었다 하기로 잘못한 것이 너무 많은 전과 4범을 지지할 수는 없다고 또 말이 자주 변하는 사람을 나의 양심상 지지하지 못하겠다고 하면서 그런 사람이 대통령이 되면 애국가를 들을 날도 머지않았다고 걱정이 된다고 말씀하셨다.

사방에서 뿌린 씨앗을 거둬들이는 운명의 시간이 다가오고 있음을 씨앗을 뿌린 자들은 잘 알고 있으리라 믿는다. 선한 씨앗을 뿌렸다면 알곡을 거둘 것이요, 약한 씨앗을 뿌렸다면 쭉정이밖에 아무것도 없을 것임을 심은 자가 가장 잘 알 것이라 생각합니다. 심은 대로 거둔다고 하지 않았는가 말입니다.

아버지의 인생수업

6.   누구나 가는
      처음 가는 길

이어령 교수는 대한민국의 초대 문화부 장관을 지낸 수재 중의 수재로 정평이 났었다.

문화체육부장관, 이화여대 석좌교수로 재직했던 이어령 교수가 암투병 끝에 별세하였다. 향년 88세인 고인은 문학평론가, 언론인, 교수 등으로 활동하며 한국의 대표 석학이자 우리 시대의 지팡이로 불리었다.

이어령 교수는 1934년 충남 아산에서 태어나셨으며 서울대 국문학과 재학 중이던 1956년 문학평론가로 등단한 후 100여 편의 저서를 냈다. 그는 스물둘의 나이에 기성문단을 통렬히 비판하는 『우상의 파괴』라는 저서를 발표하여 지식사회에 혜성처럼 등단하였다.

당대의 문인들을 '무지몽매한 우상'이라 일컬으며 지식의 정확성을 요구하였으며, 1960년대 후반 김수영 시인과 조선일보와 사상계를 오가며 '순수참여 문학'의 논쟁을 이끌었다. 그는 문학의 가치는 정치적 불온성 유무로 판단할 수 없다며 순수문학의 편에서 참여문학을 비판하기도 하였다.

생전 언론 인터뷰에서 "새하얀 눈길에 첫발 찍는 재미로 살았다." 라고 말한 그의 삶은 창의적 르네상스로 요약된다. 그러면서도 홀로 서너 시간은 족히 쏟아내는 달변으로 사람들을 즐겁게 하는 이야기꾼이기도 했다.

1963년 『흙 속에 저 바람 속에』를 펴내었으며 1988년 서울올림픽 개회식을 총괄 기획하며 개회식에서 정적 속에 굴렁쇠를 굴리는 소년을 내세워 한국적인 여백의 미학과 더불어 경제성장과 민주화에 모두 성공한 나라의 자부심을 세계에 각인시키기도 하였다.

이어령은 1990년 문화부 장관에 취임한 뒤 국립국어원을 세워 언어순화의 기준을 세웠다. 그는 장관으로 가장 잘한 일은 노견(路肩)이란 용어를 갓길로 바꾼 것이라고 평하였다.

고인은 한국예술종합학교를 설립하여 문화 인재 양성의 초석을 놓기도 하였다. 한편 고인은 교사, 교수, 문예지 발간인, 신문사 논설위원 등을 역임하는 다재다능한 자였다.

2000년대에는 디지털과 아날로그의 공존을 주장하며 '디지로그' 라는 새로운 개념을 만들었고(디지털: 자료를 수치로 바꾸어 나타내는 것, 아날로그: 어떤 수치를 길이나 각도 또는 연속된 물량으로 나타내는 것) 2017년 암이 발생했지만 항암치료를 받는 대신 마지막 저작시리즈 『한국인 이야기』를 집필하는 데 몰두하셨다. 아내 강인숙 건국대 명예교수는 집에 오면 늘 컴퓨터에 묻혀 글을 쓰셨고 몸이 불편하시면 주위 사람들의 손을 빌려서라도 글을 쓰셨다고 말씀하셨습

아버지의 인생수업

니다.

고인은 2012년 말 장녀 이민아 목사를 암으로 잃고서 기독교에 입교하였고 "지성의 종착역은 영성"이라 말하였다.

최근 출간한 『메멘토 모리(네가 죽을 것을 기억하라)』는 그가 생전 즐겨 말하던 라틴어였다. 고인은 우주에서 선물로 받은 이 생명처럼 내가 내 힘으로 이뤘다고 생각한 게 다 선물이더라 한 말을 남겼습니다.(고 이어령 교수의 일대기 발자취, 조선일보 칼럼 참조 2022. 2. 28일자)

고인이 살고 가신 자리는 그 누구도 메울 수 없지만 그가 남긴 업적은 후대를 살아가는 우리에게 크나큰 교훈으로 영원히 남을 것임을 믿습니다. 있어도 보고 싶지 않은 사람보다 없어도 보고 싶은 사람으로 남기를 원합니다. 사랑합니다. 감사합니다.

7. 인정을 받는 것은
가장 보람된 삶이다

　세상 사람들은 누구나 태어나서 소리 내어 웁니다. 잘난 놈이나 못난 놈이나 남녀 구분하지 않고 웁니다. 그것은 내가 세상에 나왔다 가는것을 만천하에 알리는 것입니다. 왜 그럴까요. 그것은 다른 방법으로는 알릴 수 없으니까 그런 것 아닌가요. 인정을 받을려면 존재감을 살려야 인정을 하든 인정을 하지 않든 할 것 아니겠습니까.

　그렇게 한번 생난리를 치고 인정을 받으면 굳이 울 필요도 알릴 필요도 없지요. 그다음부터는 알아서 잘해주니까 힘써 울 필요가 없지요. 그러다가 먹고 자고 싸고 하다 보면 불편하고 마음대로 안되는 때가 되면 치워 달라고 편케 해달라고 한번 또 소리 내서 울지요. 그러면 알아서 깁니다.

　이렇게 인정을 몇 번 받고 나면 이제는 홀로 서야 하는 나이가 되죠. 그때부터는 스스로 알아서 해야만 인정을 받을 수 있지요. 할 수 있는 것을 하지 못하고 도움만을 받기를 원한다면 인정을 받을 수 없는 무능력자로 낙인이 찍힐 수 있습니다.

　그것은 인생에 낙오자로 무능력자로 살아갈 수밖에 없는 신세로

　　　　　　　　아버지의 인생수업

전락하게 됩니다. 물론 그렇다고 인생이 끝나는 것은 아니지만 똑같은 노력과 똑같은 비용을 사용하고 인정을 못 받는다면 가야 할 길을 잘못 선택한 것이 아닌지 심사숙고해 보아야 할 줄 믿습니다.

세상에 가는 길은 너무도 많습니다. 나의 적성에 맞는 것을 잘 선택을 하면 성공할 수 있는 길, 인정받을 수 있는 것이 많습니다.

배움의 길을 걸어보지도 못하고 세상에 뛰어들어 대한민국의 제일가는 부자 기업을 세웠던 정주영 현대그룹 회장이 있는가 하면 명문 학교를 졸업하고도 거지로 살다가 죽은 사람 또한 부지기수로 많습니다. 수많은 세상 사람들이 성공해서 인정받기를 원하지만 그 중에 극히 일부 사람만 인정을 받고 노력한 만큼만 인정받는 사람으로 세상을 살아갑니다.

우리나라에서 대기업 중에 첫째가는 대기업(삼성전자 이전에는 현대그룹이 제일 대기업이었음)의 정주영 회장이 성공을 하게 된 일대기 『신화는 없다』에 나오는 '머리를 써라. 빈대만도 못한 사람'이라는 이야기에서의 하루 저녁입니다.

현대건설 공사장에서 변변한 숙소도 없이 간이 숙소로 판자촌에서 인부들과 숙소를 함께 사용하였습니다. 밤에 잠을 자는데 빈대가 많아서 잠을 잘 수가 없었답니다. 불을 켜놓고 보니 빈대가 침상으로 기어 올라오는 것을 보고 다음 날에는 빈대가 다니는 길목에 세숫대야에 물을 가득 채워서 침상으로 건너오지 못하게 하고 잠을 청하고 한 이틀 밤을 잘 잘 수 있었는데 사흘째 되니까 빈대가 또 물더라 이겁니다. 그래서 불을 켜고 보았더니 빈대가 세숫대

야로 가는 것이 아니라 천정으로 기어 올라가서 천정에서 침대로 떨어지는 것이었습니다.

그래서 현대건설 현장에서 나온 말이 직원들한테 정주영 회장이 하는 말이 미련하게 힘으로만 일하지 말라는 뜻에서 화가 나면 빈대만도 못한 놈들 하면서 머리를 써라 머리를, 머리는 장식품이 아니야 하면서 호통을 쳤다고 합니다.

이토록 세상 곳곳에는 각자가 맡은 일을 하면서 인정받으면서 살아가기를 원합니다. 과정에서 넘어지고 쓰러지고 죽기도 하고 눈물도 흘립니다. 그러나 노력하고 노력하고 노력하면 안 되는 것이 없다고 한 분이 계십니다. 바로 다산 정약용 선생이십니다.

정약용 선생은 조선 정조 시대의 학자이셨습니다. 정약용 선생이 전라도 강진에서 귀양살이하실 때였습니다. 어느 날 젊은 선비가 찾아와 선생님 글을 잘 쓰려면 어찌해야 합니까 저 같은 사람도 글을 잘 쓸 수 있습니까. 선생님 가르쳐 주십시오. 하면서 간청을 하였다고 합니다. 이때 정약용 선생은 누구든 무엇을 하든 노력하고 노력 하고 노력하면 다 잘할 수 있네라고 말씀하셨다고 합니다.

그는 스승님 말씀을 따라 노력하고 또 노력하여 조선 최대의 글을 잘 쓰는 황희 선생이라고 합니다. 훗날 그의 글을 보고 조선에 이런 대가가 있었는가라고 칭찬을 아끼지 않았다는 그야말로 조선의 인정받은 글솜씨를 자랑하는 대가로 인정받았다고 합니다.

이토록 인정을 받음은 타고난 것도 있지만 노력하여 재능을 키우는 사람도 있음을 우리는 많이 볼 수 있음을 간과해서는 안 될

아버지의 인생수업

줄 믿습니다.

인정한다 함은 믿는다는 것이고 인정하지 않음은 못 믿는다는 것입니다. 상호 간에 믿음이란 이토록 중요합니다. 너 나 믿어 당신 나 믿어라고 우리는 상호간에 믿음, 인정에 대하여 확인하곤 합니다.

작게는 부부지간에 인정, 믿음을 가지고 논쟁을 펴기도 합니다. 당신 나 못 믿어? 아니 믿지하고 서로 사랑함을 확인하기도 합니다. 한편 내가 당신을 어떻게 믿어하며 상호간 불신관계를 표출하기도 합니다. 내가 어떻게 사기를 그만큼 당했으면 됐지 얼마나 더 당할 게 남아 있어요. 난 지나가는 거지를 믿지 당신은 못 믿어 하는 막말을 하기도 하는 부부도 있습니다. 참으로 불행한 관계입니다.

그런가 하면 부자지간의 믿음 또한 천태만상입니다. 네 말이라면 팥으로 메주를 쑨다고 해도 믿지하는 관계가 보통의 부자지간입니다. 물론 그렇지 않은 관계도 있지만요. 아이고 웬수 같은 놈 저걸 자식이라고 내가 배 아파 낳고 미역국을 먹었어 아이고 원통해하고 불인정하는 관계도 종종 주위에서 봅니다.

누구 탓이라고 일방적으로 돌리고 치부하기엔 무리가 있어 보입니다. 이유인즉 자식은 자라면서 보고 배우는 것이 부모이니까요. 평소에 부모의 행동거지는 자식을 가르치는 교육의 표본이니까요. 그러므로 보고 배운 것을 그대로 옮기는 결과가 되었던 것이 오늘의 모습임을 깨달아야 합니다.

옛말에 "안에서 새는 바가지 밖에서도 샌다."라는 말이 있습니다. 자식을 키우는 부모의 입장에서는 새겨둘 말입니다. 그것이 밖에서의 자식의 행동거지가 가정에서의 모습을 그대로 표현을 하니 말입니다. 자식의 인격 교훈은 물론 부모의 인적 교훈을 다 보여 주는 것이니 말입니다.

그래서 성경 말씀에 입술에 파수꾼을 세워라고 말씀하심은 언행을 조심하여 상대방의 심기를 불편하게 하지 말라고 하심 또한 명심해야 할 듯합니다.

우리는 하루를 살아가면서 알게 모르게 잘못을 저지르면서 살아갑니다. 믿음을 주기도 하고 실망을 주기도 합니다.

그러나 모든 것을 만족하게 할 수는 없습니다. 다만 주의하고 노력해야만 한다는 것이지요. 행동거지 하나하나를 조심조심하고 살아가는 습관을 가져야 할 것입니다. 그러나 그것이 목적달성을 위한 수단이 되어서는 안된다는 것입니다. 그것은 순수하고 자연스러워야 하는 것이라 생각됩니다.

옛말에 열매를 맺지 않는 꽃은 심지 말고 신의가 없는 친구는 사귀지 말라는 말이 있습니다. 그렇다고 처음부터 신의 유무를 따질 수도 없을 것이고 알 수도 없지만 신의란 자연스럽게 나타나는 것이지 보이려고 해서 보여지는 것이 아닌가 싶습니다.

이러한 믿음과 인정을 수단으로 보이려는 천박한 행동은 우리는 버려야 할 줄 믿습니다. 상식이 통하는 사회 공정과 정의가 살아 숨 쉬는 공간에서 상호 간에 신뢰하는 공정의 가치를 중요시하는 품격있는 자아를 구현하기에 노력하여야 될 줄 믿습니다.

그래서 누가 나를 믿어주고 인정하기보다는 자아를 판단하여 인

아버지의 인생수업

정할 수 있다고 판단될 때까지 노력하고 성찰하여 인정받는 경지에 도달하여야 할 줄로 믿습니다.

대한민국 국민의 과반이 넘는 국민은 참으로 불행한 시대에서 살아가고 있습니다. 왜냐하면 대통령을 바꿔야 하는 사람을 모시고 살고 있으니 말입니다. 반쪽의 지지자만을 모시고 살아가는 대통령은 무슨 일을 제대로 할 수 있겠습니까. 소귀에 경 읽기라는 말이 있듯이 무슨 명령이 제대로 먹히겠습니까. 더더구나 상대는 상대고 나는 나라는 식의 일방적인 국정운영은 성군이 하는 통치자의 행위가 아니라 생각됩니다.

올바른 성군의 통치는 국민이 원하는 방향으로 가야 하는 통치가 성군의 통치입니다. 국민이 인정하지 않는 통치자는 이미 통치자가 아닙니다. 우리 국민은 모두 속았습니다. 그의 말은 허구에 불과했습니다.

대통령 취임식에서 이렇게 말을 했습니다.

1. 기회는 평등하고
2. 과정은 공정하며
3. 결과는 정의로울 것이다

라고 국민을 유혹했습니다. 그리고 덧붙였습니다. 생전 살아 보지 못한 곳에서 살게 될 것이라고. 참으로 달콤한 약속이었습니다. 그러나 그것은 1년도 못 가서 허구임이 드러나기 시작하였습니다. 살아있는 권력에 굴하지 말고 수사하라던 검찰 총장과의 약속은 조국이라는 민정수석을 수사하면서 마각이 드러나기 시작했습니다.

급기야는 기자회견장에서 나는 5년 후 임기가 끝나면 야인으로 돌아갈 것이니 조국을 그만 괴롭히고 놓아주랍니다. 무슨 말인가 죄지은 자를 덮어주는 말인가 그러면서 하는 말 나는 그에게 빚진 것이 많답니다. 이게 말인가 막걸리인가 법은 모든 사람 앞에 평등함을 강조하여야 할 일국의 수장이 법의 적용을 그때그때 다르다라고 말하고 있습니다.

그러면서 누가 누구를 통치한다고 하는 건가. 지각 있는 국민은, 아니 귀 달린 사람은 다 알아들었을 것입니다. 권력이란 힘이란 다 그런것이야 라고 말하고 있는 것입니다.

그것뿐이겠습니까. 울산시장 송철호는 내가 좋아하는 형님이란다. 그리고 하는 말이 울산시장을 꼭 당선시켜 주겠다고 약속을 한다. 그때까지만 해도 송철호 시장 후보자와 김기현 시장 후보자 지지율은 7:3 정도로 김기현 후보자가 앞서 있었습니다.

대통령의 이 말 한마디에 청와대가 움직인다. 경찰서가 움직입니다. 하루아침에 날벼락을 맞고 떨어진 김기현 현 국회의원이 대통령 선거 개입에 대하여, 청와대 공직자 선거개입에 대하여 고발을 합니다.

이에 윤석열 검찰 총장은 살아있는 권력에 굴하지 않고 적극적으로 수사를 합니다.

과정에서 너무나도 많은 압력과 수사팀 인사 조치를 당하면서도 꿋꿋하게 수사를 합니다. 청와대도 압수수색을 하는 등으로 13명을 죄 있음으로 무더기 기소를 하고 일단락 수사를 마치고 소임을 다합니다. 이것이 인정받는 사람으로의 자세입니다.

인정받기 위한 일이 아니라 마땅히 해야 해야 하는 책무를 다한 것입니다.

그래서 인정하고 믿고 열렬히 환영하는 것이라 생각합니다.

세상에 모든 일을 보여주기식 일보다는 맡은 바 소임을 완수한다는 마음으로 한다면 밝은 사회 신뢰할 수 있는 사회가 만들어지리라 믿습니다. 그것이 믿고 인정받는 살만한 사회가 아닌가 싶습니다.

여러분 힘내시고 책임 있는 세상 만들어 행복하게 사시길 기도합니다. 사랑합니다.

8. 사람으로
      태어나서

사람으로 태어나서 할 일은 무수히 많습니다. 그러나 잊지 말아야 할 것은 혼자가 아니라는 것. 그것은 사회적 동물이라는 것입니다. 사회적 동물 즉 공동사회 속에 일원이라는 것입니다. 즉, 혼자 사는 것이 아니라 공동으로 함께하는 사회(게마인샤푸트)속에 일원일 뿐입니다.

그 일원 일원이 모여서 공동체를 만들고 사회가 이루어집니다. 이 모래알 집단이 큰 조직을 만들고 그 조직이 모여 사회가 되고 국가를 만드는 것이지요. 그 조직 속에서 한 집단을 이끌어 나아가려면 모집단의 수장이 필요합니다. 그래서 어떤 집단이든 집단, 조직의 수장(首長)을 뽑아서 이끌도록 하고 조직원들은 수장의 말에 복종하도록 합니다.

조직의 특성에 따라 수많은 집단이 형성되고 있습니다. 그런데 중요한 것은 그 조직이 강하고 약하고는 어떻게 어떤 방식으로 이끌어 나가느냐는 것입니다. 얼마만큼 상식적으로 호응을 얻으며 이끄느냐가 그 조직이 살아 있는 조직인지 죽은 조직인지가 판명

아버지의 인생수업

이 되지요.

상식에 어긋나는 무대뽀식의 일 처리, 자기들의 생존만을 위한 졸속적이고 비상식적으로 일을 처리한다면 그 조직은 호응을 얻거나 장기적으로 존속할 수 없는 썩은 조직이라 할 것입니다.

세상의 모든 일은 이치와 사리 분별을 해야 하는데도 불구하고 조직의 잇속만 챙기는 조직은 공동조직이라 할 수 없습니다. 그 조직은 서서히 무너지고 와해될 것입니다. 작게는 조직이 크게는 국가가 그렇게 될 것입니다. 큰 제방이 무너짐도 작은 틈의 발생에서 비롯됨을 간과해서는 아니 될 줄 믿습니다.

세상 얼마 살지 않았습니다만 근자 몇 년 동안에 보고 느낀 것이 이제껏 살아온 모든 것을 보고 산 것보다 가슴에 느끼는 삶이 많음을 다시 한번 돌아보게 하였습니다.

저는 옳고 그름을 때에 따라 장소에 따라 달리 표현하여 순간을 모면하는 성격의 소유자가 아닙니다. 미움도 칭찬도 말 한마디에 오고 가는데 그래서 미움도 많이 받고 질책도 많이 받으며 살아왔습니다.

살아가면서 어떤 분은 없는 말도 만들어서 하기도하고 면전에서 듣기 좋은 말만 늘어 놓기도 하는 분도 있음을 봅니다. 타고난 성품이 아닌가 싶습니다.

우리 사회에서 모두 다 필요한 사람들이지요. 바른 소리하는 사람, 쓴소리하는 사람, 하지 않아도 되는 말을 자신만을 위해서 하는 사람, 모두 조직에 도움이 되기도 하고 독이 되기도 합니다.

그러나 해서는 안 되는 말을 자신의 이득을 위해서 하는 사람, 즉 상대방에 미칠 영향 따위는 아랑곳하지 않고 거짓말을 밥 먹듯이 하고 들통이 나면 침묵하거나 변명을 일삼는 그런 류의 사람들, 그런 사람은 조직사회에서는 필요악이라 아니할 수 없습니다.

세상에 많은 사람들(거의 대부분)은 상식적이고 원칙적인 삶을 살기를 원하는데 어이하여 그들만의 특권을 누리며 그것도 증거가 분명한데도 모른다, 아니다 하면서 변명으로 일관 통로를 걷고 있는지… 오죽하면 신조어를 만들었을까 조로남불, 내로남불의 변형 신조어입니다

누구는 먹을 것 못 먹고, 입을 것 못 입고 죽을 등 살 등 최선을 다하여 노력을 하는데 그들은 말 한마디로 없는 서류 만들고 점수 따고 총장한테 직인 찍은 것을 시키지도 않은 것을 지시했다고 말을 해달라고 압력이나 놓고 못 하겠다고 하니 그런 사주한 적 없다고 하는 등 모두가 허위라고 하는 파렴치함을 일상으로 여기는 사람이기를 거부하는 그런 사람을 우리는 보면서 이 하늘 아래서 함께 살고 있습니다.

저는 늘 그런 생각을 마음속에 담고 살아갑니다. 죄를 짓지 말고 살자, 상식을 지키자. 그래서인지 그런 말 '하늘에 죄를 지으면 빌곳도 없다.'라는 말이 떠오릅니다.

대한민국 국민이라면 모두가 아는 천안함 폭침 사건 말입니다. 이 사건에 대하여 사건 당시 폭침 소행을 확실히 알기 위하여 독립 전문기술자를 영국 등 외국계 전문가를 초청 확인한 바 북한의 어

아버지의 인생수업

뢰 부품이 발견되는 등 북한소행이 드러났는데도 문재인 정권은 남한의 자작극이라고 하는 등 천안함 장병 55명의 죽음을 개죽음으로 치부하는 등 국민들의 가슴에 못을 박고 유가족을 다시 한번 비통하게 만들었습니다.

더불어 천안함 사건 폭침 날에도 문재인 대통령은 참석하지 않았습니다. 그러다 총선을 남겨두고는 표결집 구걸이라도 하려는 듯 한 번 참석을 했지요. 그 자리에 참석하셨던 위안부 윤(성함은 정확치 않음) 할머니는 분향하는 문 대통령에게 다가가 천안함 폭침은 누구의 소행입니까. 머뭇거리던 대통령 종주목을 대고 묻자 할 수 없는 듯 북한의 소행이지요 하고 작게 말하였습니다. 이 얼마나 부끄러운 일입니까.

잘못을 잘못이라고 말을 못 하고 살아가는 일국의 수장을 우리는 모시고 살아가고 있는 국민의 마음을 누가 헤아릴 수 있겠습니까. 저들은 오리발 닭발이 일상화된 사람인 것 같습니다.

언제나 돌아올까 언제까지 음지에서 살아갈 것인가, 언제나 빛으로 나올 것인가, 그들이 보는 우리는 어찌 생각을 할까, 바보로 생각할까 똑똑하다고 생각할까 궁금합니다.

한 번 더 기암을 한 것은 조국이 청문회에서 약속한 사학재단을 사회 환원하겠다고 공약을 했는데도 아직까지 감감무소식입니다.

기가 막힌 것은 조국의 어머니라는 사람은 돈이 없어서 웅동학원을 환원할 수 없단다. 거기다가 세금을 한 푼도 내지 않고 있다. 통장에는 달랑 15원뿐이란다. 어처구니 없습니다.

나랏돈을 자기 돈처럼 떼먹는 놈, 훔쳐가는 놈, 임자 없는 돈은 먼저 먹는 놈이 임자랍니다. 이러니 성실히 세금 내고 장사하는 사람만 손해 보고 바보 노릇하며 살아갑니다. 그러니 어린이들이 무엇을보고 배우겠습니까. 남을 속이고 순간을 모면하면 영원히 지나가는 것을 왜 바보같이 법을 지키고 손해를 볼까 하고 비웃을까 두렵습니다.

저는 참으로 보이지 않는, 나만이 느낄 수 있는 기쁨을 맛보는 희열을 느낀 적이 있습니다. 2021. 4. 7. 서울특별시장, 부산직할시장 선거가 있는 때입니다. 백척간두에 서 있던 대한민국이 극적으로 두 대도시 시장선거에서 엄청난 국민의 힘을 보여주면서 야당이 승리하였습니다. 그때에 느낌이 살리시는 하나님 구하시는 하나님의 힘이 갑자기 생각이 났습니다. 우리를 보호하시고 살리시는 하나님이시구나. 우리를 버리지 않으시는 하나님을 더욱더 붙잡고 의지하게 되었습니다.

공의롭고 정의로운 내 마음속의 주님이 살리시고 함께 하심을 다 같이 두 손 모아 의지합니다. 늘 주권행사(투표)를 하고 나면 무언가는 부족하고 후회하는 마음이 들곤 했습니다. 그런데 이번 투표는 보람도 느끼고 올바른 한 표 행사를 잘하였음이 생각났습니다. 수십 번의 투표 중 가장 보람을 느낍니다.

누구 말대로 투표 후 1년이 지나면 손가락을 자르고 싶을 것이란 말처럼 당선자는 선거공약을 철저히 이행되도록 초심을 잃어버리지 않도록 수시로 점검 점검하여야 할 줄 믿습니다. 오직 국민만 바라보겠다던 약속을 잊지 마시기 바랍니다.

한편 땅에 떨어진 국민들의 사기진작 또한 중요합니다. 마음 놓고 일할 수 있는 터전을 만들어주시고 노력한 만큼 대가가 지불되는 공정한 사회를 만들어주어야 대한민국이 살아납니다.

죄지은 자는 일벌백계 처벌하고 예외가 없어야 할 것입니다. 또다시 또 다른 죄를 짓지 않도록 발본색원하여 사회 저변에 흐르는 서민들의 가슴에 응어리로 남아 있는 한을 풀어주어 죄를 지으면 벌을 받는다는 감출 수 없다는 것을 보여주어야 할 것입니다.

한편 노력하고 노력하면 반드시 이룰 수 있다는, 잘 살 수 있다는 희망도 심어주어 국민이 믿고 살아가는 정부로 거듭나야 할 것입니다. 하늘은 스스로 돕는 자를 돕는다고 하지 않았습니까? 누구는 날 때부터 금테 두르고 태어납니까. 사람은 누구나 공평한 대접을 받을 권리가 있음을 보여주어야 합니다.

저들이 사람이라면 지금이라도 이실직고 자기의 잘못을 솔직하게 자백하고 처분을 기다리는 자세로 나와야 할 것입니다. 그러나 저 죄인들은 죄를 감추기에 혈안이 되어 있습니다. 증거자료들은 소각 처리하고 증인들은 도주시키고 입막음하고 온갖수단 방법을 다 동원하여 자기의 죄를 덮으려 할 것입니다. 그러나 그것은 어리석고 또 어리석은 짓입니다. 결국 모든 죄는 빛으로 드러나게 되어 있으니 말입니다.

빛의 능력의 한 예를 들어볼까요. 재일 유학생 이수연 학생을 다 아실 줄 믿습니다. 그는 유학생 시절 통학 길에 일본 어린이가 철로에 떨어진 것을 보고는 볼 거 없이 뛰어들어 어린 학생을 구하고 본인은 전철에 치어 숨진 사고입니다. 이 사고는 단순한 사고가 아닙니다. 그의 죽음이 벌써 21년(2022. 3. 28.)이 지났습니다. 그러나 아직까지도 아마 앞으로도 계속 죽음을 애도하는 해도의 물결이 이어지고 있음은 물론 그날 3월 28일을 애도의 날로 정하여 추모 행사를 하고 있습니다. 한편 애도하는 사람들의 후원금으로 어려운 학생들에게 장학금을 1,000여 명에게 주었다고 합니다. 이것이 의인의 길입니다. 이것이 빛으로의 나옴입니다.

코앞에 진상만을 바라는 자들은 자기에게 득만 된다면 앞뒤 볼 거 없이 취하고 보는 파렴치한 입니다. 그것이 드러나지 않을 것으로 판단하고 삼수갑산을 가도 자기 호주머니 채우기에 혈안이 되어 있는 저 어둠의 그림자를 걷어치우고 이실직고하는 밝은 세상으로 나아오길 기대합니다.

그리하여 다 함께 잘사는 평등한 정의로운 사회를 만드는 데 일조하여 끝내는 승리하는 국가가 되도록 노력합시다. 사랑합니다.

아버지의 인생수업

9. 바로 사는 것이 내가 설 곳이다

세상에 사는 사람치고 욕심 없는 사람 있을까요. 하고 싶은 것다 하고 사는 사람 있을까요. 갖고 싶은 것 다 가지고 사는 사람 있을까요.

그래서 우리는 사람 욕심은 한이 없다고 하지 않습니까. 그 말인즉 적당히 갖고 적당히 욕심부림이 미덕이라는 것이지요. 부자가 100석을 채우려고 가난한 자 한 석을 탐을 내어 채운다는 말들어보셨지요. 그것이 얼마나 큰 잘못인지도 모르고 말입니다. 죄를 짓고 잘못을 저지르고도 그것이 당연하다고 하는 양심은 어디서 나고 어디서 자라는지요.

그것은 당연히 내 것이지 하는 생각, 남의 것 내 것 구분 못 하는 파렴치한 그런 류의 사람들은 대개 이런 말을 합니다. 더 못 훔쳐서 한이 되고 더 못 죽여서 한이 되고 더 큰 죄를 짓지 못해서한이 된다고 합니다. 이 말은 너는 무엇 때문에 나보다 많이 가졌냐, 무엇 때문에 잘 사냐 하는 식의 상대방을 폄하하는 마음을 가지고 살면서 일말의 잘못도 후회도 하지 않는 것을 봅니다. 어쩌다

죄과가 발각되면 침묵으로 일관합니다.

세상 것들을 네것 내것을 구분하지 못하는 자들은 네 것은 내 것이고 내 것은 내 것이라고 합니다. 소유하는 개념을 권력으로 판단하는 것 아닌가 싶습니다. 권력을 쟁취하면 부는 자동적으로 따라온다는 생각을 하고 있습니다.

그러니 권력 쟁취를 위하여 온갖 수단 방법을 동원하여 권력을 쟁취합니다. 권력을 쟁취하면 과정에서 사용된 비용을 갈취하는데 초점을 맞추어 일을 하는 척합니다. 여기에서 희생되는 자는 원칙과 상식으로 일을 추진하는 지극히 일상적으로 일을 하고자 하는 자는 배척을 당하고 비상식적으로 일을 추진하는 자만 이득을 보는 사회가 되어버린 것입니다.

얼마 전, 한 의사의 아름다운 죽음이 보도를 보았습니다. 내용인즉 그가 죽으면서 생전에 모은 100억여 원을 불우이웃에 기증을 하고 돌아가셨습니다. 그것을 아는 사람은 본인뿐이었습니다. 이 얼마나 아름다운 삶이었습니까?

더더욱 놀란 것은 집안 식구도 아무도 그 사실을 몰랐다는 사실입니다. 그는 평소에도 자가용도 없고 대중교통을 이용하여 출퇴근 하는 절약이 생활화한 의사였다 합니다. 세상에는 나의 선한 일을 알리지 못해 안달이 나서 난리인데 이것과 비교하면 부끄러워할 사람이 참 많을 듯싶습니다.

자식들은 이 사실을 뒤늦게 알고 아버지에게 조금은 서운했다고 말합니다. 그러나 자랑스럽다고 하였습니다. 사람이 귀하고 천한 것은 신분에 있는 것이 아니고 어떤 뜻을 품고 살았느냐에 있다고 말합니다.

우리가 본받아야 할 참삶은 이러한 고귀한 분들의 행적이 아닌가 싶습니다. 남의 것을 내 것처럼 가벼히 여기는 몰상식한 세상 풍조는 하루빨리 없어져야 할 줄 믿습니다.

우리는 우리 것을 지킬 줄 알아야 합니다. 우리 것 네 것, 내 것을 모르면 우리는 우리 것을 빼앗깁니다.

위정자들은 "죽더라도 거짓말을 하지 말자."라는 도산 안창호 선생의 호소를 실천해야 합니다. 한편 위정자나 국민 모두는 자기 할 일이 무엇인가를 찾아 서로 협조하여 대한민국을 새롭게 탄생시킬 수 있기를 기원합니다.

1. 삶의 고귀함

문재인 정권은 기대도 많았고 실망도 많았다. 세상을 정확하게 양분하는 실력이 참으로 대단함을 우리 국민들은 잘 알고 있다. 불리한 사건은 한방 내질러놓고 상대방의 반응을 예의 주시한다.

상식이고 정의는 그다음이다. 불리하면 숨는다. 숨어서 말을 하지 않고 반격을 궁리한다. 그러면서 시선을 다른 곳으로 옮기는 작업을 한다. 국민의 반발이 거세면 상대편 약점을 캐기에 온 정보력을 동원하여 시선과 이목을 혼동시킨다. 그들은 이와 같이 비열한 방법을 동원하여 자기들의 목적달성을 위하여 수단을 다 동원하여 나라를 이끌고 있다.

이제는 그 수명도 얼마 남지 않았다. 권불 10년이라 했던가. 아니 5년이면 충분하고도 남는다. 그들이 저지른 비리는 차고도 넘친다.

우리 인간은 나부터 생각을 하고 가족과 친구를 생각한다. 그것이 사람이다. 그러나 내가 서 있는 자리가 국민을 위한 공적인 자리냐 사적인 자리인가를 돌아보아야 한다. 위정자라 하는 사람이

아버지의 인생수업

국민이 준 권력을 사적으로 활용하는 권리남용이라던가 국민이 낸 세금을 개인 주머니 용돈처럼 사용을 하는 일 등 국민 위에 군림하는 비상식적인 일을 밥 먹듯이 하는 정부, 국회의원, 장관들은 휘하 아랫사람들이 마음대로 말을 안 듣는다고 하는 말 "소설 쓰시네."라는 비아냥적인 말을 하고, 할 말 없으면 "아파트가 빵이라면 제가 밤을 새워서라도 만들겠지만"이라고 어처구니없는 말을 하고 장관은 변명하기에 바쁘고 국회의원은 다수당을 배경으로 비아냥거리고 이게 나라냐고 하던 자들이 그 소행을 자기들이 전철을 밟고 있다.

국민의 힘으로 버릇을 고치고 권력을 그들로부터 빼앗는 길뿐이다. 참으로 한심스러운 작태다. 가수 나훈아는 오죽하면 이 나라를 오늘 국민 여러분이 지켰다고 말을 했을까. 우리 국민은 지금이야말로 귀중한 권리행사를 정확하게 해야 할 시점에 와있다. 그래서 쓰러져가는 나라를 바로 세워야 할 때이다.

세계에서 가장 오래 왕좌를 지킨 국왕, 살아있는 신이라 추앙을 받은 왕, 국민을 단결시켜 하나로 만들어야 하는 대통령이 오히려 나라를 두 쪽으로 양분시키는 역할을 한 대통령이 있는가 하면 '살아있는 신'이라고 추앙받는 왕도 있다. 이 왕의 고귀한 삶을 소개한다.

바로 그 왕은 태국 국왕, 푸미폰 아둔야뎃(1927~2016)이다. 푸미폰 국왕은 70년간 국민의 절대적 지지와 사랑을 받았던 세계 최장 재직 기록을 세웠다.

푸미폰 국왕은 선대왕이 불의의 총기 사고로 사망해 19세 나이로 왕위를 물려받았다. 어린 나이에 국왕이 된 푸미폰은 삼촌에게 나라를 다스리도록 위탁하고 자신은 공부를 시작했답니다. 그는 통치자의 자질을 갖추기 위해 대학에서 물리학과 정치, 법학을 공부했습니다. 푸미폰 국왕은 1950년에 주재 프랑스 대사의 딸인 시리키트 키티야카라와 결혼하고 5월 방콕의 왕궁에서 23세에 정식 즉위식을 거행했다.

푸미폰 국왕은 전국 마을을 직접 돌아다니면서 지역발전을 위해 노력했다. 매년 200일을 넘게 카메라와 지도를 들고 고산지대를 여행하며 국민의 고충을 듣고 체험했다. 그는 막대한 왕실 재산을 투자해 농촌 지역에 수력발전소 건설과 저수지 조성 등 가난한 농민에게 물소를 빌려주는 등 물소 은행을 설립하고 왕실의료단을 조직해 의료진이 의료시설이 없는 열악한 오지를 돌아다니며 사람들을 돌보게 하였다.

태국 가장 북쪽 치앙라이는 높은 산봉우리로 아편 재배지였는데 국왕의 개발계획으로 아편 대신 커피 농사로 대체하여 제1의 커피 재배지가 되었다. 우리나라도 태양광을 설치한다고 임야를 다 까뭉개고 산사태나 내지 말고 녹차 밭을 개발하든지 기후에 알맞은 수익성 과일이나 특수작물 재배를 국가 주도로 했으면 칭찬을 받을 것을 원전을 탈원전으로 해서 국민원성만을 삼는 나라가 되었으니 참으로 국가를 위하는 대통령인지 의심스럽다.

이처럼 푸미폰 국왕은 오직 국가와 민족을 위하여 한 몸 바쳐 일

아버지의 인생수업

반 국왕으로 생전에 태국 국민에게 살아있는 신으로 추앙을 받았다. 푸미폰 국왕은 전 세계에서도 그의 공로를 인정했다. 1988년에는 아시아의 노벨상이라 일컫는 '막사이상'을 받았고 2006년에는 유엔으로부터 '인간개발 평생 업적상'을 받는 등 당시 코리아난 유엔사무총장은 푸미폰 국왕을 신분과 종족, 종교를 초월해 극빈자와 취약계층을 위해 헌신했다고 평가했다.(메인쿤 세계화폐연구소장 글 인용)

이 귀한 한 사람의 삶이 국민을 살리고 인류를 살리는 고귀한 삶이다. 그것이 바로 모든 사람의 바라는 삶이다. 유색인종이나 백인이나 황색인종이나 삶의 귀중함은 동일하다. 있는 자 없는 자, 귀한 자 천한 자 따로 없다. 모두 선택받은 자다. 있는 자, 높은 자, 낮은 자의 평등에는 차등이 없다. 다 동일함을 잊어서는 아니 된다.

우리는 모두가 고귀하고 존귀함으로 선택받은 자임을 스스로 느끼고 귀하게 여기며 서로서로 존중하며 살아가야 함을 잊지 말아야 할 것입니다.

2. 어마어마한 그 힘을 느끼는가

  나는 오늘 갑작스럽게 힘에 대하여 말하고 싶은 생각이 들어 그 힘에 대한 위력을 말하고자 합니다. 우리가 느끼는 힘은 보이는 힘과 보이지 않는 힘이 있다. 보이는 힘은 물리적인 힘 즉 완력, 권력 등 여러 가지의 형태 힘이 존재한다.

  그러나 세상에는 정의롭게 사용하라고 주어진 힘을 사사로운 곳에 사용하여 눈살을 찌푸리게 한다. 개인의 득실을 계산하여 공권력을 휘두르면 만용이요 공권력의 남용이라 할 것입니다. 공권력은 국민이 준 능력이요. 정의로 사용하라는 명령의 검임을 알아야 합니다. 그래서 공인은 자격의 검증을 거쳐서 엄격한 기준을 통과한 자에게 주어지는 특혜의 자격증이다.

  그러나 우리나라는 그 특혜를 받은 자들이 뒷간 갈 때와 볼일 본 후에 판이하게 달라지는 후안무치한 모습들을 본다. 순진한 국민들은 속고 또 속는다. 지난해에 서울시장과 부산시장 보궐선거가 있었다. 전 시장이 성폭행 사건으로 자리를 비워서 보궐 선거를 하였을 때 일입니다.

그러지 않아도 세상 돌아가는 꼴이 보기가 역겨워 TV 보기가 정말 싫었는데, 누구한테도 터놓고 말을 할 수도 없고 벙어리 냉가슴 앓기를 하듯 살아가고 있는데 위정자라는 사람은 무엇이든 자기들 유리한 대로 법도 뜯어고치고 하니 참으로 어처구니없음을 봅니다.

문재인 정권 들어 성추문사건으로 공직을 사퇴하거나 공석이 될 경우에는 그 자리에는 공천을 하지 않겠다고 공언을 한 자들이 이번에는 규정을 뜯어고쳐서 공천을 한 것이 아닌가 이것을 바라보는 국민들은 얼마나 마음이 아프겠는가. 대부분의 지각 있는 사람은 한마음이었으리라 생각합니다.

이번에도 서울시장 부산시장이 여당으로 넘어가면 우리나라는 공산국가로 전락이 될 것이다 하고 속을 태우고 있었을 것이다. 그러나 거대한 힘의 반전을 우리는 맛보았다. 그 누구도 느낄 수도 알 수도 없는 거대한 힘을 느낄 수 있었습니다.

이 말은 학수고대하는 마음에서 바람이라 생각할 수도 있다. 하지만 그것만은 아닌가 합니다. 기도하고 구하면 받은 것이나 다름없다라고 하신 말씀 안에 답이 있는 것이었습니다. 공의와 정의로 다스리시는 보이는 것만이 다가 아닌 보이지 않는 손을 우리는 믿었습니다. 그 말씀은 그 힘은 그 누구도 막을 수 없음을 알 수 있었습니다. 심판도 판단도 우리 몫이 아니었습니다. 이루어지는 때도 이룩하는 때도 아무도 모릅니다. 오직 우리의 주님만이 아십니다.

어느 날 갑자기 찾아온 코로나19. 인간의 발걸음을 하루아침에 몽땅 묶어놓은 위대하신 능력의 힘. 지난해 초에 이제는 이제는 하면서 한 해를 보냈다. 그 누구도 예방약도 치료약도 개발하지 못했습니다. 그래도 세계에서 가장 먼저 개발한 국가는 역시 미국이었다. 그 예방약을 구입하는 것도 국가외교력과 비례하여 구입하는 실정에서 대한민국은 순위가 뒤처지고 그나마도 구입하지 못하고 국민 원성 속에서 거짓말을 하기 수 번 후진국에서 원조를 받기도 하는 수모 끝에 국민의 70%를 예방접종을 하였다고 합니다. 외부효과라 하는 주변 70~80%가 접종을 하면 받지 않은 20~30%의 국민도 접종효과가 있다고 합니다.

대한민국도 영국, 미국 등과 같이 위드코로나를 선포하였다. 11월 1일부터다. 얼마나 그립고 가고 싶고 하였는가 2년이라는 기간 동안 먹고살기 힘들고 하고 싶은 것 못하고 가고 싶은 데 못 가고 먹고싶은 것 못 먹고 장사는 못 하고 빚은 늘어나고 보고 싶은 사람 못 만나고 그 고충을 말로 다 표현 할 수 있으랴. 이제 못한 것 차근차근 해보자구려 서두르지 말고.

옛날얘기 해가면서 그동안 하고 싶은 것 중 1위는 그리운 사람 만나고 싶은 것, 2위 외출하고 싶은 것, 3위 여행 가고 싶은 것, 4위 놀지 못한 것 순위다. 가고 싶은 장소 1위는 학교, 2위 카페, 3위 식당, 4위 수영장, 5위 공원, 노래방은 8위, 교회는 12위로 조사되었다 합니다.

이처럼 보이는 것의 힘도 크지만 보이지 않는 것의 힘 또한 위대함을 느낄 수 있다. 보이는 것의 힘은 느끼고 살아가지만 보이지 않는 것의 힘은 지나고 나야만 그 위대함을 느낄 수 있음을 알 수 있다.

더글라스 맥아더의 애송시 '청춘'에서

청춘이란
청춘이란 인생의 한 시기가 아니라
마음가짐을 뜻하나니
장밋빛 볼, 붉은 입술,
부드러운 무릎이 아니라
풍부한 상상력과 왕성한 감수성과 의지력,
그리고 인생의 깊은 샘에서 솟아나는
신선함을 뜻하나니

청춘이란
두려움을 물리치는 용기,
안이함을 뿌리치는 모험심,
그 탁월한 정신력을 뜻하나니
때로는 스무 살 청년보다
예순 살 노인이 더 청춘일 수 있네

그러니 보이는 위대함보다
보이지 않는 보임의 위대함이 더 크게 보임을
보지 못하는 눈뜬 자들은 맹인보다 못함을
깨달아 아는 것이 더 위대함을 알아야 할지니라

힘의 논리는 보이는 것에 있음이 아니라
보이지 않는 볼 수 없는 거대한 하늘 진영의 계획에서만이
이룩하여지는 거대함의 논리임을 깨달아야 할 것이 약한 자의
희망과 소망일지어다

아버지의 인생수업

3. 상대방의 의견을 존중하라

"대접을 받고자 하면 대접을 하라."라는 말이 있다. 세상은 요철 인생이다. 들어간 곳이 있으면 나온 곳도 있다. 그리하여 상호 간에 맞추어가면서 살아가는 것 아닌가.

온전히 완전한 사람이 어디 있던가. 부족하면 채워주고 남으면 흘려보내고 이렇게 서로서로 메꾸어가면서 사는 것이 인생살이가 아닌가 말일세.

두메산골에서 목회를 열심히 하는 K목사가 있었다. K목사는 밥만 먹으면 이웃집을 찾았다. 이웃이라야 11가구 남짓한 작은 마을이라 숟가락 젓가락도 알 수 있을 만큼에 작은 동네였다.

그러니 전도하는 것이 마실 가서 구구절절이 전설의 고향 이야기를 듣는 것이 전부였다. 그중에서도 열심으로 목사님을 따르는 한 처자가 한 집의 재산 1호 격인 암소 1마리를 팔아서 만든 자식 혼인자금을 훔쳤다. 그것을 그 처녀가 숨기다 숨기다 못해 목사님에게 이실직고하였던 것이다. 궁리 끝에 목사님이 주일 설교시에 회개하고 용서를 빌으라고 말을 했다.

전 교인이 회개할 사람은 나와서 회개하라 하셨는데 몇 명 안 되는 교인이 회개기도를 각자가 다하였다. 마지막으로 돈을 훔친 처자가 나와서 회개를 하기 시작하였다. 제가 언제 어디서 소 팔은 돈 얼마를 훔쳤습니다. 회개합니다. 용서하여 주십시오라고 말을 하자마자 몇 명 안 되는 교인들이 죽일 년 살릴 년 하면서 욕을 퍼붓기 시작하였다.

순간 그 처자 입에서는 알아듣지도 못하는 방언이 터져 나오는 것이었다. 그러자 교인 마을 사람들은 이게 무슨 개뼉다귀 같은 소리여 하고 난리가 났다. 이때 목사님이 중재에 나섰다.

이 말은 방언으로 하나님과 직접 말을 하는 것으로 회개함으로 용서하심을 말하는 것이라 설명하였다. 이는 회개하는 자의 체면을 불쌍히 여기심으로 용서하시고 기회를 주시는 은혜와 축복의 자리로 인도하심이라 생각합니다라고 에둘러 용서를 구하시고 마무리하였던 것입니다.

이처럼 우리는 살아가면서 이해 못 할 것, 용서 못 할 것이 없는 환경에서 살아가고 있음을 본다. 그것이 나의 일이요 그 일을 내가 해결하면서 역지사지하는 마음으로 바라보아야 될 줄로 믿습니다.

이 말의 요점은 심증은 가나 물증이 없으며 그 진실을 털어놓도록 기회를 만들지 않으면 그 사건은 미궁 속으로 끝나버릴 것입니다. 그러한 사건은 해결의 실마리를 상대방으로부터 풀어가는 것이 상호 간에 해결방법이 아닌가 싶습니다.

'라 로슈푸고'라는 프랑스 철학자는 이런 말을 하였다.

아버지의 인생수업

"적을 만들려면 친구를 이겨라. 그러나 그 친구를 얻고자 한다면 친구로 하여금 이기도록 하여라."

이 말은 사람은 누구나 친구보다 뛰어날 때는 자신을 우월감을 가지며 그 반대의 경우에는 열등감을 갖고 실망과 질투심을 일으키기 때문이다.

독일 속담에 이런 말이 있습니다.

"타인의 실패에 대한 기쁨보다 더한 기쁨은 없다."

이 말은 다른 말로 표현하면 진정한 즐거움이란 다른 사람의 고난을 바라보며 맛보는 즐거움이라는 것으로 해석됩니다.

솔직히 우리 친구들 중에는 우리의 성공보다 실패를 기뻐하는 자가 있을 것입니다. 그러므로 자기의 성공은 되도록 말하지 않는 것이 좋다. 이 말은 반드시, 옳은 말임을 느낍니다.

가끔 본다. 공은 내가, 과는 상대방에. 경쟁자의 공은 또 다른 아는 친구에게 말하지 않는다. 과는 말을 안 해도 끄집어내서 흠집을 말한다. 의아스럽게 생각하기가 한두 번이 아니다. 본인의 과는 다 그런 거지 뭐 세상 그렇게 사는 거야 하며 목청을 높이며 합리화 시키려고 어물적 넘어감을 봅니다.

인간은 그렇게 뽐낼 만큼 대단한 것은 아니니까. 좀 더 겸손해야 한다. 인생은 짧다. 하찮은 자랑거리를 내세우지 마라. 내가 말하기보다 그들이 말하게 하라. 조금만 생각해보면 우리는 자랑할 만한 것이 아무것도 없는 것임을 알아야 합니다.

우리가 백치를 면한 것은 갑상선에 있는 약간의 요드 덕분이다.

(※요드는 불과 5불이면 살 수 있다.) 갑상선에서 이 요드를 제거하면 인간은 백치가 된단다. 이 요드가 우리를 백치로 만들고 정신병원도 보낸다. 이것이 인간의 힘이다. 자랑할만한가 교만하지 마라, 까불지 마라.

헛소리하지 마라. 있음도 없음도 다 거기서 거기다. 있음은 몸만 고단하고 관리하는 데 힘만 소비한다. 뱃속에 똥만 가득하고 머릿속은 텅텅 빈 자들아 각성하여라. 옳고 그름을 판단함을 네 돌머리로 네 기준의 잣대로 재지 마라.

움켜쥐고 내려놓는다고 말하지 마라 모래를 손바닥에 올려놓고 힘을 주면 줄수록 모래는 빠져나간다. 먹을 만큼만 움켜쥘 만큼만 소유하라. 그러면은 너에게 누르고 밟아서 넘치게 주시리라는 말씀을 명심하시기 바랍니다.

흘려보내고 너로 하여금 통로가 되어라. 그리고 은혜와 축복을 받으라. 그리하여 너를 사랑하고 선택하신 주 하나님을 사랑하고 기쁘게 할지어다. 그것이 모든 믿는 자에게 드리는 말씀이니라.

아버지의 인생수업

4. 눈물이 말해주는
상징성

보릿고개를 아는 세대는 배고픔과 가난에서 눈물을 흘리고, 일제강점기 세대는 나라 잃은 압박감에서의 한탄의 눈물을 흘렸을 것이다. 여유로움과 분단의 갈림에서 아귀다툼을 하는 현 정권의 확실한 눈물은 원망과 자신이 선택의 잘못에서 후회하는 눈물이 아닌가 싶다.

연속극에서 감동의 눈물을 나도 모르게 흘리는 눈물은 내용이야 어찌 되었든지 정의와 진리가 살아 숨 쉬는, 남아있는 가슴속의 호소가 아니겠는가. 눈물을 훔치면서 웃기도 하고 원망도 하고 후회도 하고 가슴이 벅차기도 한다.

그것은 거짓을 알고 진실을 알고 있음을 상징하는 가슴이 있다는 것이리라. 가슴이 없고 진실이 없고 감정이 없는 사람은 인간이 아니다. 우리는 입으로 말을 하지만 가슴을 대변하고 머리로 사고하는 준비된 지체임을 나타내고 있다.

그런데도 입을 막고 눈을 가리고 사람 구실을 하지 못하게 하고 나의 공을 과로 만들고 작은 것을 크게 부풀리며 침소봉대하여 국민을 특히 배움이 부족하고 현실과 동떨어진 오지의 사람들을 눈속임하고 있다. 손바닥으로 하늘을 가리는 과오를 범하고 있다.

세상을 감성적으로만 바라볼 수는 없다. 그러나 사람은 태어날 때부터 감성의 DNA를 가지고 태어났다. 성선설, 성악설로 감성을 가지고 있음을 말해준다. 읍소하고 무릎 꿇고 절하고 하여도 본성은 타고난 것이다. 변하지 않는다.

이제는 국민들도 속지 않는다. 중국의 옛말에 이런 말이 있다. 획죄어천 무소도야(하늘에 죄를 지면 빌 곳도 없다)란 말이다.

부모 형제는 천륜이라 했다. 하늘이 맺어준 관계다. 그러한 하늘의 뜻을 어긴 것이다. 그러한 관계를 저버리고 눈물 한 방울, 무릎 꿇고 사죄 누가 믿을 수 있겠는가. 하늘에 지은 죄 어디에서 속죄 받을 수 있는가 말이다.

우리는 도쿄올림픽을 보았지 않는가. 맨 먼저 승전보를 울린 양궁은 세계에서 대한민국이 가장 잘하는 종목이다. 심지어는 국가대표로 선발되는 것이 올림픽에서 금메달을 따는 것보다 어렵다고 한다.

남녀 혼성팀에서 김재덕 선수가 고등학생이라고는 믿어지지 않는 늠름하고 자신에 찬 목소리 "대한민국 파이팅"이라는 말을 할 적에 가슴이 뭉클하고 눈시울이 뜨거워짐을 느꼈을 것이다. 국민을 하나로 만들고 애국하는 감정을 불러일으키는 힘, 이것이 진정 아름답고 고귀한 나라 사랑이지 않은가 말이다.

우리는 순수해야 한다. 숨겨서는 안 된다. 금방 드러날 것을 숨긴다. 오리발이다. 그러면 단합이 될 수 없다. 나는 참으로 고귀하고 무한한 능력은 솔직담백함이라 생각한다. 그 힘은 무궁무진하다. 누가 감히 솔직함에 진실함에 대적할 수 있단 말인가, 칼의 힘은 펜의 힘을 당할 수가 없다.

셰익스피어와 영국을 바꾸지 않겠다고 하지 않았는가. 이처럼 진실은 무궁무진한 힘을 능력을 보유하고 있는 것이다. 거기에는 파리 떼도 하이에나도 머무를 자리가 없다. 더럽고 진실하지 않고 남의 밥상을 넘보는 파렴치한들은 설 곳이 없다.

우리나라의 배구계의 전설이라 할 수 있는 김연경 선수의 눈물을 보았는가 그 애국하는 나라를 사랑하는 혼신을 다하여 싸우는 그 열정과 사투의 노력을 보았는가. 맏언니로서 솔선수범하고 다독이고 때로는 꾸짖고, 안아주고 이것이 지도자의 모습이고 사랑의 모습이다.

공항 입국 기자 회견에서의 일담은 참으로 보기에 아까운 진풍경 그대로였다. 그 말인즉 세계 4위에 오른 공은 누구의 격입니까였다. 누구의 덕은 선수들의 노력으로 이룬 것인데 배구협회 관계자는 정부의 덕분으로 몰고 가는 것이었다. 김연경 선수가 기자 회견인 점을 감하여 정부의 문재인의 많은 협조 덕분이라고 말을 했다. 그런데 또 문재인 대통령에 감사 인사를 하시라고 말을 하였습니다. 그러니까 김연경 선수가 방금 했는데 또 무슨 말을 하라는 것입니까 반문을 하는 해프닝이 일어났다. 이 얼마나 어처구니없는 일인가. 그렇게도 잘 보이고 싶으면 문재인의 구두나 닦고 밥상이나 나르시지요 한심한 양반이라고.

　김연경의 배구 역사를 보자. 김연경은 16세의 어린 나이에 태극 마크를 달았다. 김연경은 2012년 런던올림픽에서 한일전을 패배로 장식하고 라커룸에서 한없이 흐느껴 울었답니다. 그러나 순간 나는 죽기 살기로 최선을 다하여 싸웠는가 하고 반문했다 합니다. 아니다. 이제는 죽기 살기가 아닌 죽기로 싸워야 한다 하고 다짐하고 또 다짐했지만 세르비아에게 완패를 하였습니다.

　일본과의 마지막 세트, 일본이 먼저 2점을 앞서고 매치포인트에 가 있었다. 그러나 우리 선수들은 질 것 같다는 생각은 안 들었다고 합니다. 그러므로 기적이 일어났다. 2점을 뒤집고 승리한 것이다.

　우리 선수들은 얼싸안고 춤을 추었다. 시청하는 국민들은 눈물을 흘리면서 애써 참으며, 참 잘했다 고생했다 고생했어를 연발했다. 어쨌거나 누구나 할 것 없이 고생 많았다. 이것이 애국이고 애국자이다. 배구협회는 그런 노력과 희생을 돈과 권력으로 분칠하려 했습니다.

　이러한 공은 전설로 후대에 길이 남겨두어야 할 것입니다. 국민에게 희망과 용기를 주었던 선수 우리는 그의 씩씩함과 용기 자신감을 떠오르게 한다. 높이 뛰기를 하고 바가 떨어지자 벌떡 일어나서 괜찮아 하고 자기만족 최면을 걸었던 키는 크고 수수깡이처럼 삐쩍 마른 사내 바로 우상혁이 생각납니다.

　본인이 실패하고 본인이 괜찮다고 하는 사람은 처음 보았다. 그러나 그 용기만큼은 참으로 가상했다. 우리나라 높이 뛰기의 신기

아버지의 인생수업

록을 세우는 순간이었으니까요. 우상혁은 한동안 2m35라는 숫자를 써서 머리맡에 두고 잠을 잤다고 했다. 그는 그 신기록(종전 한국기록은 2m33)을 세우는 순간에 트랙이 쫘악 하고 찢어지는 소리가 나는데 순간 넘었구나 하고 직감을 느꼈다고 했습니다.

그는 충청북도 증평에서 태어나 초등학교 때 육상이 하고 싶어서 4학년 때 대전 중리초등학교로 전학을 가서 높이뛰기를 하였다고 합니다. 우상혁은 국민들에게 꿈과 희망을 주기에 충분했습니다.

세상에 보이는 것이 온통 눈살 찌푸리는 일들, 불공정이 공정을 이기는 세상, 순간 회피가 영원하리라는 착각, 불공정이 만연하는 상식이 없는 세상에서 자신이라도 긍정적이고 순리적으로 위안을 삼을 수 있는 용기와 힘은 단비와 같은 존재가 되기에 충분하였다. 얼마나 천진난만한가. 얼마나 다가가기에 부담이 없는가.

서로 사랑하고 싶지 않은가. 악수하고, 끌어안고 등이라도 두들겨주고 싶지 않은가 말입니다.

5.   그 밥에
그 나물

진담 반 농담 반으로 하는 말이다. 별로 썩 듣기 좋으라고 하는 말은 아니다. 비아냥적이면서도 정상적이지 못한 상식적이지 못한 사람들을 표현할 때 우리는 그 밥에 그 나물 속된말로 그놈이 그 놈이지란 표현을 가끔 사용한다.

매년 우리 사회에서는 그래도 지식적으로 많은 존대를 받는 집단이 교수들 집단이 아닌가 싶다. 물론 다는 아니더라도 대학생들을 지도하는 가장 상위그룹의 교육지도 매체가 아닌가. 그래서 우리 사회에 던지는 언어들은 국민들이 받아들이는 믿음의 차원이 다르지 않나 싶습니다.

그중에 어용 교수는 제외하고 말입니다. 그 교수들이 선정한 사자성어는 이것이다. 猫鼠同處(묘서동처)이다.(猫: 고양이 묘 鼠:쥐 서 同: 한가지 동 處:곳 처) 고양이는 도둑(쥐)을 잡아야 하는 동물인데 쥐는 도둑인데 한패가 되어 북 치고 장구 치고 짝짝꿍이 되어 다 해먹는 다는 말이다.

도둑을 잡는 ○○과 도둑이 함께 살면 어떻게 되겠는가. 나라 꼴

아버지의 인생수업

이 무슨 꼴이 되고 누가 범인이고 누가 감독을 하는지 도둑이 감독인지 감독이 도둑인지 참으로 가관이라 아니할 수 없습니다.

초록은 동색이란 말이 딱 어울린다.(草綠同色) 그래도 각자는 나는 고양이요, 나는 草色이요 할 것이다. 그러나 둘만 모이면 同色이라 일컫는다. 상대를 보면 당신은 쥐새끼요. 綠色이요 하며 덤벼든다. 참으로 어처구니 없는 일이 아닌가. 관리 감독을 해야 하는 위정자들이 한패가 되어 북 치고 장구 치고 하는 한 패거리의 풍물꾼 놀이야말로 가관이라 아니할 수 없습니다.

교수신문은 지난 11월 26일부터 12월 2일까지 전국 교수 880명을 대상으로 온라인조사를 벌인 결과 29.2%가 올해의 사자성어로 묘서동처를 선택했다고 밝혔습니다. 이 신문은 내 임직원의 부동산투기 논란, 성남 대장동 특혜 의혹 등을 비판하는 것으로 풀이된다고 말했다.

이 '묘서동처' 사자성어는 중국 당나라 역사서인 『구당서』에 등장한다. 한 지방군인이 집에서 고양이와 쥐가 같은 젖을 빨고 서로 해하지 않는 것을 보고 상관에게 보고했다. 그 상관이 나라 임금에게 보고하여 바치자 관료들은 복이 들어온다며 기뻐했다. 그러나 그중 오직 한 관리만이 "이것들이 실성했다."라고 한탄했다 합니다.

영남대 철학과 교수는 공직자가 위아래 혹은 민간인과 짜고 공사 구분 없이 범법을 도모하는 현실을 올 한 해 사회 곳곳에서 목도했다며 이 사자성어를 선택 추천하였음을 밝혔다.

2위는 '인곤마핍'(사람과 말이 모두 지쳐 피곤하다)이 뽑혔다. 이는 코로나 때문에 온 국민도 나라도 피곤한 해였음을 말한다. 3위는 '이전투구'(물고 뜯으며 사납게 싸움)가 선정되었다.(조선일보 2021. 12. 13일 보도 인용)

우리 아들은 예수 닮은 것 같아라고 말을 했다고신문에 실렸던 기억이 난다. 누군가 보았다 오천만의 가슴을 찢었던 조국의 어머니였다. 2020년도 최대의 거짓말쟁이였던 조국의 엄마다운 말이었다.

예수가 누구인지 아는가. 당신 같은 사기꾼집단이 함부로 떠들어대는 더러운 입술에 오를 분이 아니다. 예수님이 누구인지 무엇을 하신 분인지 알기는 아는가. 과연 희대의 사기꾼의 에미 다운 발상이다.

세상이 이런 말이 당신들 같은 사람에게 적합한 말인 것 같아. 감히 공개한다.

子曰: 獲罪於天 無所禱也(자왈: 획죄어천 무소도야)란 말이 있다. 즉 하늘에 죄를 지면 빌 곳도 없다란 말이다.

온 국민도 그때 그 당시에 일을 다 기억하고 있다. 천벌을 받아 죽을 ○○이라고. 그런데 그 사건을 다시금 생각나게 하는 말을 끄집어내다니. 기억에도 생생한 웅동학원을 사회에 환원한다고 청문회석상에서 말을 해놓고는 아직까지도 사회에 기증은커녕 기미조차도 보이지 않는 사기꾼, 누가 벌을 주지 않아도 하늘이 벌을 줄 것이리라.

어찌 죄는 사죄할 생각은 하지 않고, 말한 것을 지키려 하지 않고 변명으로 빠져나가려고만 하는지 한심하구나. 그 에미 하는 말 보니 참으로 그 밥에 그 나물이구나 하는 생각이 든다.

무엇을 배울 것이 있었겠는가. 배움도 중요하지만 먼저 사람이 되라는 말이있다. 세상을 한 나라를 만들어가는 것은 권력자의 공권력으로 만들어 가는 것이 아니라 오직 국민의 피와 땀이 섞인 주권으로 만들어가는 것이다. 국민이 준 공권력을 자기 마음대로 휘두르면 그 공권력이 남용되어 범죄자가 되는 것이다.

그런데 감히 누구에다가 예수님을 갖다 붙이다니 어찌 죄인이 예수와 같다고 하는가. 예수님은 완전무결하시고 영원무궁하시고 전지전능하신 분이시다. 감히 죄인은 고개를 들고 바라볼 수도 없는 분이시다.

무지에도 급수가 있다. 제발 하고 정신 차리고 석고대죄하길 바란다. 그리하여 만 분의 일이라도 자식 낳고 살아가는 부모님들의 가슴에 맺힌 응어리를 풀어주기를 간절히 바란다.

그렇지 않으면 대한민국의 자식 낳고 키우는 사람들은 저주와 원망을 평생 안고 살게 될 것임을 명심하기 바랍니다.

6.   변함없는 것과
진리는 동의어다

어느 날 갑자기 날아온 부음의 연락, 삼성병원 영안실 이만기 사망. 엊그저께만 해도 소주 한잔에 괄괄한 음성으로 반기문 사무총장 무조건 당선을 외치던 친구였다.

자세한 말은 하지 않았지만 혼자 동분서주하며 정신없었던 친구가 갑자기 명을 달리하였다. 고등학교에서 동문수학하던 친구, 대학을 졸업하고 중앙부처에서 공무원을 시작으로 녹봉으로 연명하던 친구다.

목소리가 우렁차고 성격이 쾌활하고 술도 좋아했던 친구와 서울시에서도 함께하였고 청주시 부시장도 역임했다. 모임도 함께하고 분기 1회씩 모임에 참석했던 친구가 갔다.

그 친구가 반기문 유엔사무총장이 퇴직 후 대한민국 대통령출마 선대위에 공동선대위원장을 맡아서 일을 추진하고 있었던 것이다. 많은 기대감과 의욕 넘치는 자신감에 부풀어 있었을 것으로 판단됩니다.

그런데 어느 날 갑자기 반기문 대통령 후보가 사퇴를 하였다. 사전에 선대위원들과 한마디 상의도 없이 사퇴한 것이다. 꿈도 희망

도 사라진 것이다

후보자의 마음은 또 선대위원들의 마음은 얼마나 기가 막히고 가슴이 메여질까. 또 응원하고 기대에 부풀어있던 국민들은 맑은 날의 벼락이었을 것입니다. 그 갑작스런 사퇴와 이유를 들어보고 우리 사회가 한국의 정치가 깨우쳐야 할 것은 무엇인가 국민이 보고 느낀 사연을 알아봅니다.

반기문 전 유엔사무총장은 어려서부터 사무총장 꿈을 키웠다고 말했다. 그것이 1962년 전, 반기문 사무총장이 18세 때 충북 충주고 시절 청소년 적십자 국제대회에 참석하여 케네디 대통령의 연설을 듣고 난 후부터 꿈을 꾸며 살았다고 하였습니다.

그런 그가 청운의 꿈을 이룩하고 세계가 칭송하는 유엔사무총장 직을 내려놓고 자의 반 타의 반 대통령 출마를 결심하고 정치의 문을 두드렸습니다. 그러나 정치는 그가 생각하는 그러한 꿈같은 달콤한 길이 아님을 처음부터 뼈저리게 느껴야만 했습니다. 그는 지금도 말한다. "정치 철학은 없고 술수에 기대는 질 낮은 정치는 종식되어야 한다."라고 말씀하신다.

항간에 떠도는 말로 "권력의지가 부족했다."라는 말을 많이 했다. 소위 맷집이 약했다는 의미일 것이다. "상대방을 헐뜯고 무슨 수단을 써서라도 정권과 권력을 쟁취하겠다는 것이 권력의지라면 내겐 그런 의지는 아예 없었다."라고 회고하고 있습니다.

공항철도 티켓 구입 논란, 퇴주잔 논란, 박연차 뇌물수수 논란 등 말할 수 없는 저질의 음해보도 논란은 익히 겪어보지 못한 사건들로 정도만을 걸어오던 그로서는 참기 어려웠던 것입니다.

그중에서도 박연차 뇌물 수수 사건은 다분히 의도적이라 할 수 있습니다. 약속된 장소에 30분이나 늦게 도착을 하고 난데없이 포도주 대신 폭탄주를 마시자고 떼를 쓰는 등 외교 만찬 자리에서 있을 수 없는 짓을 하는 등 어처구니없는 행위는 참으로 가관이었답니다. 이러한 계획적이고 무례한 짓을 해놓고는 뇌물수수 혐의로 뒤집어 씌우려는 저질스런 행동은 참으로 있어서는 아니 될 파렴치범의 짓이 아닐 수 없습니다.

나는 가난한 집안에서 태어나 자랐지만 내 마음만은 가난하지 않았다고 말합니다. 남과 다투거나 치열하게 경쟁하는 스타일도 아니고 남과 같이 학연이 있는 것도 뒷빽이 있는 것도 아니었습니다. 그저 맡은바 열심을 다하는 성실한 청년으로 살아왔을 뿐. 남들이 나보고 저 바보 같은 놈 돈 받은 놈으로 치부하고 손가락질하니 정신이 하나도 없었다고 회고합니다. 자존심이 밑바닥까지 떨어지니 그래서 그만두었다고 반기문 전 사무총장은 회고하셨습니다.

종전선언은 '정치쇼'다. 미군 철수 빌미만 제공할 뿐이다. 북에 더 당당해져야 하며 고립될수록 북만 손해라 합니다.

한중관계 묘안은 중국과의 선부터 명확히 해야 한다. 한미동맹은 타협대상이 아니라 한미는 생사관계이고 혈맹관계이다. 중국을 이용할 줄 알아야 한다.

최악으로 가는 일본 관계는 새 정권에서 반드시 풀어야 동반 발전할 수 있습니다.

아버지의 인생수업

넬슨 만델라는 말했다. 과거는 딛고 미래를 열어야 한다.

문재인 정권의 고집은 나만 잘하면 되지는 버려라 그렇지 않으면 왕따 정부 된다.

약한 자는 강한 자가 와서 무릎 꿇기를 원한다. 세상에 강자가 약자 앞에 무릎 꿇기 원하는 나라가 있는가. 세계 여론에 호소하는 것도 비웃음거리다. 안에서 새는 바가지 밖에서도 새게 되어 있다.

문단속하지 않는 집구석 도둑이 창궐한다. 외국에 나가서 외교 한다는 자가 혼자 밥 먹고 취재기자가 얻어맞는 것을 보고만 있는 나라 수장을 누가 대접을 하겠는가 하고 어리석음을 지적하고 싶습니다.

반기문 전 사무총장의 업적 중 하나는 파리기후변화협정 체결이다. 총장님은 탄소배출량을 줄이지 못하고 있다고 개탄하지만 많은 저항을 받은 것도 사실이다.

나와 코드가 잘 맞은 교황 프란치스코는 이런 말씀을 하셨다. "신은 누구나 언제든지 용서를 하고, 인간은 때때로 용서를 한다. 그러나 자연은 결코 용서하지 않는다."

한국이 낳은 유엔사무총장 반기문은 이렇게 살아온 길을 소개하고 있다. 다하지 못한 말들이 어쩌면 더 많을지도 모릅니다.

다만 올곧게 살아온 생애 중에서 아쉽고 하고 싶은 말을 기억에 남는 말을 하다 보니 왜 아쉬운 마음이 없으시겠는가마는 그래도 내 생애 가장 잘한 선택은 유순택 여사와 결혼한 것이라 하신다. 이 얼마나 인간다운 표현인가.

그가 걸어갈 길 내내 행복한 여생이 되시길 빕니다.

7. 구멍 난 세월호가
     청와대를 침몰시켰네

어지간히도 울궈먹더니. 이제는 더 우러나올 것이 없는가. 피해
자의 원성이 아닌 뒤집어씌운 자들의 소리만 울리고 억울하게 뒤
집어쓴 가마니가 껄끄럽고 숨이 차서 조용해진 틈 사이를 헤집고
나오는 소리가 들리는 것 같습니다.

그 누구의 잘못도 아닌 것을 때는 이때라 하고 뒤집어 씌우고
숨 쉴 틈도 없이 눌러 질식을 시킨 현 정부의 간신배들 잘잘못을
가리기도 전에 국민들의 울분을 장악해버리고 거기다가 프레임까
지 얹어서 변명도 할 수 없도록 온갖 중상모략까지 덧입혀진 세월
호 참사.

마치 모든 것이 선장과 선원이 청와대의 지시에 따라 움직이고
배의 키를 바닷속으로 몰아넣은 것으로 호도한 사건을 그렇게 되
기라도 기다렸다는 듯이 울궈먹고 또 울궈먹기를 근 10년 이제
조용한 것을 보면 더 이상은 짜낼 것이 없다고 판단을 한 모양인
가 보다.

대한민국의 20대 이상 국민이라면 세월호 사건을 모르는 사람은

없을 것이다. 8년 전 4월 16일 경기 안산 단원고등학교 학생 수학 여행길에 세월호에 탔던 학생과 여행객 304명이 바닷물에 배가 잠겨 사망했다.

참담한 이 사건으로 기름에 물 붓듯 박근혜 대통령의 탄핵 사건이 점화되었다.

그러지 않아도 최진실 사건으로 도마 위에 있던 탄핵문제가 점화되는 데에 불쏘시개 역할을 한 것이다. 안 그래도 시비거리를 찾던 중에 때는 이때다 하고 문재인 일당은 국민들을 호도하고 걸고넘어지는 끈을 붙잡은 것이다.

잘잘못 시시비비를 가릴 틈도 없이 정부 잘못으로 몰고 갔다. 쟁점거리는 사고 신고 후 10여 시간을 무엇했느냐가 쟁점이었다. 그들은 남의 말을 들을려고 하지 않고 대통령의 개인 비리로 몰고 가기에 급급했다. 국민과 피해 유가족을 등에 업고 무조건하고 밀어붙였다. 그렇게 탄핵으로 몰고 갔다.

세월호는 폐선 직전에 있었던 배로 불법개조되었으며 무게중심이 턱없이 높은 배로 조사되었다고 한다. 배는 조타장치의 일부인 솔레노이드 밸브의 고장으로 인해 우현 37도로 돌아가 고정되어버린 방향타, 엉성하게 묶여 배가 기울면 쓰러질 수밖에 없었던 과적 화물, 승객을 구조하지도 갑판 위로 유도하지도 않은 채 자신만 살겠다고 도망친 선장과 선원들의 변명의 상황이 우연과 일치하는 등으로 온 국민들은 영혼에 깊은 상처를 입게 되었다.

이렇게 되자 국민들의 가슴에 상처를 누가 대신해서 아픔을 외쳐줄 사람이 필요했으리라 본다. 때마침 구실을 찾던 좌파들의 먹이 거리가 되었던 것이다. 그들은 손 안 대고 코를 풀 기회를 맞이한 것이다. 구실만 생기면 숟가락 얹으려는 그들에게는 좋은 사냥감이었습니다.

몇 년이 지나서 사회 곳곳에서 이제 작작 울궈먹으라는 비판의 소리 지겹지도 않으냐고 하는 소리가 나오기 시작하자 좌파들은 벌떼같이 달려들어 망신주기에 혈안이 되었던 적도 있었다. 이제는 그들도 얻을 것 다 얻고 활용할 것 다 활용했으니 그만하지 했는지 조용한 것 같습니다.

무슨 사건이 일어나며 거기에는 의문 사항이 남게 마련이다. 이번에도 의문 사항이 남는 일이 하나 있다. 그 미스테리는 문재인은 왜 팽목항 방명록에 "미안하다. 고맙다."라고 쓴 것일가다. 미안하다라는 말은 이해가 가는 말이다. 가장 상식적이기 때문이다. 그러나 '고맙다'라는 말은 무엇이 고맙다라는 말인가. 죽은자에게 죽어줘서 고맙다 이것은 무슨 말인지 모르겠다. 유가족에게 고맙다고 말해보아라 죽일려고 달려들 것이다. 좌파들에게 세월호란 무엇이라고 생각할까 '미안하다! 고맙다! 그리 해본 소리야!'라고 할까?

비극 '오이디푸스 왕'에서 오이디푸스 왕은 진실 때문에 파괴되는 한 인간을 다룬 비극이다. 여기서 자신의 모든 것을 잃을 수 있다는 것을 알면서도 진실을 향해 나아가는 한 인간을 그려낸 작품이기도 하다.

아버지의 인생수업

오이디푸스는 탐정처럼 법인의 정체를 추적하여 그게 본인임을 깨달으며 그 후 브로치로 눈을 찌르며 자책하고 응징한다. 상상할 수 있는 가장 추악한 상태에 놓여 있었지만 진실의 끝을 밝히려는 의지 하나로 자신의 존엄성을 회복하려는 것을 말한다.

우리는 그 비극만이 건네주는 묵직한 진정한 비극임을 선사하는 카타르시스(정신분석에서 마음속에 억압된 감정의 응어리를 행동이나 말을 통하여 발산함으로써 정신의 균형이나 안정을 회복하는 일)를 느낄 수 있다.

아무튼 세월호 사망자의 명복을 빕니다. 유족과 부상자의 회복을 진심으로 기원합니다.

8. 我是他非
(아시타비: 나는 옳고 남은 그르다)

수많은 말을 만들어내는 사연들 속에 우리는 살아가고 있다. 남이 하는 것은 죄가 되고 내가 하는 것은 로맨스가 되는 세상. 말도 많고 탈도 많은 세상.

사람은 내 잘난 멋에 살아가는 것이 원래의 모습인가. 인간은 선하게 태어났다는 성선설이 있다. 맹자가 주장한 성선설에서 인간의 본성은 선천적으로 선하며 나쁜 행위는 물욕에서 생겨난 후천적인 것이라고 정의합니다. 반대로 순자의 성악설에서는 인간의 본성은 선천적으로 악하며 선한 행위는 교육이나 학문 수양 등 후천적인 작위에 의해서 선하게 되는 것이라고 주장합니다.

어느 것이 옳다 그르다 말을 할 수 없다. 하지만 인간은 살아가는 데 기본 상식이라는 것이 있다. 하나 더하기 하나는 둘이듯이 가장 기초적이고 윤리적이고 도덕적인 일들 그것은 누가 지적하지 않아도 말하지 않아도 서울에서도 제주도에서도 통할 수 있는 일들, 육지에서도 섬나라에서도 정답은 하나이듯 어른들의 대답도 아이들의 대답도 하나가 되는 바로 그것이 상식인 것이다. 어느 입

　　　　　　　　　　　　아버지의 인생수업

에서도 어느 집에서도 변함없어야 하는 오직 하나인 정답으로 완성이 되는 것이 진정한 정답인 것이다.

누구의 해석과 누구의 해석이 달라서는 아니 되는 것이다. 다르다면 그것이 내로남불.(내가 해석하면 로맨스고 네가 하면 불륜인 해석은 잘못된 해석이다.) 그것이 올해에 대학교수들이 뽑은 사자성어 '아시타비'이다. 아시타비는 올해 크게 유행했던 내로남불이란 말을 한문으로 옮긴 성어로 최근 만들어진 신조어이다.

교수신문은 2001년부터 연말에 한 해를 대표하는 사자성어를 선정하고 있다. 교수신문은 지난 7일부터 14일까지 교구 906명을 대상으로 온라인 설문조사를 실시한 결과 설문에 응답한 교수 588명(32.45%)이 아시타비를 선택했다고 발표했다. 사자성어 6개 중 2개를 중복 선택하는 방식을 택하였다. 그만큼 우리 사회를 내로남불의 해로 규정한 것이다.

내로남불의 역사는 1990년대 정치권에서 처음 등장했다. 우리나라에 '내 탓, 내 잘못, 내 책임'이라는 자기성찰을 망각하는 기류가 만연해있다. 툭하면 저쪽 잘못, 가짜뉴스, 거짓말이라는 식의 비방이나 감정대립의 오만한 인사만 늘어났다고 추천 의사를 밝혔다. 그들은 없던 일도 만들어서 뒤집어 씌우고 들키지 않으면 그대로 그들의 잘못으로 죄를 만들어 버린다.

그러니 그 순간을 모면하려고 변명하면서 상대방을 공격한다. 치고받고 하는 일들이 계속적으로 반복되고 잠잠하는가 싶으면 보이지 않는 곳에서 일을 만들어 터트린다. 이토록 주고받는 일들이 일상의 일이 되어버린 사회생활 속에서 애꿎은 국민들만 쓸데없는 사건에 휘말리는 새우등 터지는 꼴을 보면서 스트레스를 받으면서 살아간다.

그저 날이 풀리면 논밭 갈고 씨 뿌리고 김매고 추수 때 되면 추수하고 자식 키우고 시집, 장가보내고 하는 것이 천직으로 알고 살아온 죄밖에 없는 순박한 농민들을 이용하다 못해 속임수로 귀중한 한 표도 내 마음대로 올바른 곳에 던지지 못하게 하는 그들만의 그물망에 가두어 버리는 언제나 마음대로 할 수 있는 제물로 만들어 버린다.

그들은 5년 전에 말했다. 이게 나라냐고 말이다. 이제는 그들이 답변할 차례다. 당신들이 말하는 이게 나라냐가 이러한 나라 아시타비 나라가 당신들이 말하는 나라냐고 되묻고 싶다.

아버지의 인생수업

9.   절박함이
         나라를 구한다

벌써 3년이라는 햇수가 지나가고 있다.

어디서 듣지도 보지도 못하였던 질병이 들어온 지가 세 해를 넘어가고 있다 2019년도의 한 해가 저물어가는 10월인가 11월인가… 알 수 없는 질병이 중국 우한에서 발병하였다는 소문이 퍼지기 시작을 하였다. 질병명도 우한에서 발령했다 하여 우한 폐렴이라 하였다. 발병이 되자마자 발 빠른 국가에서는 출입국 문을 걸어 잠그기 시작을 하였지만 우리 대한민국은 자유롭게 출입하기를 몇 달 계속 출입할 수 있었다.

이웃 국가인 대만은 출입국을 봉쇄하면서 단 한 사람도 우한 폐렴이 발생하지 않았다. 그러자 우한 폐렴의 환자가 발생하기 시작을 하였다. 그제서야 정부에서는 제한적으로 출입국을 시행하였다. 그때는 이미 보균자가 한국에 다 들어와 전파를 시작하고 있던 때였으므로 속수무책으로 확산되고 있었으며 감당할 수가 없었다. 부랴부랴 대책을 수립하였으나 보이지 않는 바이러스 전염은 환자 발생을 기하급수적으로 전파하였다.

기억하기는 국회의원 선거(2020. 4. 15일자인가) 운동에서 동작구 출마 나경원 의원의 따님이 갑자기 유세장에 올라 하는 말 "왜 대통령은 입국을 허용해서(우한 폐렴의 병명이 코로나19로 변경되었음) 코로나19가 창궐하게 하였습니까?"라고 문재인 정부를 질책하는 선거운동을 하여 박수를 받았던 모습이 기억이 생생합니다.

그 당시에 세계로 확산되는 걷잡을 수 없는 환경이기도 하였지만 그보다 국민들 정서는 중국의 힘에 밀린 정부의 굴신 외교로 입국을 허용했다는 소문이 파다했었다.

힘의 논리에 굴복하는 정치외교로 국가 망신은 당할 때로 당하고 국민들 사기는 땅에 떨어진 현 정권에서 무엇을 더 바랄 것인가. 그나마도 우리 국민들의 끈기와 의지력으로 이제껏 버텨오고 인내 하였음이 온갖 부정부패를 일삼은 정부를 관용하며 견디지 않았나 생각합니다.

그러나 다음 정부에도 이 같은 만행을 되풀이하는 정부에게는 맡길 수 없음을 우리는 처절하게 느끼지 않을 수 없다. 왜 우리는 유능하고 훌륭한 인재를 보유하고도 무리하고 독선적인 자들을 앞세운 자의 지휘만을 받아야 하는가. 끔찍하고 살인자를 선택함은 우리의 미래가 없음을 스스로 절박하게 인식하여야 미래가 보장될 수 있습니다.

괴물을 뽑지 않으려면 공포를 이겨내야 한다. 그들만큼 강하고 담대해야 한다. 그들의 유혹에 넘어가서는 아니된다. 그들의 작은 선심에 넘어가서는 절대 안 됩니다.

아버지의 인생수업

굴신 외교, 굴신 외교 하는데 예를 들어보겠다. 한중 정상외교로 중국에 갔을 때 중국 기자가 한국 기자를 폭행한 적이 있습니다. 이유야 어찌되었든 자기 나라에 오신 손님을 폭행한다는 것은 있을 수 없는 일이다. 더욱 기가 막힌 것은 대한민국은 한마디 말을 못하였다는 것입니다.

아무리 강국이라 해도 말이 안 되는 일을 당하고도 대통령이라는 사람은 본인이 이끌고 간 기자가 폭행을 당했는데도 자기 국민이 당함을 보고도 말도 못 하는 그러한 외교를 하고 있습니다. 그리고 국내에서는 있지도 않은 일을 뒤집어씌우는 정책 내가 하면 로맨스 남이 하면 불륜이라는 자기들만의 이론으로 국민들의 가슴을 쓸어내리게 하기가 빈번하였습니다.

우리 말에 안에서 새는 바가지 밖에서도 샌다 하는 말이 있다. 국내 정치가 엉망인데 국제정치라도 잘해주었으면 하는 기대감은 헛된 기대인가.

언제인가 외국 방문을 마치고 돌아오는 기내에서 기자들이 대통령에게 질문을 하였다. 그러자 문 대통령 왈, 경제문제는 묻지 말라고 하더랍니다. 이것이 한 나라를 책임지는 대통령의 대답이 맞는가. 한 기자의 경험담이다.

그때의 우리나라는 어느 한구석 하나 내세울 분야가 없는 후진 액셀을 밟고 가는 운명이었다. 정치, 외교, 경제, 안보 등 전 분야가 성한 곳이 없이 구멍이 숭숭 나 있었다. 내세울 것 하나 없고 어쩌다 내세울 것이 있으면 남의 공을 가로채서 나의 것으로 만드는 기술은 어안이 벙벙할 정도니까요.

그러다가 한번은 의사회 협회장이 그것이 어찌하여 정부의 공이 냐고 반문을 받기도 하는 망신을 당하기도 하였다 이것이 현재의 우리 대한민국 정부의 능력이고 현 상황이다. 되지도 않는 트집을 잡고 없는 일도 만들어낸다. 아니면 말고 식이다. 지나가면 그만이 다 식으로 상대방 흠집 내기에 혈안이 되어있다.

단순하고 순진한 국민들은 TV 드라마를 보면서 감동적이고 진 심어린 장면이 나오면 가슴이 뭉클하고 심지어는 눈물을 흘리곤 한다. 이처럼 정의롭고 진심이 담긴 사연들에 솔직하고도 담백한 마음으로 살아간다. 이러한 때 묻지 않은 가슴을 마구 흔들어 놓 음은 국민 모두가 원치 않음을 알아야 할 줄 믿는다. 국민뜻을 알 지 못하는 정부는 들어서서는 안 될 것이며 하늘이 원치 않는다.

나라 임금은 하늘이 내린다라고 하지 않았는가. 최선을 다하면 결과는 따라오는 것이라 생각합니다. 자기 자리에서 최선을 다하 는 자 복이 있도다.

고맙고 사랑합니다.

10.   하늘에 죄를 지으면 빌 곳도 없다

옛말에 죄는 지은 대로, 때는 때대로 간다는 말이 있다.

대한민국은 민주공화국이다. 국가를 세우고 독립시키고 발전시켜서 세계 10대 강국을 이룩하는 데 초석을 세우시고 공산국가와 싸워 자주 독립 국가를 건국하신 이승만 대통령을 부정하고 6·25 전쟁 시에는 북한의 침공을 물리치고 대한민국을 지키는 데 1등 공신이신 백선엽 장군의 업적을 부정하여 동작동 국립묘지 안장을 거부한 파렴치범 김원웅 광복회장을 모르는 사람은 없을 것이다.

나는 기억이 생생하다. 백선엽 장군이 돌아가시기 전에 동작동 국립묘지에 갈 수 없다고 정부에서 하였을 때 나는 한국 땅에서 묻히는 것으로 족하다 하시고 대전 현충원 국립묘지에 안장을 하였을 때 대한민국 국민으로서 수치감을 느꼈던 그때 당시에 상황이 기억납니다.

어찌하여 수많은 묘지 중에서 나라를 건지신 장군을 국립묘지에 모시지 않는 것인가 그들의 적은 누구인가 북한인가 미국인가,

묻고 싶다.

백선엽 장군의 전쟁 일화가 있다. "내가 만일 전투에서 패하여 뒤돌아서면 귀관이 나를 쏘게나." 하고 부하에게 강력히 일렀다고 하는 일화는 그의 구국 일념의 기개를 엿볼 수 있는 대목이다.

그뿐인가 대전 현충원의 장군의 묘를 찾는 안내표지판을 세우고 나서 누군가가 훼손하여 알아볼 수 없게 만드는 등 돌아가시고 난 후에도 유공자를 홀대하는 모습은 참으로 우리나라는 나라가 아니라는 적개심을 자아내게 하는 분노를 금할 수 없다.

그런 국가 수호 및 광복에 관한 행정 일을 총괄하는 김원웅 광복회장 파렴치범으로 문 정권 친일 몰이의 민낯을 드러내고 사퇴를 하였다. 그 이유인즉 독립유공자 자녀들에게 써야 할 돈을 빼돌린 혐의를 받아왔다. 김원중 씨는 국가보훈처 감사에서 수천만 원을 횡령하여 옷값, 마사지비, 이발비 등으로 사용한 것으로 드러났는데도 계속 버티다 해임을 의결할 임시총회를 앞두고 물러난 것이다.

그는 사퇴하면서도 아랫사람 잘못을 탓했다. 광복회 인물에 김 씨 가족회사를 차리고 광복회장 명의로 직인이 적힌 공문까지 공공기관에 보내는 등 영업을 시도한 것도 아랫사람이 몰래 한 일이라는 변명을 늘어놓기도 하였습니다.

김 씨는 친일 미청산이 민족공동체의 모순이라고 했다. 일본이 패망한 1945년 스무 살이던 사람도 이제 100세를 바라본다. 21세기 한국에 친일파가 어디 있다고 친일파 타령이란 말인가. 언제까지 태산같이 많은 할 일을 앞에 놓고 친일파 타령만 하면서 상대방

아버지의 인생수업

을 적폐, 적폐 하며 살아갈 것인가.

정권의 힘에 아부하면서 죽창가나 부르고 김 씨는 광복회장이 되면서 이승만 대통령, 안익태 선생, 백선엽 장군 등을 친일 반역자로 매도하면서 추미애 등 정권 인사들에게 독립운동가 등의 이름의 각종 상을 뿌리면서 정권에 빌붙어 살아왔다.

문 대통령은 정권 내내 친일 몰이를 정권 도구로 활용해 왔다. 민주 여당에서는 2019년 총선에서 한일갈등이 유리하게 작용할 것이라고 보고서를 만들었다. 정권 실정심판론이 불거질 때마다 청와대와 여당은 '이순신 장군 열두 척', '의병 일으킬 사안', '도쿄올림픽 보이콧' 등을 앞세워 반일감정을 운운 불을 질렀다. 조국 비리에 국민이 분노하자 난데없이 한일군사정보보호협정(지소미아) 종료를 선언하기도 했다.

문 대통령은 한일관계에 철학이 있는 반대도 없었다 그는 취임하자마자 한일위안부 합의를 재협상하여야 한다는 등 위안부 할머니의 감정을 앞세워 반일감정에 불씨를 던졌다. 그러다 2021년 신년 회견에서 옛날 그 합의가 양국 정부 간의 공식 합의 였다고 사실을 인정한다고 돌연 바뀌기도 하였다.

문 정권은 김원웅 씨가 대한민국 역대 정부는 반민족 친일이라고 매도할 때 손뼉을 치기도 했다. 이재명 후보는 김원웅 씨를 광복 형이라고 불렀다. 그래놓고 김 씨의 이러한 파렴치한 행동에 대해서는 한마디도 없다. 이것이 문 정권의 친일 몰이의 민낯을 드러내는 단면임을 알 수 있습니다.

김원중 광복회 회장을 보고 참으로 한심한 사람이라는 생각을 지울 수 없다 어찌 공과 사를 구분할 줄 모르는 사람이 감히 한 나라의 광복회 책임을 맡을 수 있었나가 의심스럽다.

임명한 자는 중차대한 책무를 감당할 능력이 있는가를 확인도 하지 않았나가 의심스럽다. 그렇지 않다면 임명권자도 동일인이 아닌가 싶다. 우리는 그런 것을 보고 그 밥에 그 나물이란 말을 한다.

초록은 동색이라 볼 거 없이 우리 식구니까 앉히고 보자는 식의 인사 우리 식구니까 잘못하면 눈감아주고 밀고 나가면 되지 하는 식의 제 닭 잡아먹는 행정으로 상식을 덮어버리는 운동권식의 막무가내식의 일처리임을 알 수 있습니다.

지난해에도 광복회 회원이 사무실을 찾아가 똥바가지를 뿌린 경우가 있었음이 기억난다. 얼마나 막무가내고 속이 타면 있어서는 안 될 비상식적인 행동을 하였을지 짐작이 간다. 그때도 금전 관계가 문제가 되었던 듯하다. 결국에는 검은돈 공금횡령으로 불명예를 쓰고 물러나는 결과를 초래하고 말았다.

우리 세상 사람 중에 상식을 벗어나서 내 욕심 차리려고 하는 일이 제대로 되는 일을 보신 적이 있는가. 오래도록 장수하는 일이 있는가. 결국에는 비상식을 상식으로 둔갑한 일은 끝이 좋지 않음을 우리는 세상을 살아보면서 느끼지 않았는가. 오래도록 잘 될 것 같을 것 같은데 무엇이 단초가 되든지 결과가 좋지 않음을 우리는 보면서 그러면 그렇지 으으응 하면서 혀를 차곤 한다.

가깝게는 서울시장, 부산시장 보궐선거 불출마 번복 또한 자업자득임을 우리는 너무나도 잘 알고 있다. 국회의원 수 300석 중 180석. 뭘 저질러도 이길 수 있으니 못 하는 게 없다고 생각한 여당에서 대한민국의 가장 큰 도시 1, 2위 시장인 서울시장과 부산시장이 서울시장은 성추행으로 자살, 부산시장은 성추행으로 그 직위를 상실하게 되었다.

그러나 민주당 이낙연 대표가 서울, 부산시장의 비중이 너무 큰 것을 염려해서 당헌 당규를 고쳐서라도 출마시키기로 결정했다.

민주당 당헌은 당 소속 선출직 공직자가 부정부패 사건 등 중대한 잘못으로 그 직위를 상실해 재·보궐선거를 실시하게 될 경우 해당 선거구에 후보자를 추천하지 않는다고 돼 있다. 이 조항은 문재인이 당 대표 시절 당을 혁신한다면서 만들어 놓은 것이다.

그러나 야당은 민주당이 후보를 내지 않을 것이라고는 믿지 않았다. 그것은 이 정권은 내로남불과 위선을 밥 먹듯이 하는 작태로 보아 얼마든지 뒤집을 수 있으리라 예상하고 있었다.

보궐선거에 들어가는 비용은 838억 원으로 온전히 서울, 부산시민이 내야 하는 비용이다. 참으로 두꺼운 사람들이다. 다행히도 두 곳 모두 여당 참패였다. 이것 또한 콩 심은 데 콩 난다는 하늘의 뜻이라 생각한다.

보통 사람들은 내가 어느 자리에 있느냐가 중요한 것이 아니라 내가 무엇을 하였느냐가 중요하다고 생각한다. 정치에서 얼마나 몸을 담고 살았느냐가 중요한 것이 아니라 얼마나 국민을 위하고 약속을 지키며 살았느냐가 중요하다고 생각합니다.

3장

알아두면
좋은 상식들

1. 타산지석
(他山之石)

 싸우는 것을 보면 싸우지 않겠다는 생각을 하고 행복한 가정을 보면 나도 저러한 가정을 본받아 잘 살아야겠다는 생각을 함이 올바른 사람이라 합니다.

 남의 산의 돌이라도 나의 옥을 가는 데 사용을 하여야 도움이 된다는 뜻으로 사용하는 말로 사람의 하찮은 말도 자기의 지력을 닦는 데 도움이 된다는 말이다. '시경의 소아'에 나오는 말입니다.

 우리의 지금 세상은 참으로 혼돈 속의 헝클어진 실타래 같습니다. 온갖 부정과 부패가 난장판을 이룬다. 먼저 주워 먹는 놈 입안의 온갖 부정을 까발리고 강제로 입을 열고 파헤치려 하면 할수록 한쪽에서는 턱주가리를 밑에서 치받고 열지 못하게 하고 한쪽에서는 날카로운 쇠꼬챙이로 입안에 쑤셔 넣고 입을 벌려 넘어가는 오물(각종 부정부패 비리 물건, 증거물 등)이 산더미처럼 쌓여 있음을 선량하고 우매한 국민들은 냉가슴을 쥐어짜며 그저 바라만 보고 있다. 어느새 꿀꺽하고 배속으로 넘어가 버렸다.

 이처럼 양극화된 세상 속에서 박수 치는 놈 울부짖는 선량한 국민. 남의 물건 훔쳐가서 내 것이라고 내가 만들었다고 내가 했다고 두 손 들고 승전가를 부르는 파렴치한 놈들을 추석에 먹은 송편이 깊숙한 곳에서 구역질이 나고 넘어오는, 피 토하는 일들을 매일처럼 보고 살으려니 참으로 애통하고 애달프도다.

　형을 정신병원에 집어넣고 형수에게 입에 담지 못할 욕을 한 것도 부족하여 온갖 부정은 다 저질러 놓고 상대편에게 책임을 떠넘기는 파렴치한 작태는 어디서 배웠는지 옛말에 '획죄어천(獲罪於天) 무소도야(無所禱也)'란 말을 아는가. "하늘에 죄를 지면 빌 곳도 없다." 이 밖에도 셀 수 없는 천인공노할 죄를 어찌 다 말을 하겠는가. 다만 올바른 사고라 하면 타산지석하는 마음으로 남은 인생은 개과천선하여 살아야 할 것임을 엄중히 경고하고 통회하기를 원합니다.

2.　인간과
　　　동물의 잠

　살아 있는 생물은 잠을 자야 살 수 있다. 잠에 대한 상식을 알아
보자.(고호관 과학칼럼니스트 글 참조)

　동물은 왜 잠을 자야 할까. 우리는 잠을 자지 못하면 건강을 해
치고 생활을 제대로 할 수 없음을 살아보아서 알 수는 있지만 근
본적인 이유는 아직 밝혀내지 못하고 있다. 그중 가장 유력한 가
설의 하나는 잠자는 동안 뇌에 쌓인 노폐물과 독성물질을 제거하
기 위해서라는 것임이 밝혀졌습니다.

　잠은 인간의 뇌를 깨끗이 하는 시간이다. 우리는 매일 잠자리에
들지만 그 이유는 밝혀내지 못하고 있다. 한 가지 유력한 가설은
뇌에 쌓인 노폐물과 독성물질을 제거하기 위해서라 함입니다.

　2013년 미국 로체스터대학 연구진이 잠자는 쥐의 뇌를 관찰한
결과 잠을 자는 시간에 뇌세포 사이가 간격이 벌어지면서 체액이
활발하게 흘러나와 해로운 물질을 씻어내는 형상을 볼 수 있었다
고 합니다.

　또 2019년에는 미국 보스턴대 연구원이 사람 뇌에서도 똑같은

　　　　　　　　　　　　　아버지의 인생수업

현상이 일어난다는 사실을 알아냈습니다. 인간이 잠을 자면 뇌 활동이 줄어들고 혈액 흐름이 감소하는 대신 뇌척수액이 많이 흘러나와서 베타아밀로이드 단백질 등을 많이 씻어낸다고 합니다. 베타아밀로이드 단백질은 쌓이면 알츠하이머를 일으키는 물질이다. 어쨌거나 이 사실만 보아도 잠은 충분히 자는 것이 치매 예방에 유익함을 기억해야 합니다.

영국 연구진은 한 논문에서 우리가 잠자는 것이 하우스 키핑(house keeping) 과정 때문이라는 결론을 내렸다. '하우스 키핑'이란 노폐물을 청소하거나 뇌의 신경세포들을 연결하는 시냅스의 구조를 바꾸어 균형을 되찾는 등 뇌가 정상적으로 작동하기 위한 정비과정을 뜻하는 것입니다. 우리가 하우스 키핑이 이루어지려면 의식이 깨어있지 않은 수면 시간이 필요하다고 설명합니다.

인간은 잠자는 시간 깨어나는 시간을 기준으로 아침형, 저녁형 인간으로 구분하고 있습니다.

적정 수면 시간을 보면 갓 태어난 아이는 거의 종일 잠을 자며, 나이가 들면서 잠이 점점 줄어들면서 성인이 되면 7~9시간이 적정한 시간이라고 한다. 사람마다 조금씩 다르다. 아침에 일찍 일어나는 아침형 인간과 저녁에 정신이 맑아지는 저녁형 인간으로 분류가 되기도 합니다.

이 아침형 인간과 저녁형 인간의 구분은 잠을 오게 하는 멜라토닌이라는 호르몬과 관련이 있다 합니다. 아침형 인간은 멜라토닌 분비가 분비되는 시간이 저녁형 인간보다 빨라서 일찍 자고 일찍 일어나는 것이라 합니다.

아침형 인간과 저녁형 인간은 유전자와 관계있다는 연구 결과도 있다. 2007년 영국 시대 연구진은 PER3라는 유전자가 길면 아침형 짧으면 저녁형 인간이라는 연구결과를 발표하기도 하였다. 연구 결과에 의하면 어렸을 땐 유전자의 영향이 크지만 40대 이후는 유전자보다는 직업이나 주변 환경에 영향을 더 받는다고 합니다.

동물의 잠자는 시간과 패턴을 알아볼까 합니다. 기린과 아프리카코끼리는 2시간 정도, 말은 3시간 소는 4시간밖에 안 잡니다. 사람과 친밀한 개, 고양이는 10시간 이상 사자는 13시간, 호랑이는 16시간으로 사람의 두 배나 많이 잡니다.

잠은 초식동물은 적은 시간을 자고 육식동물은 많이 자는 것을 알 수 있습니다. 야외에서 서서 자는 초식동물은 위험에 노출을 피하기 위하여 적은 시간을 자고 위험과 관계없는 육식동물은 비교적 많은 시간을 취함을 볼 수 있습니다.

재미난 사실은 코알라, 작은갈색박쥐, 왕아르마딜은 16~20시간을 자는 잠꾸러기라는 것입니다.

동물들은 수면 방식과 패턴이 다양합니다 말을 비롯한 일부 유체류(발굽이 있는)는 누워서 잘 여건이 안 되면 선 채로 잠을 자기도 합니다.

학이나 두루미, 오리 등 일부 새는 한 발로 서서 잠을 잡니다. 이런 종류의 새는 주로 습지에서 서식하므로 체온유지를 위하여 머

아버지의 인생수업

리와 한쪽 발은 몸속에 파묻고 한쪽 발로만 몸을 지탱하고 잔다고 합니다.

또 뇌의 절반씩 나누어 잠을 자는 동물도 있다고 해요. 이렇게 뇌의 한쪽은 잠을 자고 한쪽은 잠을 안 자는 상태를 반구 수면이라고 해요. 이런 현상은 주로 새나, 고래, 물개, 바다사자 등 물에서 사는 포유류에서 나타납니다. 반구 수면을 하면 한쪽 눈을 뜨고 있기 때문에 적의 접근을 알아차릴 수 있어 자기방어를 할 수 있는 이점도 있습니다.

아직 인간과 동물이 수면에 대해서 과학적으로 밝혀지지 않은 부분이 많아서 과학자들의 연구대상으로 남아 있습니다.

적은 부분이나마 상식으로 대화할 수 있는 소재로 남아 있었으면 해서 실어 보았습니다.

3. 수집품 가치는
수집하는 사람의 필요와 비례한다

收集: 여러 가지 것을 거두어 모음

蒐集: 어떤 물건이나 자료들을 찾아서 모음이라고 우리말 국어사전에서 풀이한 '수집'의 뜻이다.

여기서 말하고 싶은 수집은 蒐集 어떤 물건이나 자료들을 찾아서 모음에 해당하는 수집을 이야기하려고 합니다. 우리가 수집하는 취미 중 먼저 떠오르는 것은 우표 수집으로 생각된다. 우표 수집은 주로 우체국에서 수집하였던 기억이 난다.

편지를 보내려 우체국에 가서 우체부 아저씨에게 새로 나온 우표 있으면 주세요 하면 아저씨가 있으면 새 우표를 주시기도 하셔서 사가지고 와서 우표수집 앨범에 정성스럽게 보관하였던 기억이 납니다. 새로운 우표수집을 위하여 외국에 친구들과 펜팔로 주고받기도 하였던 기억도 있습니다.

우표가 새로 발행되면 발행 매수(숫자)에 따라 가격이 달라진다. 어렸을 때 보통 20원 하던 우푯값이 구하기 어려운 우표나 발행매수가 적은 우표는 몇백 원에서 몇천 원까지도 호가하였던 기억도

난다. 필요하면 값은 정해진 것이 아닙니다.

우표 앨범을 통째로 사고팔기도 하였다. 수집 앨범이 다 차면 수집가와 연락하여 값을 정하여 매매를 하기도 한다. 값은 우표의 귀중 여부에 따라 정해진다. 귀하고 구하기 어려울수록 값은 부르는 게 값이었습니다.

이처럼 경제적 희소성으로 모든 가치가 정해지는 것입니다. 수집은 소유하고 싶은 사람이 모든 물건들을 자기만의 공간으로 이동하여 보관하는 행위로 수석 수집가, 빈병 수집가, 전화기 수집가, 동전 수집가, 만년필 수집가 등 세상에 존재하는 모든 것들을 본인의 취향에 따라 공간과 장소가 허락하는 한도 내에서 수집할 수 있지 않을까 생각합니다.

그러나 수집하고 싶어도 형편이 여의찮으면 헛된 공상에 지나지 않을 것입니다. 예를 들면 자동차 수집을 하고 싶은데 자동차 구매 능력도 보관장소도 없다면 공상으로 끝이 나니 말입니다. 그러니 우리가 수집하기에 여건이 허락하고 손쉬운 것을 가장 많이 택하곤 하는 것이 아닌가 싶습니다.

우리가 고속버스를 타고 가다가 휴게소에서 커피도 마시고 식사도 하고 휴식도 취하기도 한다. 매 곳마다 있는 것은 아니지만 가끔은 휴게소에 수석을 진열해 놓은 것을 본 적이 있을 것입니다. 예쁘고 색이 있는 오석이라든가. 생김새가 사람 모양, 집 모양, 나무 모양 등 별의별 모양이 있음을 보았을 것입니다.

어느 수석은 값이 몇십만 원에서 몇백만 원을 호가하는 것을 보신 기억이 있을 것입니다. 그것을 보시고 소유하시고 싶은 마음은 안 드시는지. 나의 공간에만 놓고 싶은 정도에 따라 값은 정하여진다고 생각합니다.

나도 옛날 그 옛날에 주말이면 배낭을 메고 집사람과 전국에 유명 산을 찾아 산에 오르곤 하였다. 그 돌이 치악산으로 기억된다. 돌이 가로로 층이 있고 모양이 보기 좋아서 배낭에 넣고 집에 가지고 와서 보관을 하고 보았다. 집을 이사를 다녀도 같이 가지고 다녔습니다.

그런 마음이 무엇을 수집을 하든지 그저 수집하고 보관하고 하는것이 수집가의 마음이지 않나 생각합니다. 수집가는 수집물건을 애지중지하는 것을 본다. 닦고 씻고 쓰다듬고 애지중지하며 아끼는 것을 봅니다. 이것이 수집하는 사람들의 마음이 아닐까 생각을 합니다.

수집 중에서도 특이한 동전수집에 대하여 알아보겠습니다. 언젠가 TV에서 옛날 돈(동전)에 대하여 보도되는 것을 본 기억이 있습니다. 그중에서 기억에 남는 것은 1987년도의 동전 500원이 180만 원에 거래가 된다는 것이었습니다.

그 보도를 보신 분들은 나를 비롯하여 모두가 500원 주화를 보는 눈이 발행연도에 눈이 갔으리라 생각합니다. 그것 말고도 옛날 아주 옛날에 10원짜리 동전이 이와 같은 사건으로 세상에 10원짜리 동전을 보면 년도를 확인하였었던 기억이 생각납니다.

그런데 2021. 12. 20일자 조선일보 일간지에 금속탐지기로 동전을 4,000개를 수집했다는 기사가 실려서 독자 여러분과 함께 하려고 인용하여 싣습니다.

미국인 마이클 패리스 씨는 스스로를 한국코인 헌터라 부릅니다. 지난 2015~2020년 한국에 거주하는 동안 등산길을 금속탐지기로 훑고 다니며 1600년대 상평통보와 같은 옛날 동전을 수집하였습니다. 그가 수집한 동전은 총 4,000여 개로 시가로 치면 6,000여 만원 상당이라 합니다.

그의 유튜브 채널 '미국아재'는 구독자가 20만 명에 달한다고 합니다. 그는 평택에서 미군 통역사로 일하다 계약만료로 작년 10월 고향인 미국 버지니아주로 돌아갔습니다.

패리스 씨는 중국 고대 주화는 양이 많아 희소가치가 적고 일본 주화는 비슷비슷한 데 반해 조선 주화는 평안도 지역에서 만들었어도 주전소마다 형태나 특징이 달라 수집에 흥미가 크다고 말합니다.

대학에서 동아시아 역사를 전공한 패리스 씨는 한국인 아내와 5년간 한국생활을 하며 본격적으로 동전수집에 나섰다. 한자 자격증(5급)을 갖고 있어 엽전에 쓰인 한자도 읽을 수 있다고 합니다.

발행량이 적은 해외 동전은 원래 희소가치가 높았는데 최근 1년 사이에 거래가가 2~3배나 폭등했다 합니다.

1998년 한국은행이 홍보용으로 배포한 주화세트(1원~500원 총 6종)는 작년 초 280만원이, 지난 4월 380만원에 팔렸다 합니다. 1998년 각인이 찍힌 500원짜리 동전은 그해 민트세트에 수록된 8,000개뿐으로 찾는 사람이 많다고 합니다.

이 밖에도 1970년 100원, 1966년 10원, 1972년 50원, 1987년 500원 등을 투자가치가 있는 동전이라 했다. 1970년도 100원짜리는 2018년까지만 해도 11만3,000원에 거래가 되었는데 지난 4월에는 85만원에 팔렸다 한다. 1966년도 10원 역시 2018년도에 33만 원에 거래되었는데 지난해 4월엔 150만 원에 팔렸다.

이토록 수집에는 희소성의 원칙이 극대로 적용되는 분야입니다. 취미 삼아 나의 적성에 맞는 것을 선택하여 수집하는 것도 행복을 찾는 비결이 아닌가 싶습니다.

4. 악수에 대한
사연들

우리는 예부터 동방예의지국으로 예를 중요시하는 나라이다. 기억으로는 악수가 상용화된 것은 그리 멀지 않은 시기가 아닌가 싶다. 악수가 점점 상용화되어 가면서 악수를 하여야 하나 고개를 숙이고 인사를 하여야 하나 딱히 정하여진 것도 아는 것도 없어서 망설이기도 하였던 기억이 납니다.

한동안 악수에 대한 예절을 모르면서 머리 숙여 인사하는 예절과 손을 잡고 인사하는 예절을 혼용하여 인사를 하곤 하였지요. 그뿐인가 손을 내밀고 악수를 청할 적에 누가 먼저 손을 내미는 것이 예절에 맞는 것인지 아랫사람이 먼저인지 윗사람이 먼저인지 그것도 분명치 않아서 망설이다 실수를 하기도 하였습니다.

한편 여자와는 악수를 하여야 하나 말아야 하나도 걱정스러웠습니다.

악수를 먼저하고 목례를 하는 것인지 목례를 먼저 하고 악수를 하는 것인지 아는 것도 확실한 것도 모르고 그저 엉거주춤하다가 넘어가곤 하였습니다. 그러나 확실히 알아야 할 것은 알아야 하지 않은가. 언제까지 두루뭉술 넘어갈 것인가. 정답인지 말할 수는 없지만 상식선 상에서의 악수를 알아보기로 하겠습니다.

먼저 약수는 남과 여가 구분되어있는 것은 아니라 생각합니다. 다만 악수하는 상대가 연장자이면 연장자가 먼저 손을 내밀고 상대방이 응하는 순서로 함이 맞는다고 합니다. 그러나 서로가 초면인 상태에서는 아무나 먼저 악수를 청할 수도 있습니다.

직장이나 상하계급이 있는 경우는 상급자가 먼저 악수를 청함이 맞다고 생각합니다. 악수를 하면서 정중하고 예의를 갖추는 악수는 손의 반절 정도만 잡고 악수를 하고 상대방의 손을 너무 꼭 힘주어 손을 잡는 것은 올바른 악수가 아니라 생각됩니다. 그리고 손을 잡고 심하게 흔든다든지 잡은 손을 놓지 않는다든지 하는 것은 실례가 된다고 생각됩니다.

아무튼 기타 여러 가지 방법으로 악수를 하지만 과한 행동으로 상대방을 기분 상하게 하지 말아야 반가움의 악수가 여운이 되어 남을 것임을 명심해야 할 줄로 믿습니다.

특히나 여성들과의 악수는 더욱이 예의를 갖추어야 함을 명심하시길 바랍니다.

握手 잘못했다가 惡手가 되는 경우를 알아보겠습니다.

해리스 미국 부통령이 문재인 대통령과 악수를 한 후 옷에 손을 닦는 무례를 범하였다. 그는 코로나19로 인해 세균 감염 예방 차원이라 변명했지만 이는 인종차별주의로 비추일 수도 있었던 것입니다.

악수의 유래는 선사시대에 무기를 숨기고 있지 않음을 손을 들어 보여주는 손짓에서 유래된 것으로 전해지고 있다. 악수의 가장 오래된 기록 중 하나는 서기전 9세기에 고대 아시리아 왕의 왕과 바빌로니아 왕이 동맹 관계를 확정 지은 후 악수를 한 것이 가장 오래전의 악수로 기록되어 있습니다.

악수는 세계적으로 널리 알려진 인사법이지만 문화에 따라 다양한 관습이 있습니다. 가령 이성에게 접근하는 것조차 어려웠던 중동국가들에서는 여성에게 악수를 청하는 것이 금기되어 있습니다. 하지만 터키는 이슬람권이면서도 예외적으로 자유로이 악수를 나눈다 합니다.

러시아에서는 남성들만이 악수를 나눕니다. 여성이 악수하는 경우는 드물다고 합니다. 이와는 대조적으로 스위스에선 악수할 때에도 여성에게 먼저 하는 것이 에티켓으로 되어있습니다.

한편 스페인, 포르투갈, 이탈리아 등 지중해 국가들에선 악수를 할 때 손을 강하게 꽉 잡는 것이 관례다. 반면 터키 아랍지역에서 손을 지나치게 잡는 것은 무례한 짓이고 이슬람 율법을 어기는 행위로 간주하고 있습니다.

모로코에선 악수를 나눈 뒤 양쪽 볼에 키스를 해주는 것이 관례로 되어있습니다. 일부 국가에선 악수한 손을 자신의 가슴에 대기도 한다고 합니다.

아프리카 일부에선 악수를 하여 흔드는 것은 대화중이라는 표시라 합니다. 더 이상 흔들지 않을 때에야 제 3자가 대화에 끼어들 수 있습니다.

라이베리아에선 악수를 하고 나서 서로 손가락을 튕겨주는 것이 관례라고 합니다.

그런가 하면 에티오피아에선 어른들에게 인사를 할 경우, 한국과 비슷하게 악수와 동시에 머리를 숙여 절을 하면서 왼손으로 오른손을 받쳐주는 것이 예의라 합니다.

트럼프 전 대통령은 백악관에서 일본 총리와 악수를 할 때 19초 동안 손을 놓아주지 않았다. 같은 해 프랑스 마크롱 대통령과 악수시에는 무려 29초 동안 손을 붙잡고 흔들어댔다.

참고로 영국 현지 대학교 연구팀에 따르면 악수하는 시간은 3초 이상 지속되면 거북해진다는 조사가 나왔다고 합니다. 아무리 좋은 의도일지라도 3초를 넘어가면 웃음 뒤로 적대감을 심는 정반대의 결과를 초래할 수도 있다 합니다.(조선일보 편집국 에디터 인용)

제가 현직에 있을 때 악수에 대한 경험담을 인용해보겠습니다.

매년 연초에는 대통령을 비롯하여 각 부처 장관 서울시 등 지방자치단체에서는 신년 하례식을 갔습니다. 저는 서울시에 근무를 하였으므로 시장님과 신년 하례식을 가졌습니다.

하례식이 끝나면 시장과 인사하는 순서를 갖습니다. 평소 같으면 오른손으로 악수하면서 왼손으로는 오른손을 받치는 그런 인사 악수를 하지만 신년하례식 같은 경우는 악수하는 손(오른손)을 반쯤 잡고 인사하도록 지시를 합니다. 그것도 그럴 것이 수백 수천 번을 악수하다 보면 손에 통증이 오므로 통증 방지를 위하여 손바닥의 반 정도만 내밀고 악수를 하라는 지시가 내려옵니다.

들어갈 때까지는 그러리라고 들어가서 진작 악수할 때는 깜박 잊어버리는 경우가 있습니다. 긴장을 하다 보면 순간 잊어버리고 평소처럼 무심코 하기도 합니다. 그것 또한 상대방에 배려인 것을 그토록 상황에 따라 악수는 상호존중하는 표시를 표하는 것의 인사임을 우리는 잊어서는 아니 될 줄로 믿습니다.

서양 사람들의 인사는 어려서부터 악수가 습관이 되어 손과 손으로만 하였지만 대한민국은 악수 대신 허리를 숙이면서 머리도 함께 숙이는 인사, 어린이들의 배꼽 인사가 습관이 되었다. 거기에 다 성인이 되어 악수하는 인사를 하게 되니 머리를 숙이면서 악수를 겸하는 인사가 자연스레 나오게 되어있습니다.

어찌 되었건 인사는 마음으로부터 우러나오는 표시로 윗사람에게는 존경을 아랫사람에게는 존중하는 마음으로 나누어야 할 것이다. 현재보다 조금 더 겸손한 마음으로 인사를 나누어 보아라. 상대방도 달라짐을 느낄 수 있을 것입니다.

5. 유대인의
사람 보는 눈

우리는 현존하는 서적 중 가장 지혜가 함축되었다고 하는 탈무드를 아실 것이다. 탈무드는 하나님이 시나이산에서 모세에게 백성들이 앞으로 지켜야 할 십계명과 율법을 내려주시며 삶의 자세한 부분까지 내려주셨습니다.

여기서 중요한 율법은 토라에 기록되었고 율법을 지키기 위한 자세한 내용은 장로들의 입에서 입으로 전하여져 왔다. 즉 하나는 글로 쓰여진 '토라'를 통해 전하여 남겨졌고 또 다른 방대한 내용은 구전으로 전하여 내려온 것입니다.

이 두 종류의 탈무드가 있다. 그중 글로 쓰인 것이 성문 율법이요, 또 하나는 말로 전하여 내려온 구전 율법이다.

구전 율법은 서기 10년경 농업, 종교, 절기, 결혼, 민법과 형법 제물, 제식 등 6부로 63편 520장으로 편집 완성했다. 이것이 탈무드의 전신 '미시나'이다. 미시나는 원론적 내용만 담고 있어 일상생활에 적용하기가 쉽지 않아 랍비들이 300년간 보충설명과 해석을 하여 활용하기 쉽게 하였다. 이것이 '게마라'다.

아버지의 인생수업

이렇게 '미시나'와 '게마라'를 한데 모은 것이 '탈무드'다. 탈무드는 한 권의 책이 아니라 63권의 방대한 책으로 무게가 무려 75kg이나 되는 엄청난 분량의 위대한 학문이다라고 말하고 있습니다.

그런데 '유대인의 사람 보는 눈'이라는 재미난 칼럼이 조선일보 (2021. 12. 28일자)에 게재되어 함께 공유할 가치가 있어 인용하여 보기로 하겠습니다.

탈무드에서 랍비(선생님) 일라이는 사람의 성격은 지갑, 술잔, 분노의 세 가지로 분별한다고 말했다. 탈무드에서 말하는 지갑은 돈 쓰는 태도뿐 아니라 재물을 다루는 방식을 의미한다고 한다. 이를 이해하기 위해서는 탈무드에서 이야기하는 사람의 유형에 대해 이해해야 한다고 말하고 있으며 사람은 4가지 유형이 있다고 한다.

① "내 것은 내 것이고 네 것은 네 것이다"라고 말하는 사람은 보통 사람이다. 어떤 이는 이것을 소돔인의 특징이라고 말한다.
② "내 것은 네 것이고 네 것은 내 것이다"라고 말하는 사람은 무지한 사람이다.
③ "내 것은 네 것이고 네 것은 네 것이다"라고 말하는 사람은 경건한 사람이다.
④ "네 것은 내 것이고 내 것은 내 것이다"라고 말하는 사람은 사악한 사람이다.

그런데 유대인 사람들은 왜 재산의 소유권에 대한 인식을 기준으로 사람의 종류를 나누었을까. 재산의 정도를 기준으로 나누어도 되는데 말이다. 유대교의 인간관은 자산의 소유권을 포함해 사람의 행동과 태도가 바로 그 사람의 가치관, 세계관으로부터 비롯된다고 본 것입니다.

①에서 언급한 내 것은 내 것이고 네 것은 네 것이라고 언급한 부분은 소돔에 사는 사람들의 언급이다. 소돔은 부유한 도시였다. 타 지역과 대조적으로 아쉬운 소리를 할 이유가 없었기 때문에 타지사람의 근접을 차단하는 행위를 용서치 않았음을 알 수 있는 부분이다. 그러나 소돔 사람들은 내 것은 내 것, 네 것은 네 것을 철저히 이행하므로 아무리 어렵고 굶어 죽어도 남을 돕지 않았으므로 하나님의 말씀(계명)을 어겼음을 볼 수 있다.

②에서 "내 것은 네 것이고 네 것은 내 것이다"라고 말하는 사람은 자본주의 사회에서 소유권개념이 없는 사람이다. 무지한 사람으로 밖에 볼 수 없다.

③에서 "내 것은 네 것이고 네 것은 네 것이다"라는 사람은 경건한 사람이다. 남으로부터 하나도 빼앗으려 하지 않고 자신이 가진 것을 주려 하니 말이다. 그런데 자신의 것도 지키지 못하고 남에게 이유 없이 다 주려하는 마음은 예수님 마음이 아닐까 한다.

마지막으로 ④ "네 것은 내 것이고 내 것은 내 것이다"라고 말하는 사람은 극도로 탐욕스러운 사람이라 논할 가치가 없다. '멀리해야 할 사람이다'라고 정리하고 있음을 본다.

이 글을 읽은 독자들은 내가 어디에 속한 사람인가 한번쯤은 솔직하게 판단해보시길 바란다.

술잔은 그 사람이 쾌락을 대하는 방법을 뜻한다. 세상에는 쾌락이 주는 자극을 끝없이 찾아 방황하면서 중요한 일을 하지 못하는 이가 많다. 이런 사람은 중요한 일을 하지 못할뿐더러 자신의 본능을 제어하지 못해 유혹에 넘어가는, 결국 죄까지 지을 가능성이 높다고 한다. 주변에 이런 사람이 있으면 덩달아 피곤해질 수 있지 않을까 생각한다.

우리가 서로 교류할 수 있는 사람은 술잔을 다룰 수 있는 사람, 즉 중요한 일에 집중할 수 있는 사람 아닐까 사료된다.

다음은 분노에 대하여 알아보자.

① 쉽게 화내고 쉽게 화를 푸는 사람은 화를 낸 것으로 인해 어떠한 이득도 얻을 수 없다고 한다.

② 쉽게 화내지 않지만 쉽게 화를 풀지 않는 사람은 쉽게 화를 내지 않지만 일단 화가 나면 멈추지 않는 사람도 결국 이득을 얻지 못한다 한다.

③ 쉽게 화내지도 않고 쉽게 화를 푸는 자는 경건하다. 그중에서 이런 사람은 발전할 수 있고 부자가 될 수 있다고 말한다.

④ 쉽게 화내고 쉽게 화를 풀지도 않는 사람은 사악한 사람으로 언제나 화를 다스리지 못하는 사람으로 경계해야 한다.

세상살이가 그리 마음먹은 대로 된다면야 무슨 걱정이 있겠느냐마는 계획한 것에 반만이라도 성사되면은 살만한 세상이라 말할 수 있지 않은가 한다.

그러나 세상살이가 마음대로 아니 된다고 머리 싸매고 스트레스 받으면 나는 세상에 지는 것이고 실패한 인생이라 생각한다. 그럴 땐 하는 말 다 그러려니 하고 털어버리는 습관 또한 괜찮은 방법이라 생각한다.

그런데 그것도 사건에 따라 정도에 따라 다를 수가 있다. 그것은 또 다른 나만의 극약처방이 있다. 무엇인가 하면 무릎 꿇고 기도하는 것이다. 특효약 중의 특효약이다.

더 고개 숙이고 더 낮아지고 더 겸손해지고 하면 할수록 얻어지는 것은 더 많아짐을 느낄 수 있다.

세상일 잘못되었다고 세상 권력에 의지하고 한 줌도 안 되는 나의 지혜로 해결하려고 머리 싸매고 달려들어도 해결되는 것 하나도 없더라. 그럴수록 무릎 꿇고 빌어보자. 해결해달라고 말이다. 그러면 손을 잡아주는 구원자가 있음을 느낄 것입니다.

드라마에서 어느 할머니가 손녀 딸에게 하는 말씀이 무슨 일이든 나로 인해서 비롯된 것이다. 남의 탓으로 돌리지 마라 하는 할머니 말씀이 많이 남는다. 우리는 모든 일을 남의 탓으로 돌리며 살아간다. 쇠똥벌레 습성으로 살아간다. 어찌 그리 한 치 앞을 볼 줄 모르는가.

우리는 한때 김수환 추기경의 말씀 중 내 탓이요라는 말이 유행되었던 기억을 되짚어보아야 할 것이다. 그리고 가장 기본적인 상식적이고 공의로운 진리 안에서 살아가야 함은 잊어서는 안 될 줄 믿습니다. 감사합니다.

6.   희생

삼국통일(신라, 고구려, 백제)의 주역인 신라의 장군 김유신이 애마의 목을 베고 그 넋을 위로하는 뜻에서 지었던 절의 이름이 천관사라고 역사에 기록되어 있습니다.

젊은 시절 김유신은 천관이라는 기생을 좋아했습니다. 그러나 김유신 어머니는 아들을 출신이 천한 신분의 천관과 사귀는 것을 반대를 하였습니다.

요즘 같아선 신분의 귀천이 없지만 조선시대에는 또 예전의 삼국시대에는 신분의 귀천이 존재했고 사회생활을 하는 데 제약조건이 많이 있었다고 합니다. 신분이 천한 사람은 남의 집 종이나 머슴살이를, 국가에서 치루는 과거시험에 응시할 수도 없는 비참한 삶을 살아야 하는 신분이었습니다.

이에 김유신 장군 모친은 김유신이 귀족 여인과 결혼하기를 원하였는데 아들이 천한 신분의 기생을 사랑함을 못마땅하게 여겨 꾸짖곤 했습니다.

이와 관련하여 술에 취하여 말을 타고 집에 오는 말이 김유신을 술집으로 안내하였던 것을 분개하여 단칼에 말에 목을 베었던 사건이 일어났던 것입니다.

그 사연인즉 김유신의 어머니 만명(萬明) 부인은 김유신에게 "네가 공을 세워 임금과 부모를 영광스럽게 할 날만을 고대했는데 여자와 술이나 마시고 있구나."라면서 매우 슬퍼하셨다 합니다.

해서 김유신 장군은 그 집을 가지 않기로 작심하고 술을 마시고 말에 올라 집을 가는데 말이 예전대로 그 집으로 김유신을 모시고 갔음을 알고 김유신은 결심 즉시 단칼에 말의 목을 벰으로 천관과의 인연을 끊습니다.

말의 목을 베었습니다만 김유신의 마음은 많은 고통을 느꼈을 것임을 그 사랑함의 징표로 그 자리에 그들의 넋을 기리는 절을 짓고 그 이름을 천관사라 이름하였음을 보고 이루지 못하는 사랑의 애절함을 느낄 수 있습니다.

조금은 엉뚱한 말인지 모르겠으나 현실적으로 보면 그렇게 틀린 말은 아닐 것입니다.

그것은 "약함은 비극이다. 약하면 당할 수밖에 없다는 것이다. 항변도 저항도 모두 헛것이다. 메아리 없는 반항일 뿐이다."

그러나 모든 것이 다 그런 것만은 아닐 수도 있습니다.

우리는 보통 보이는 것만이 힘이 있고 보이는 것만이 모두인 것으로 믿고 살아가고 행동을 합니다. 그러나 그것은 옳은 방법이 아닙니다.

조선시대에 그 유명한 기생 황진이를 모르는 사람은 별로 없을 것입니다. 그 기생은 사내하고 다 만나주진 않았다 합니다. 힘으로 완력으로 돈으로도 매수하지 못하고 한 수의 시로도 당할 재간이 없으니 조선 팔도의 내로라하는 남정내들도 냉가슴만 앓고 돌아서곤 하였습니다.

그러나 어느 날 구름에 달 가듯이 조선 산천을 유랑 삼아 떠도는 한 선비를 만납니다.

그 후에 술잔과 시 한 수를 주고받던 중 황진이가 문제를 아래와 같이 냅니다. 이 문제를 풀면 내 그대에게 이 한 몸 바치겠노라고. 문제인즉 點一二口 牛頭不出이라 하고 사라집니다.

답인즉 '許(허락할 허)'입니다. 그 선비가 답을 적어놓고 돌아간 후에 황진이가 돌아와 보니 정답이었음을 알고 선비를 찾아 나섰으나 찾지 못하였다고 전해지고 있습니다.

우리는 이 작은 꽁트 같은 이야기 속에서 많은 배움을 얻을 수 있습니다. 귀하고 천함은 자기자신이 만드는것임을 우리는 알 아야 할것입니다.

감히 범접하지 못할 위엄과 존귀함도 본인 자신이 만들어야 함을 신분을 막론하고 소유 무소유를 막론하고 나는 내가 만들고 지키는 것임을 잊지 말았으면 하는 바람입니다.

7. 황혼의
     여행길

젊었을 시절에는 여행도 산행도 마음먹은 대로 많이도 하였었다. 그때는 이번에 못가면 다음에 가면 되지 하고 생각이 나면 나는 대로 행동으로 옮기곤 하였다.

몸도 마음도 건강했었던 것으로 생각이 난다. 높은 산도 험악한 산도 마음만 먹으면 오를 수 있었다. 남쪽에 한라산을 비롯하여 지리산, 주왕산, 마이산, 속리산, 치악산을 위시하여 북쪽의 설악산 대청봉까지 누가 가자고 하면 서슴없이 따라다녔다

그렇게 주말이나 공휴일은 집에 붙어있지 않은 날이 많았다. 한번은 주말에 수안보 온천을 집사람과 동행을 하였다. 일요일에는 곧바로 월악산을 올랐다. 험하고 시간도 제법 걸렸다. 5시간 정도 걸린 것 같다.

배가 고팠다. 하산을 하니 2~3시쯤 된 시간이었던 것으로 기억난다. 음식점에 들어가서 파전에 막걸리를 한 사발 들이키고 토종닭 백숙을 주문했다. 백숙이 나오질 않는다. 닭을 키워서 잡아 오려는 것인가. 2시간이 족히 되어 나왔다. 닭이 어찌나 큰지 둘이

다 먹지도 못하고 일어나 버스 시간을 대느라 부리나케 정류장으로 가서 마지막 버스를 타고 집에 왔다.

그 시절만 해도 핸드폰이 없었던 시절로 집을 나서면 연락할 방법이 없는 때였다. 그저 산에 가는 것만이 전부였으므로 아버지의 제삿날을 생각조차 못 하였다. 출발하던 주말이 제삿날이었음을 모르고 출발하였으니 형님이 연락하실 길이 없었던 것이다. 어찌나 죄송하였던지 아직도 기억에 생생히 남아있다.

그토록 산행과 여행을 많이 하고 들개처럼 틈만 나면 시외버스 타고(그때는 자가용이 흔치 않은 시절이었다) 방방곡곡을 헤매었다.

한번은 충북 단양팔경 중 하나였던 고수동굴을 갔다. 지금은 고수동굴이 수몰되어 없어졌다. 그때(1980년대)에 고수동굴의 길이가 1.8km인가로 기억된다. 관광버스를 타고 갔었다.

슬하에 큰딸(지연)만 있었고 같이 업고 갔다. 동굴을 구경하려면 업고 들어가야 했다. 목마를 태우고 동굴을 들어갔다. 동굴 안에는 돌고드름이 뾰죽뾰죽 불거져 있어서 여간 조심이 되는 것이 아니었다. 때는 여름이었고 동굴 안은 시원했다. 그러나 목마를 태우고 가자니 땀이 비 오듯 흘렀다. 그래도 처음 보는 신기한 동굴 안은 참으로 진풍경이었다 그 후에도 동굴은 삼척의 고씨동굴, 제주도의 만장굴 등을 많이 보았지만 애들을 목마 태우고 가본 경험은 처음이자 마지막이었다.

이렇게 보고 싶은 곳은 어지간히도 돌아다녔다.

먼 훗날 지금에서 생각해보면 무엇이 기억에 남는가. 가본 사람이나 안 가본 사람이나 무엇이 다른가. 그것은 말할 건덕지가 있고 한가지는 말할 건덕지가 없는 것이다. 또 한가지는 삶의 철학이 살아 숨쉰다는 것이다.

우리는 말한다. 고수동굴 갔다 왔어? 아니 안 다녀왔으면 말하지 마. 자식 낳아봤어 아직 없어 안 낳아봤으면 말하지 말어. 그 속에는 삶에 대한 철학이 있다는 말이다.

누구는 내려올 산을 왜 힘들여 올라가느냐고 말을 한다. 그러나 인생은 그 무엇도 손 쉬운것은 없다 그 무엇도 일방적인 것은 없다 한다. 숨이 턱에 닿을 만큼 힘이 들고 숨이 차고 다리가 후들거리고 한발도 앞으로 나가기 힘들어도 그 이면에는 보이지 않는 희망이 있고 힘이 있음을 느낀다. 어렵고 난해한 말은 덮어두고라도 자연은 우리 삶에 말할 수 없는. 능력에 지혜를 주고 있음을 느낀다.

나이가 들기는 들었나 보다. 모든 일이 한참 생각을 하고 나서야 결정을 하게 된다. 옛날 같으면 생각도 빠르고 결정도 빨랐던 것 같았는데 올해는 여행을 하고 싶은 마음이 든다. 그래서 떠오른 곳이 청풍호이다. 우연치 않게 제천을 가게 되었다.

시골 고향 마을에서 함께 자랐던 진국이 동생에게 전화했다. 증평에서 제천까지 차를 가지고 나왔다. 바람이나 쏘이자고 했다. 진국이가 청풍호 방향으로 드라이브를 해서 시골 고향까지 갔다.

드라이브 길이 어찌나 경치가 수려한지 다시 한번 가보고 싶다는 생각이 들었다. 그렇게 그날은 증평으로 직행을 해서 옛날이야기로 밤새 지내었다. 이튿날 해장국을 먹고 차를 타고(진국이 자가

아버지의 인생수업

용) 서울까지 바라다 주었다. 참으로 고맙게 생각이 된다. 오랜만에 만나서 신세만 진 것 같아 미안한 마음 가득하다. 다음에는 신세를 갚아야지 하는 마음 가득하다.

어버이날이 지난 며칠 후다. 집사람과 지난번 지나면서 보았던 청풍호를 가기로 하였다. 청량리역에서 오전 11시 출발하는 무궁화호가 있다. 무궁화호를 타고 제천역까지가 12시 50분에 도착하였다.

열차 안에서 데일 카네기의 『사람을 움직이는 기술』을 읽으면서 갔다. 옛날 무궁화 열차는 차내에서 오징어 땅콩 등 군것질하는 것을 판매하는 잡상인도 있었는데 요즘은 아무것도 없다. 한편은 정이 메마른 것 같은 아쉬운 마음도 있다.

제천역에서 청풍호까지 버스가 있는데 배차 간격이 길다 해서 택시로 가기로 하고 택시를 타고 청풍호까지 갔다. 택시 값은 26,000원이었다. 모처럼 여행길에 왔다 갔다 불편을 느끼기 싫어서였다.

곧바로 청풍호 케이블카 타는 곳으로 내려갔다. 케이블카를 타고 내륙의 수려한 자연환경을 감상할 수 있도록 청풍면 물래리에서 비봉산까지 2.3㎞ 구간으로 중부내륙에서 최장거리란다.

케이블카에서 내려다보이는 학교 같은 큰 건물이 하나 있는데 그곳은 코로나 환자들 격리동 건물이란다.

비봉산 정상 케이블카 종점에서 청풍호 관광 모노레일은 20분 정도 2.94㎞를 탈 수 있는데 가던 날이 장날이라고 모노레일이 고장으로 갈 수 없음이 아쉬움으로 남는다.

케이블카 정상에는 수많은 사람들이 한쪽의 사진으로 기념 관광

사진을 남기느라 대혼잡을 이루고 있었다. 우리는 사진을 한 장 찍으려면 이 사람 보내고 또 사람 보내고 하느라 시간이 무한정이었다. 그래도 즐거웠다. 어쩌다 한 방 찍으려면 사람이 끼어든다. 그래서 지나가는 사람한테 부탁을 해서 몇 장을 기념으로 남겨놓았다.

비봉산을 뒤로하고 케이블카를 타고 내려왔다. 케이블카에서 보는 청풍호는 군데군데가 마치 섬을 보는 듯한 광경으로 한 폭의 그림이었다. 청풍호를 뒤로하고 먹거리를 찾았다. 먹거리는 아직 이른 초저녁이라. 찾는 사람도 불빛도 한산해 보였다.

색다른 음식을 먹으려 찾았다. 바닷가가 아니라 물고기 음식은 보이지 않았다. 매운탕집을 갔으나 별로 마음에 내키지 않아 나왔다. 흑돼지집을 갔다. 삼겹살을 주문하고 막걸리 한 잔을 먹었다. 저녁 식사는 그리 기대했던 음식은 아니었다. 음식량이 적은 나로선 그런대로였다.

숙소는 민박집을 정하고 갔다. 그런데 민박집의 방을 옮기라 하여 다른 방으로 옮겼다. 그러나 그 방은 수리(도배)하던 방으로 냄새가 좀 났다. 모처럼 여행 와서 시시콜콜 말하는 것이 내키지 않았다. 아무 소리하지 않고 자기로 했다. 집사람한테 미안한 마음이 들었다. 몇 년 만에 여행이 이래서야 하는 마음에 다음에 잘해줘야지 하고 다짐했다.

이튿날 아침은 선지해장국을 먹었다. 아침 식사를 마치고 청풍호 유람선을 타기로 하였다. 유람선을 타고 청풍호의 진면목을 구경하리라고 유람선 선착장으로 걸어가기로 하고 호숫가를 따라 걸었다.

아버지의 인생수업

생각보다 거리가 있었다. 약 30분을 걸어 선착장에 도착하였다.

선상 관광 유람 코스는 4코스가 있다. 그중에서 2코스 청풍-장회 코스를 택하였다. 그 코스는 수경 분수, 단양팔경, 금수산, 제비봉, 만학천봉, 강선대 신선봉, 두무산, 청풍문화재단지를 1시간 30분에 걸쳐 유람하였다.

그중에 금수산은 산세가 수려하고 골이 깊으며 기암절벽이 절경을 이루며 사시사철 관광객이 끊이질 않는다고 한다. 특히 가을에 아름다운 자태를 드러내는 금수산은 제천 10경 중 5경으로 상천리 백운동에서 시작하는 코스와 능강의 능강계곡에서 시작하는 등산로가 있으며 30m 높이의 용담폭포, 선녀탕 얼음골 등이 유명하다고 합니다.

한편 옥군봉은 해발 286m의 석벽으로 희고 푸른 바위들이 옥빛의 대나무 순 모양으로 쭉쭉 뻗어있어 그 굴곡과 어우러짐이 신비하여 탄성을 자아내게 한다. 옥순대교는 건교부가 선정한 한국의 아름다운 길 100선에 선정되기도 한 곳이라 한다. 선상에서의 화려함은 신선의 놀이에 나오는 선경 같기로 손색이 없어 보였다.

스쳐 지나가듯 잠깐 바라봄도 저리 아름답거늘 여유 있는 시간에 풍치를 함께 할 수 있음은 더욱 우리의 감흥을 돋우리라 생각한다. 아쉬움과 벅찬 마음을 뒤로하고 여유로운 시간에 다시 한번 만날 날을 기약하며 스치듯 구경하고 또다시 와볼 것을 다짐하며 선상을 내려옵니다.

8. 나는 기대어 울 수 있는 친구가 있는가

친구라 할 수 있는 이는 최대 150명, 눈물 보일 수 있는 절친은 5명.

친구 많으면 백신 효과도 더 높아.

우정은 직접 만나야만 오래 유지.

우리가 말하는 친구는 그저 알기만 하면, 몇 번 만나면 친구라고 말을 한다. 심한 경우에는 장소 불문하고 인사 한번 하고 우리 이제 친구 아이가 하는 경우도 있다.

그러나 친구는 그런 사람을 친구라 하지 않는다. 가벼운 아는 사이의 친구는 우리가 교회를 나가는 교인이 다 교인이 아닌 것처럼 종교를 기독교라 하는 믿음이 없거나 교회를 처음 나온 사람을 기독교인이라 칭하는 것과 다를 바 없다.

로빈 던바의 『프렌즈』에 의하면 얼굴을 아는 사람은 5,000명 한도이고, 이름을 아는 사람은 1,500명 내이고, 지인이라고 할 수 있는 사람은 500명이고, 친구라고 부를 수 있는 사람은 50명, 그중 친한 친구는 15명, 아주 절친한 친구는 5명 정도로 말하고 있습니다.

아버지의 인생수업

물론 이 통계는 사람에 따라 많을 수도 적을 수도 있다고 생각됩니다. 그런데 친구란 어디까지가 친구인가 아는 것부터 해서 모든 것을 터놓을 수 있고 서로가 미안할 것 없는 관계가 친구일까.

진화인류학자인 로빈 던바 옥스퍼드대 교수는 친구를 칭하기를 '공항에서 누군가를 기다리기 위해 앉아 있다가 우연히 만났을 때 그냥 보내지 않고 옆에 앉히고 싶은 사람'이라고 정리하였다.

그는 인간의 뇌는 사회적 정보를 처리하기 위해 발달해 왔으며 뇌의 크기와 용량으로 인간관계를 예측할 수 있다는 '사회적 뇌 가설'을 발표하면서 친구의 수를 150명으로 제시한 바 있다. 그래서 150을 '던바의 수'라 불리고 있다.

던바는 인간관계를 우정의 원이라는 동심원 그래프로 설명한다. 여기 우정의 원에 의하면 친구의 범위는 150명까지로 결혼식 하객으로 초청받을 수 있는 관계라 말하고 있다. 그 외에 아는 사람들은 나중에 호의를 되돌려 달라고 하는 사람의 관계라고 한다. 즉 친구라 말하기에 조금은 망설여지는 사이라는 뜻이다.

소셜미디어 시대가 도래하고 친구라는 의미의 개념이 확장되면서 이토록 이지적인 생각으로 현실적으로 생각을 하는 사람이 많아졌음을 본다. 대부분의 사람들은 온라인 친구의 수와 대면세계에서 만나는 친구의 수가 대등하다고 봅니다.

친구가 많을수록 덜 아프고 더 오래 산다고 한다는 연구 결과는 우정에 관한 연구 중 가장 빛나는 과학적인 성취라 합니다. 미국 브리검영대학 연구진이 30만 명을 조사한 결과 연구대상자들의 생존율에 가장 큰 영향을 미친것은 사교 활동 수치였다고 합니다.

로빈 던바는 소셜미디어 시대의 인간관계에 대하여 우려를 나타낸다. 우정을 유지하려면 직접 만나서 말을 하면서 웃고 소리도 치고 듣고 서로 만지고 대화를 하며 몰입을 하는 등 상호작용을 통한 끊임없는 관계유지 강화가 필요한데 소셜미디어 접촉은 우정이 익어가는 속도를 다소 늦춰줄 뿐이라는 것이다. 온라인에서의 관계가 집단 상호작용이 아니라 1:1에 그치며 어떤 문제가 생겼을 때 타협하기 보다는 문제를 끊어버리는 형식으로 해결한다는 점에서 대면에 서투른 젊은 세대를 걱정하기도 합니다. 이런 식이라면 그들의 우정은 발전하지 못할 것이고 그 결과 감당할 수 없는 사회적 네트워크의 크기는 작아질 것이다. 거절, 공격, 실패를 다루는 데도 서툴 것입니다.

던바에 따르면 전화, 화상통화, 메신저, 문자 메시지, 이메일 중 화상통화를 통한 상호작용만이 대면 못지않게 만족도가 높게 나왔다 합니다.

우정에 대한 여러 실험 중 팬데믹 시대의 우리가 가장 유념해야 할 것은 친구의 수와 면역반응이 비례한다는 것입니다. 대학 신입생들이 고독감을 느낄 때 독감 예방접종 후의 면역반응이 감소한다는 사실이 확인되었음을 밝혀냈다 합니다. 조사결과를 보면 친구가 4~12명인 그룹은 친구가 13~20명인 그룹보다 면역반응이 약한 것으로 나타났다고 합니다. 그러니 코로나19 방역과 거리 두기에 굴하지 말고 당장 생각나는 친구에게 영상통화를 걸자. 웃고

아버지의 인생수업

떠들며 수다를 떨고 안부를 묻자. 우리는 친구 이이가! 하며 깔깔 댄다.(로빈 던바의『프렌즈』의 조사통계 인용)

로빈 던바의『프렌즈』에서 정의한 친구의 의미와 한국에서의 친구의 의미를 비교했을 때 다 같은 친구라 하기에는 역사적 의미의 친구, 지리적, 환경적으로 다른 의미가 있는 친구라는 차이가 있다고 생각이 됩니다.

동양에서의 친구 사이는 가정환경부터 사회적 환경이 대동소이한 조건에서 성장하고 보고 배우며 동일한 취미를 즐기는 등 생활환경의 유사함 속에서 맺어지는 친구가 대부분입니다. 그것이 아니면 깊은 관계의 친구 사이가 이루어지기 어렵습니다. 한쪽의 기울어진 환경에서 만남은 범접하기에 어려움을 느낄 수 있고 다가서기에 부담감으로 느끼게 되며 결국은 지인 관계로 전락하는 친구일 뿐입니다.

이런저런 사유로 취미나 형편 등 동일한 사연으로 가까워지고 맺어짐이 친구가 될 수 있는 조건이 될 것입니다. 이것이 한국사회에서의 내려오는 친구의 조건 중 기본이 됨을 알 수 있습니다.

그러나 서양 사람들의 친구는 어려서부터 자라는 생활환경이 다르고 풍습과 습관 또한 우리와 많은 차이가 있을 것입니다. 그들의 만남은 목적 없는 우연의 만남은 없을 것이다. 그러기에 친구가 되기에는 더욱더 힘든 과정 속에서 이루어지는 것이 아닌가 싶습니다.

누군가의 소개로 만나지 않으면 학교에서나 직장에서일 뿐일 것이지만 우리는 성장 과정에서도 이웃과의 만남에서 만날 수 있다. 하지만 외국에서의 만남은 극히 계획적이지 않다면 친구가 되기는 어려울 것으로 판단됩니다.

그러나 친구가 가끔은 많은 상처를 주기도 한다. 성격 차이에서 오는 다툼, 삶의 환경 차이에서 오는 이질감 이해의 차이 에서 오는 편협된 생각, 쓸데없는 자존심을 내세우는 감정의 다툼들 그러나 진정한 친구라면 하고 생각해본다면 기준이 달라져야 하지 않겠는가 말입니다.

속된 말로 그런 ㅇ이였어 하는 차원의 수준밖에 되지 않는 친구로 치부하기엔 이제껏 생각한 것이 너무도 억울해하는 마음 이처럼 상처를 주기도 합니다.

옛말에 이러한 말이 있다. 不結子花休要種 無義之明 不可交(불결자화휴요종 무의지붕 불가교)라.(열매를 맺지 않는 꽃은 심지 말고 의리 없는 친구는 사귀지 말라.)

상처를 받지 않고 살아온 사람은 없을 것이다. 친구뿐만 아니라 이런저런 세상일에 상처받고, 실망하고, 사기당하고 하는 일이 세상 살아가는 일이 되었으니 얼마나 마음이 아플까 심지어는 밤을 하얗게 새우기도 하고 가슴이 아리기도 하였던 기억이 있었습니다.

그것을 누구 탓도 아니요, 내 탓이로다로 돌리기도 하다가 문득문득 되살아나면 옛날로 돌아가기를 수십 번을 하다 어느 날엔가 사그라들던 없어진 과거로 없어진 일들도 있었곤 했지요. 이제는

　　　　　　　　　　　아버지의 인생수업

쓸모없는 신경전은 하지 말아야겠다 생각을 합니다.

나는 아버지의 말씀을 순종하기를 원하기 때문입니다. 무릎 꿇고 기도했다. 말씀대로 따르겠노라고 ○○답지 않은 사람하고 어울리지 말라신다. 죄인은 우리를 만지지도 못하리로다. 하신 말씀을 잊지 말아라 하신다. 그래서 순종하기로 하였습니다.

초로 같은 인생 좋은 사람 만나기도 바쁜데 어찌 ○○답지 않은 사람에 마음을 쓸까. 그럴 시간 있거들랑 무릎 한 번 더 꿇고 날 사랑하는 사람 한 번 더 만나보세요. 시들어가는 인생 마음조차도 시들어가면 서글프지 않은가요.

필요할 때 보고, 보고 싶을 때 힘들 때 보고, 울고 싶을 때 울고, 진실을 말하고 싶을 때 말하고, 보고 싶은 상대가 되어줄 수 있는 사람이 되어주길 원하는 사람이 진정 아끼는 친구란 것을.

인간으로 살면서 한번 무너지면 다시 쌓을 수 없는 것 세 가지는? 존경과 신뢰, 우정이라 합니다. 얼마 남지 않은 인생을 그렇게 본인 욕심만 내세워서 살아가는 것은 아니지 않은가 말일세. 각자는 각성하고 각성하며 후회하지 않길 바라는 마음일세. 사랑하며 살아가세.

9.   인간과
새

　세상에서 제일 중한 것이 무엇인가. 살아가는 데 제일 필요하고 제일 편리한 것은 돈이라 할 것입니다. 그런데 사람 몸에서 제일 중한 것을 말하라 하면 무엇일까. 그것은 머리, 심장, 팔, 다리 신체 부위 어디 하나 중하지 않은 부분이 없음을 알 수 있습니다. 세상살이에서 분야 분야 사건 사건마다 필요로 하는 신체 부위가 각기 다르기 때문입니다.

　물건을 옮기는 일에는 힘이 필요합니다. 손과 발의 근력을 필요로 하고 먼 길 아니 짧은 거리를 도보로 걸어가려면 다리의 힘이 필요합니다. 이 모든 신체 부위마다 하는 일, 해야 할 일이 나누어져 있음을 알 수 있습니다.

　신체 부위가 없다고 생각을 해봅시다. 얼마나 불편할까요. 그러나 그것은 편견입니다. 사람에 따라 정도의 차이는 있지만 손이 하는 일을 손이 사고로 절단이 된 사람은 그 손이 할 일을 발이 해주는 경우를 종종 봅니다. 예를 들어보면 붓글씨를 쓴다든가. 피아노를 연주한다든가 하는 일들을 봅니다. 반대로 발이 할 일을 손이

　　　　　　　　　　　아버지의 인생수업

대신하는 일이 있는데, 걸음을 손으로 짚고 걷는 경우 등을 봅니다.

그러나 역할을 바꿔서 하는 것은 분명 정상적인 일은 아닐 것입니다. 형편상 어쩔 수 없기 때문입니다. 중요한 것은 이 모든 일들을 지시하고 명령하는 일을 해야만이 일을 할 수 있지 않을까입니다. 손이 하는 일을 손이 지시하고 발이 하는 일을 발이 지시하는 것이 아닙니다.

우리 몸의 신체 구조는 콘트롤 타워 노릇을 하는 머리에서 필요에 따라 움직이게 하고 명령을 합니다. 발로 하는 일, 손으로 하는 일, 입으로 하는 일 등 필요한 부위에 명령을 하여 움직이게 합니다. 그래서 모든 신체를 좌지우지하는 가장 중요한 신체 부위는 머리라 생각합니다.

우리는 머리가 고장 나면 아무것도 내 의사대로 할 수가 없음을 봅니다. 말도 행동도 표현도 안 되지요. 일을 하겠다는 구상도 계획도 모두가 올 스톱이 됩니다.

요즘은 짐승도 머리가 있다. 옛날에 직장생활을 할 적에 동료 한 분이 그런 말을 잘하셨다. 업무적으로 무슨 말을 물으면 "아이구 잊어버렸네." 하시면서 "내 머리는 새대가리를 닮아서요."라고 한바탕 웃기곤 하는 말로 자주 쓰셨던 기억이 납니다.

그런데 그때 당시에 나의 생각에는 새에도 머리가 있나 하는 생각이었다. 그것이 요즘에는 사실로 현실화되어진 느낌입니다. 짐승(새, 개, 곰, 코끼리, 여우, 늑대, 호랑이 등), 인간과 가까이 하는 동물들의 두뇌를 연구하여 세간에 발표하는 것이 하나도 이상하지 않다는 것이 오늘 현실입니다.

그래서 새의 지능을 연구하신 이우신 박사님이 소개한 한국의 새 122종의 생태와 행동, 지역별 분포, 새와 관련된 동서양 문화 등에서 일부를 여기에 인용합니다.

새는 부리와 깃털이 있고 알을 낳습니다. 크게는 텃새와 철새로 나누어지지요. 텃새는 한곳에 계속 사는 새이고 철새는 계절에 따라 이리저리 옮겨 다니는 새를 말합니다.

텃새의 대표적인 새는 참새입니다. 참새는 전국 어디서나 쉽게 볼 수 있는 새이지요. 머리는 자색을 띤 갈색이고 갈색 등에 세로로 검은 줄이있어요. 뭐든 잘 먹는 잡식성이고 번식력이 좋아요. 참새는 곡식 낱알을 먹어 농촌에서는 그물을 치고 참새를 잡기도 하여 요즘은 개체 수가 많이 줄어가고 있는 형편이랍니다.

십장생의 하나인 두루미는 한자로는 학이라고 합니다. 1000년을 산다고 하는 전설이 있지만 실제 두루미의 수명은 35년 정도밖에 안된다고 합니다. 그런데 장수한다는 학과 거북의 의학적인 소견을 어떤 지인 의사 선생님의 말씀을 빌리면, 학이나 거북의 장의 길이가 짧아서 음식을 소화시키는 데에 장점이 있기 때문에 병에 걸릴 확률이 적은 이유로 장수한다는 것을 참고로 전합니다.

사람들이 특이한 구애 활동을 보고 만든 것이 학춤이라고 합니다. 이 학춤은 한국, 일본, 중국, 부탄, 시베리아 등에서 발달되었다고 합니다.

이 밖에도 저어새 등 천연기념물도 있어요. 환경의 악화에 따른 서식지의 변화에 개체 수가 줄어드는 경우도 많다고 합니다.

새는 먹이를 사냥할 때에 환경을 활용하여 먹이를 쟁취하는 경우가 있답니다. 뉴칼레도니아까마귀는 갈고리 모양 나뭇가지를 나무구멍에 넣어서 애벌레를 꺼내먹기도 한다고 합니다. 이 얼마나 기묘한 방법인지 참으로 놀라운 일입니다.

오랫동안 청각이나 시각에 비해 후각은 중요하지 않다고 알려졌습니다만 최근에는 후각으로 먹이와 방향을 찾는 새들도 있다는 사실이 밝혀졌습니다.

예를 들면 키위새는 콧구멍으로 냄새를 맡아서 땅속 먹이를 찾고 청둥오리도 냄새를 통해 암컷의 짝짓기 시기를 감지한다고 합니다.

특히 새는 기억력이 나쁘다고 많은 사람들이 생각하지만 실제로는 새는 종류에 따라 지능이 상당히 높다고 합니다. 몸무게 중 뇌가 차지하는 비중도 포유류와 비슷한 2~9% 정도라고 합니다.(뇌는 크기와 관계있는 지능지수가 비례한다는 통계도 있음) 특히 까마귀는 지능이 높다고 합니다.

인간과 새는 오랜 기간 동안 함께 공존해 온 동물이지요. 환경오염 등으로 거리가 멀어지고 있고 멸종위기에 놓인 새들을 더 가까이 오게 할 수 있는 조건을 만들어주는 데 고민해야 할 때가 아닌가 싶습니다.

10. 이런 거북이를
보았는가

　코로나 확산으로 관광도 할 수 없고 마음 놓고 여행도 외출도 할 수 없는 시절이다. 벌써 3년째 코로나 때문에 전 세계가 몸살을 앓고 있다.

　골목 상가들은 어저께만 해도 개구쟁이 어린아이들이 문짝 여닫는 소리로 왁자지껄하던 골목이 사람 보기가 쉽지 않다. 생필품과 과자, 라면 등 식료품 야채만을 팔던 구멍가게도 손님이 끊어지고 언제 폐업을 할지도 모른다. 그렇게 근근덕신 연명하던 골목 가게들은 하나둘 문을 닫고 창문에는 '폐업'이라는 냉정한 말 한마디로 끝장을 알린다.

　이러한 사실을 아는지 모르는지 이국만리 태국의 해변에서는 20년 만에 가장 많은 장수거북의 산란처가 발견되었다고 합니다. 그것은 거북이 산란을 할 때에는 조용한 환경을 원하는데 관광객의 소요 속에서는 산란을 하지 않는다고 합니다. 그런데 코로나로 인하여 관광객이 끊기면서 생태계의 변화가 생겼던 것이다. 거북이의 산란이 시작이 되었던 것입니다.

　　　　　　　　　　　　아버지의 인생수업

장수거북의 최대 몸길이가 3m 몸무게가 900㎏으로 지구상에서 가장 큰 거북이 발견된 것이다. 거북의 등딱지는 딱딱한 뼈가 아니라 두꺼운 가죽 피부로 덮여 있다고 합니다. 커다란 등딱지를 이고 있는 모습이 마치 가죽 갑옷을 입은 장수처럼 보인다고 해서 이름을 장수거북이라고 명명한다고 합니다.

주로 열대와 온대지방에서 서식하고 장수거북은 파충류 중 잠수 능력이 가장 뛰어나서 최대 70분, 1,280m 깊이까지 잠수할 수 있다고 합니다. 속도는 최대 시속 35㎞로 헤엄을 치는 세계 최대속도의 거북으로 기록되어 있습니다.

일반적으로 거북은 극한 지역을 제외한 전 세계 바다, 담수, 육상 등 거의 모든 지역에 356종이 서식하고 있다. 국내 서식 거북은 8종으로 육지 거북은 없고 모두 바다나 민물에서 살고 있다. 붉은 바다거북, 푸른바다거북, 매부리바다거북, 장수거북 등 4종은 동해안과 남해안에서 관찰되고 붉은귀거북, 남생이, 자라, 중국자라 등 4종은 하천, 호수 연못에서 산다.

바다거북은 산란할 때를 제외하면 대부분 바다에서 생활하고 해조류 무척추동물을 잡아먹는 잡식성이다. 수중에서 물의 저항을 줄여 수영을 잘할 수 있도록 등딱지는 편평한 유선형으로 되어 있고 앞발도 지느러미 모양으로 진화하였다 반면 육지거북은 초원이나 숲에서 살면서 식물의 잎, 꽃, 열매를 먹는 초식성이다.

튼튼한 발과 발톱을 가지고 있고 포식자가 접근할 때 등딱지 내로 목과 다리를 끌어넣어 몸을 보호하고 있습니다. 특히 육지거북은 등딱지 강도를 높이기 위해 아주 무겁기 때문에 운동능력은 매우 약화되어 있다. 육지에서는 빠르게 움직이는 것보다 튼튼한 등딱지로 인하여 잡아 먹히지 않는 것이 더 유리하기 때문입니다.

우리가 알고 있는 거북이가 느림보라는 상식은 더 오래 살기 위해 진화되었음을 알게 하여 줍니다. 거북이는 사람처럼 허파로 호흡합니다. 거북은 목 주변을 팽창 수축시키고 사지 관절 주변을 사용하여 등딱지 내부에 부피 변화를 주어서 폐를 늘였다 줄였다 하며 호흡을 한다. 바다거북이 오랫동안 물속에 있는 것은 목의 점막이나 항문 모세 혈관으로 물속 산소를 흡수할 수 있기 때문입니다.

거북은 인간의 서식지 파괴로 인해 개체 수가 점점 줄어들고 있다 합니다. 그래서 사육용을 제외한 대부분 개체의 국제거래가 금지되어 있다고 합니다.(국립생태원 생태조사연구원 발표 참고)

캐나다의 말코손바닥사슴을 소개합니다.

숲이 울창한 캐나다 도로 곳곳에는 동물이 많이 다니니 조심하라는 여러 표지판이 있다. 그중 표지판에 있는 털북숭이 사슴 그림을 날렵한 사슴 그림으로 바꿨다는 '말코손바닥사슴'의 안내표지판이 있다.

이 다 자란 말코손바닥사슴은 머리, 몸통 길이가 3m가 넘고 어깨 높이는 2.4m고 몸무게는 최대 700kg에 육박한다. 지구상에서 가장 큰 사슴이다. 호랑이의 평균 몸무게가 200kg으로 훨씬 무거

아버지의 인생수업

운 셈이지요.

생김새는 코부분은 말처럼 길쭉하고 윗입술은 늘어져 있다. 수컷에게 나는 뿔도 손바닥과 비슷한 모양으로 다른 사슴들의 나뭇가지 모양 뿔과는 다른 모양으로 생겼다. 서식지는 북아메리카, 북유럽, 시베리아의 울창한 숲과 강, 호수 근처에서 살아간다.

몸은 육중하지만 수영과 잠수 실력이 뛰어나다고 한다. 식성은 나뭇가지와 나뭇잎 풀잎을 즐겨 먹으며 물속으로 자맥질(물속으로 들어가서 떴다 잠겼다 하는 것)도 곧잘 한다. 호수나 강가에서 20㎞까지 헤엄칠 수도 있다. 몸에 붙은 벌레들을 떼어내기 위하여 물속으로 자주 들어가곤 한다.

미국이나 캐나다에서는 말코손바닥사슴이 사람과 자주 마주치는 일이 종종 있어서 주의 표지판으로 안내도 하고 있습니다. 말코손바닥사슴은 조용하고 숨기를 좋아하는 성격이라서 보통 사람을 피해 가지만 짝짓기 철이나 새끼를 기를 때는 매우 예민해져서 공격적으로 변하기도 하므로 주의를 요한다고 합니다.

수컷 말코손바닥사슴의 뿔은 최대 1m 넘게 자라는데 가을 짝짓기 철이 끝난 뒤 12월에 빠졌다가 이듬해 봄에 새로 돋아 난다고 한다. 뿔은 새로운 경쟁 수컷들과 싸움을 할 때 무기가 된다. 다 자란 말코손바닥사슴을 사냥할 수 있는 동물은 거의 없을 정도라 한다. 주로 몸집이 작은 새끼가 곰, 사슴, 늑대의 공격을 받는다. 그러나 진작 무서운 천적은 눈에 보이지 않는 기생충이다. 아메리카 대륙에 살고 있는 기생충이 말코손바닥사슴에 옮겨붙으면 아주

심각한 피부병을 유발한다. 그래서 두 종류의 사슴이 같이 사는 지역에서는 말코손바닥사슴의 숫자가 확연히 줄어든다고 합니다.

이처럼 동물의 세계에서도 천적이 있다는 사실을 우리는 느낄 수 있다.(조선일보 정지섭 기자 칼럼 인용) 생명이 있는 곳 사람 사는 세상을 비롯한 동물의 세계에서도 상호 간에 천적이 있음을 볼 수가 있다.

작은 것에서부터 거대한 크기의 매머드 영역까지 눈에 보이는 것이든 보이지 않는 것이든 마음대로 범할 수 없는 관계의 형성이 있음을 간과해서는 아니 될 줄 믿습니다. 그 관계를 자유롭게 상통하는 것은 오직 관용과 사랑임을 우리는 느끼고 알아야 될 줄 믿는다. 사랑합니다, 이 말을.

11. 순수함을
더럽히지 마라

　고추 같은 세상 살아가면서 얼마나 많은 눈물을 훔쳤는가. 혼자 아니면 사랑하는 사람을 앉고 말을 할 수 있는 사연도 있지만 말 못 할 사연도 있었다. 그렇지만 후회는 아니 했다. 오히려 떳떳하였고 당당했다. 왜냐하면 그저 좋았고 숨길 것이 없었고 진심만이 있었기 때문이었을 것입니다.

　마음이 약해서 연속극 드라마를 보다가도 울고 열심히 살다가 성공한 장면을 보는 순간에도 세상을 열심으로 살아가는데도 형편은 매일같이 그 모양 그 꼴로 사기당하는 등 따시게 누울 집 한 칸 없고 부모 형제 먹여 살리지 못해 극단적 결심하기를 수십 번 그러다가 소발에 쥐 잡기식 운수대통 한다던지 하는 경우에도 눈물이 주루룩 아이고 잘되었네 하면서 찔끔거린다.

　그런가 하면 넘어지고 엎어지기를 수십 번 하면서도 매일 같이 찾아오는 빚 독촉에 반갑지 않은 손님들 그 누구도 원망할 틈도 없이 살아온 순진무구한 마음도 아이구 하늘도 무심하시지 하며 원망 섞인 한탄을 토해낼 때의 그 마음을 읽을 때 가슴이 뭉클하며 눈시울이 뜨거워진다.

나는 조선시대(숙종 임금)의 천출 궁녀가 임금의 후궁으로 들어와 온갖 수모와 고통 속에서 그 아픔을 이겨내고 숙빈으로 승차하여 숙종 왕을 즐겁게 하고 총애를 받는다. 영민하고 부지런한 숙빈이 어릴 적 동무 게돼라가 천민의 설움과 양반들에 대한 반감으로 고위직 양반들을 차례로 죽인다. 죽음에 대한 공포심에 쌓인 양반들이 범궤를 일망타진하여 게돼라(범궤수장)를 체포하기에 이르렀다. 부상치료를 위해 함께 했던 동이가 발각되었다. 이 순간 동이와 범궤 수장 게돼라의 치료를 위함이었음을 변명하나 동이는 궁에서 쫓겨난다 이 순간 무슨 변명이 그들을 이해시키겠는가 그러나 그들만의 고통과 인간의 진실함은 죄를 떠나서 경솔함을 순수함을 느낄 수 있어야 한다고 생각합니다.

작금의 우리 사회는 내로남불의 시대이다. 상식이 사라진 지 오래된 세상이다. 힘의 논리가 지배하는 세상에서 나의 잣대에 반대하는 자들에게 돌아가는 근거 없는 잣대는 무자비한 물리적인 힘이다. 얼마나 굶주린 진리의 상식인가. 오죽하면 굶주림에 시달린 사자처럼 공정과 정의가 살아 숨쉬는 사회가 언제부터 사라졌는지 얼마나 갈망하고 있는지 자그마한 감동을 주는 상식, 올바름을 보아도 크게 보이고 가슴이 뜁니다.

이처럼 진실을 왜곡하고 내 생각만 옳다고 하는 권력을 잡은 위정자들의 사고는 어느 나라의 사고 인지요. 다수의 국민들의 마음을 헤아리는 사회가 그립다.

아버지의 인생수업

오륜기의 역사

스포츠에도 물들은 부정. 그것도 지나가리라고 말할 것인가.

베이징 동계올림픽이 중국에서 열렸다. 세계 각국에서 모든 나라가 참석하지 않고 미국을 비롯한 서방 강대국들이 불참한 가운데 일부 선수들만 참석하는 올림픽을 치루었다.

그런데도 스포츠 정신을 망각한 채 자국 선수에게 유리하게 판정을 하여 주최국의 체면을 구기는 판정으로 진정한 스포츠 정신을 망각하는 편파 판정을 하여 올림픽 외교에 먹칠하는 사고가 속출하였다. 시진핑 장기집권을 위한 자국민의 환심 사기에 혈안이 되었다는 구설수가 난무하기도 하였습니다.

진정한 올림픽의 개최의의와 올림픽을 상징하는 오륜기의 역사를 알아보기로 한다. 올림픽기는 서로 얽힌 다섯 원이 그려져 있다고 하여 오륜기라고 합니다.

오륜기를 만든 지는 110년이 되었고, 원들은 5대륙을 의미하고 파란색은 유럽, 노란색은 아시아, 검은색은 아프리카, 초록색은 오세아니아, 빨간색은 미주대륙을 상징한다고 합니다. 그러나 색깔별로 대륙을 상징한다는 건 사실이 아니랍니다.

국제올림픽위원회(IOC)는 1951년 총회에서 올림픽 창시자이자 오륜기 창안자인 피에트 쿠베르탱이 그런 의도가 없었다는 것과 증거가 부족하다고 대륙 간의 상관관계를 공식 삭제하였다. 이후에도 인종 간의 피부색으로 논란이 있었으나 1976년부터는 세계 모든 국기에 가장 보편적으로 쓰이는 색상들이라는 새 정의를 채택하였습니다.

올림픽은 1912년 5회가 스웨덴 스톡홀름 올림픽으로 세계 5대륙 모두가 참석하는 대회로는 처음 올림픽이었다. 이에 쿠베르탱이 오륜기를 고안해 1914년 IOC 창립 20주년 기념식에서 첫선을 보였고 1920년 벨기에 엔트워즈 하계올림픽 때 처음으로 계약을 했습니다.

올림픽은 하계, 동계올림픽으로 4년마다 개최국을 변경하여 개최 하는 방식으로 개최하는 전 세계 체육인이 정정당당을 슬로건으로 걸고 체력은 국력이다를 내걸고 싸웠습니다.

오륜기 흰색 바탕은 국경을 초월한다는 의미이고 서로 엮인 오륜 마크는 전 세계에서 온 선수들의 만남을 상징한다. 각각의 고리는 균등한 크기로 그려져 평등함을 강조합니다.

쿠베르탱은 내가 선택한 흰색 포함 여섯 색깔을 혼합하면 어떤 예외도 없이 모든 국가 국기를 복제해 낼 수 있다고 합니다. 그것은 세계 평화와 화합을 상징하는 것이 아닐까 합니다.

그럼에도 세계는 지금 서로 간의 갈등 속에서 국력의 우위만을 목표로 총성 없는 싸움을 하고 있습니다. 세계는 주권을 존중하고 평등함을 실천하여 숭고한 쿠베르탱의 오륜기 정신을 이어나가야 할 줄로 믿는다. 그리하여 평소의 분쟁이 올림픽을 계기로 이어지는 평화의 올림픽이 되었으면 합니다.

아버지의 인생수업

12.   자랑스런
   민족의 발자취

　먹을 것이 없어서 굶는 것을 먹는 것보다 더 자주 하던 시절이 있었다. 우리 부모님 시대에 어르신들은 먹을 것만 있으면 무엇이든지 다 할 수 있을 것 같은 시대에 사셨다. 피죽 한 그릇도 못 먹고 살아오신 부모님들 시대 사람들의 생활은 뱃가죽이 등에 붙는다는 말씀을 자주 들었다. 그때쯤이면 우물가로 가서 물 한 바가지를 떠서 벌컥벌컥 들이키면서 아이구 살 것 같다 하시고 호미, 곡괭이를 들고 들로 나가서서 일을 하시곤 하였다. 요즘 젊은이들은 그렇게 말한다. 라면이라도 끓여 먹지 왜 배를 곯아 한다.

　1950년대에는 우리나라가 세계에서 제일 가난한 나라 제일 못사는 나라였다. 그러니 오죽하였겠는가 말이다. 국민의 80%가 문맹자였다. 글을 읽을 줄 모르는 사람이 10명 중 8명이었다고 합니다.

　그 당시에 그래도 선각자 노릇을 한 사람이 대한민국 초대 대통령이신 이승만 대통령이었다 합니다. 이승만 대통령은 교육에 대한 절대 필요성을 강조하며 6·25전쟁 중에도 부산까지 밀려난 시점에서도 가마니 학교(학교가 없어서 가마니를 뒤집어쓰고 공부를 하였다는 학교)를 만들어서 아이들을 가르치도록 하였으며 학교를 보내지 않으면 부모가 처벌을 받도록 하는 강력한 규정을 정하고 교육에 열성을 다하도록 하였습니다.

이런 상황을 미국 등 각국에서는 한국을 이상한 나라(전시에도 교육에 열성을 다하는 나라)라고 대서특필하는 일이 일어나기도 할 정도로 문맹 퇴치에 최선을 다하는 나라로 평가를 받았다고 합니다.

이것이 대한민국의 오늘을 만드는 첫 번째 초석이 되었다고 평을 하고 있다. 그 효과로 10년 후에 우리 대한민국은 문맹 퇴치 95%를 자랑하는 기적을 일구어내는 결과를 얻어냈다 합니다.

그 후 1961년 박 대통령의 자서전 『배워야 산다』에서는 우리나라 예산의 50%를 미국으로부터 지원받음을 안타까워하면서 그 지원받은 예산의 15%를 초등학교 건립에 사용하였다 합니다.

한편 기술습득에 박차를 위한 한독기술학교, 금호기술고등학교 등 기술을 습득하는 데 최선을 다하였음을 알 수 있습니다.

그 당시에 기능올림픽이라는 대회가 있었다. 그 기능올림픽에서 대한민국의 우수한 두뇌를 유감없이 발휘하여 1위를 하였다는 지상의 보도가 생생하게 기억이 납니다. 이처럼 문맹 퇴치 기술습득 장려 등 국책사업으로 추진한 결과 후진국 탈피에 목표를 달성할 수 있었습니다.

두 번째 도약의 기회는 대한민국의 대기업이라는 삼성, 현대, SK, 대우, LG가 일본의 Sony를 제치고 올라설 때가 두 번째 초석이라 할 수 있습니다.

아버지의 인생수업

김대중 대통령이 1998년에 일본의 손정의를 초청하여 경제 의견을 듣고자 초청하였다. 손정의 선생 말씀이 친구인 빌 게이츠와 동행을 물었다. 흔쾌히 허락하여 삼자대면 좌담 석상에서 김대중 대통령이 한국경제의 답보상태 해결방안을 물었습니다.

손정의 사장 말씀이 첫째도 둘째도 셋째도 인터넷 브로드밴드이다. 그다음 빌 게이츠 말도 인터넷 브로드밴드라 하였다. 이것은 김영삼 대통령의 정보통신 발전을 내세웠던 것이 기초가 되었음을 우리는 알고 있다. 이것이 인터넷 강국을 만들고 대한민국을 와보고 싶은 나라로 만드는 계기가 되었던 것이다.

세계에서 중진국으로 발돋움할 수 있는 기회와 동시에 발전을 가로막는 노동삼권이 탄생하면서 이를 억압하는 독재정권도 탄생을 하였다. 1979년 YH무역 사진, 부마 사태 등 노동자를 탄압하는 사건이 발생하였음은 국가발전 과정에서 어두운 한 단면을 볼 수 있는 개발도상국의 거쳐야 하는 과정이 아니었나 싶습니다.

나라가 발전하는 과정에서 없는 사람 있는 사람의 격차는 점점 심각하게 벌어지고 나라발전과 무관하게 굶어 죽는 자는 속출하는 사회가 되고 자살률은 어느덧 세계 1위가 된 지가 10년을 넘기도록 변치 않고 있음은 불명예라 아니할 수 없습니다. 그러나 요즘 대한민국은 대통령선거가 40여 일 앞으로 다가왔는데도 국민들은 대통령을 선정하지 못하고 좌충우돌하고 있습니다.

좌파는 기득권을 이용하여 온갖 횡포를 다하고 있고 우파는 대통령을 바꿔야 살 수 있다는 대다수의 국민들의 요구사항을 관철

시키기 위하여 상호 간에 비방을 멈추지 않고 있는 시점에서 국민들은 나름대로 결정했으리라 생각이 됩니다.

어렵고 힘들었던 시절을 잘 버티고 고생 끝 행복 시작이라고 하던 시절이 엊그저께 같은데 이제 배부르고 등 따시니 권력 다툼이나 하고 약한 자는 짓밟으려고 하는 개구리 올챙이 적 아픔은 없었던 것 같은 짓을 하고 있다. 더더욱 한심한 것은 정체성을 잃어버리고 나라까지 팔아먹는 공산주의가 지향하는 사회주의를 부르짖고 있으니 참으로 한심하고 정신 나간 짓이라 아니할 수 없습니다.

과거의 역사도 잊어버리고 역사를 인정하지 않는 본인들(좌파)의 정체성에 맞는 자들만이 역사의 인물로 등재되고 없던 일도 있었던 일로, 있던 일도 없던 것으로 지워버리는 좌파정권을 국민들은 올바른 시선으로 바라볼까. 독자들은 어떻게 생각하는가. 바라옵고 원하옵건데 피땀 흘려 이룩해놓은 우리 조국을 일부의 위정자들의 옳지 못한 망상으로 무시당하고 멸시당하던 후진국으로 되돌아가는 일이 없도록 올바르게 이끌어주기를 간절히 바랍니다.

아버지의 인생수업

4장

보통 사람들의
삶의 모습

1.   <u>욕심</u>

세상에 태어나서 걷지도 못하고 제일 먼저 치르는 행사가 백일잔치 아닌가 싶다. 내가 의도적으로 치루는 행사도 아닌데 그저 겨우 엄마 아빠만 얼굴만 아는 정도인데 이렇게까지 호화스럽게 잔치를 차려주니 그저 고마울 뿐이다.

들어오는 입구부터 고무풍선으로 출입구를 수놓고 양쪽으로 갈라놓은 의자들은 내 식구 손님과 남의 식구 손님을 갈라놓고 박수 준비나 하고 돈 봉투나 준비하고 앉아 있으라 한다.

앞자리에는 오늘의 주인공과 부모님들이 온갖 가지 물건들을 등장시킨다.

백일을 맞는 주인공이 좋아하는 것이 아니다. 어쩌면 주인공과 아무 상관 없는 색연필, 실처럼 오래오래 살기를 기원하는 실타래, 아무것도 알지 못하는 주인공에게 돈 많이 벌고 잘 살으라는 만 원짜리 지폐 한 장, 큰 사업가가 되라고 돈 많이 벌으라는 쌀, 콩 등을 나란히 놓고 주인공을 그 앞에 내려놓는다. 부모들은 무엇을 제일 먼저 짚는가를 보면서 즐거워하며 손뼉을 친다. 그것은 주인

아버지의 인생수업

공이 좋아하는 것을 짚는가를 보는 것 아니다. 부모가 원하는 것을 짚기를 바란다. 우리가 살아오면서 원했던 것들, 되고 싶었던 것들을 자식에게서 얻기를 원하는 마음이 아닌가 싶습니다.

한편은 내가 받은 설움을 자식까지 물려주고 싶지 않은 마음에서의 바람이 아닌가 싶습니다.

그래서 그 물건을 인질로 실타래를, 과일을, 돈을 잡으면 아이구 내 새끼 판검사 되겠네, 장관 되겠네, 장군 되겠네, 오래 살겠네 하면서 얼굴을 부비며 즐거워한다.

한편 부모는 원하는 것을 잡지 않으면 내심은 서운하고 할지라도 내색하지 않고 귀여워할 뿐이다. 예부터 우리 부모님들은 그렇게 좋아도 무덤덤하고 싫어도 내색하지 않고 누가 볼세라 들킬세라 속으로 품고 사랑하였다. 그러나 요즘 세상은 감정을 숨기지 않는다. 좋으면 좋은 대로 깔깔거리고 싫으면 싫은 대로 숨기지 않는다. 그래서 세대 차이가 난다고 합니다.

주인공이 원했든 원치 않았든 잔치는 끝나고 축하 손님들은 끼리끼리 만찬을 즐긴다.

우리는 살아가면서 해야 할 일을 한다고 하지만 훗날 남겨야 될 일들. 보여줘야 할 일들이 많다. 남들이 하니까 나도 해야 되고, 기죽기 싫으니까 해야 하고 남이, 친구가, 이웃이 하는 만큼 빚을 내서도 해야 하는 필요 없는 자존심이 있다. 지기 싫어하는 마음 내가 왜 무엇이 부족해서 "한 치 앞도 보지 못해서"라고 말할 수 있는 '혜량'이 없어서라고 말할 수는 없는가, 빚을 내서 잔치를 하고 짜증을 내고 검은 속내를 감추고 아닌 척하며 살아가야 하는가 말입니다.

나라를 책임지겠다고 큰소리치던 문재인 대통령은 대통령 취임식에서 "지난 세월 국민은 이게 나라냐."라고 말했습니다. 그때 문 대통령은 "새로 시작하겠습니다."라고 말을 하였는데 이제는 국민이 나라다운 나라를 만들었는지 그리 해놓고 물러날 준비를 하고 있는지 국민이 물어보고 심판해야 할 때가 아닌가 싶습니다.

그 위선의 실체는 여지없이 드러나고 있다. 코로나 접종백신이다. 세계는 코로나 백신을 구하기에 전 세계가 혈안이 되어 한때는 걱정하지 않아도 된다고 약속을 한 것이 한두 번이 아니었습니다.

그러나 그 결과는 백신이 들어온다는 날 들어오지도 않고 구하지도 못한 것을 대국민에게 사기극을 벌리곤 하면서 코로나 방역에 선진국이라고 교만을 떨곤 하였다. 세계 각국에서 심지어 아프리카 봉고 등 국가보다 백신 접종을 늦게 맞는 등 말과 행동이 엇박자를 일으키는 볼성 사나운 일이 벌어지는 상황이 일어났다. 한국의 의료진의 접종역량은 일 115만 명을 접종할 수 있으나 접종 실시 인원은 2만 6천 명 정도로(2021. 4. 3일자) 집계되었다.

언제나 말대로 실행이 될 것인가. 말은 먼저 뱉어놓고 실행이 되지 않으면 얼굴이 보이지 않는다. 잘잘못을 논할 상대가 없어져 버린다. 그런데 남이 잘한 것은 내가 잘한 양 어디선가 나타나 내공으로 포장을 하는 데는 선수다 이것이 나라를 대표하는 대통령인가 국민들은 다 보고 느낀다.

옛말에 서산대사는 이런 말씀을 하셨다. 금일아행적수작후인정 (今日我行跡遂作後人程) 금일에 내가 하는 행동이 뒤에 오는 자의 길 잡이가 될 것이다라고 말씀하셨다. 하물며 나라 대통령이라는 자가 국민을 상태로 거짓말을 일삼듯 하고 사기를 치는 일을 밥 먹 듯 한다면 위정자들은 무엇을 보고 배울 것이며 국민들 또한 나라를 어떻게 믿는단 말인가.

국민들은 공정과 진실로 살라 하면서 공정은 사라지고 진실은 도둑맞은 채 허탄하고 어이없는 것만을 보여주는 정부를 누가 믿 겠는가. 취임하면서 일자리 창출 100만 명으로 삶의 질을 높이겠 다고 호언장담하였다. 삶의 질도 중요하지만 일자리 질 또한 중요 하다. 일자리가 생계 유지를 위한 일자리이어야 합니다.

그러나 이 정부가 출범하면서 일자리가 195만 명이 줄었다고 한 다.(2017년 말 통계치 비교) 이 정권은 주 1시간 이상만 근무하면 취업 자로 잡히는 통계 수치를 들고 나온다.

대통령은 24번째 부동산 대책을 발표하고서야 정책이 실패했다 는 것을 시인했습니다. 이 또한 애당초부터 권력의 시녀자가 가지 는 독선이고 욕심이다. 내가 감히 대통령인데 내 말을 안 들어 그 래 어디 한번 누가 이기나 해보자 나는 너희들의 돈을 빼앗을 거 야 하는 식으로 4년여 동안을 세금으로 걷어갔습니다.

이 얼마나 교만하고 치졸한 정책인가 양도소득세 종합소득세 상 속세 증여세 세자 들어가는 모든 세율은 오르지 않은 것이 없습니 다. 이제는 올릴 것이 없으니 일 가구 1주택자도 양도소득세, 종합

부동산세를 내라 한다. 이것은 민주주의가 아니다. 사회주의 독재 국가나 다름없습니다.

　권력은 국민을 살리라고 국민이 위정자들에게 맡긴 힘이다. 그런데 그것을 자기 것인 양 자기 맘대로 마구 휘두르는 것은 만용이고, 독선이고 탈선이다. 기차가 레일 위를 가다가 탈선을 하면 더 이상은 달릴 수 없습니다 기관사는 내려서 국민들과 같은 길을 가야 한다. 운전을 할 자격도 없고 더 이상은 자격도, 능력도 주어지지 않는다. 국민이 외면할 것이고 못 본 체할 것입니다.

　국민들은 욕심부리는 자, 교만한 자를 기대도 바라지도 않고 시궁창으로 밀어 넣을 것이다. 오직 겸손하고 낮은 자만이 함께 할 것이다 아흔아홉 섬을 짓는 농부가 겨우 1섬의 농사를 짓는 농부의 것을 빼앗는다는 욕심은 한이 없음을 비유하는 말이 있다. 앞서 말한 욕심은 세상을 살아가는 모든 사람들에게 다 같은 바램을 과장되게 표현한 것인지 모른다.

　권력에 대한 욕심 물질에 대한 욕심, 시기하는 마음의 욕심 질투하는 마음의 욕심 온갖 소유에 대한 욕심 등 세상에 이루 헤아릴 수 없는 욕심이 많을 것이다. 하지만 자기에게 주어진 능력과 지혜로 이룰 수 있는 지극히 정상적이고 상식적인 방법으로 목적을 달성하는 것은 참으로 보기도 좋고 칭찬할만한 것으로 박수를 보냄이 마땅하다고 생각합니다. 하지만 비상식적이고 비정상적인 방법으로 인맥을 통한 비정도를 택하는 자리를 차지하는 일, 물질적인 뒷거래로 인한 문제해결, 지극히 비열한 방법으로 낙하산을 떨어뜨림 등 세상에 상식적이 아닌 방법으로, 질서를 혼란스럽게 분탕질하는 세력들은 존재의 가치가 없는 것들이 아닌가 포괄적으로 존재를 원치 않는 사건들은 이제는 없어졌으면 하는 마음이다.

용기 있는 폭탄 발언을 상고해본다. 고 이건희 회장이 1995년 중국 베이징에서 한국특파원들과 간담회에서 한 말이다. 기업은 2류, 행정은 3류 정치는 4류라고 하였다. 우리는 보통 가장 밑바닥을 3류라고 하는데 이건희 회장은 정치를 4류 밑바닥보다도 못한 지하 수준이라 하였다. 지금은 '류'로 따진다면 지하도 한참 지하인 것 같아 층수도 따질 수 없을 정도가 아닌가 싶습니다.

한국은 기업발전으로 사회와 국가발전을 이끌어가는 대표적인 나라다. 경제개발 초기 단계에서 정부가 역할을 도왔지만 2000년대 들어서서는 글로벌 초일류 기업의 탄생으로 수많은 기술 강국 기업을 출현시켰다. 현재 세계 1위 한국 제품 수는 69개로 국가 기준 세계 11위다. 세계 최고 수준 중소기업 숫자도 세계 16위다. 지금 고 이건희 회장이 살아계셔서 한국의 정치가 몇 류냐고 물으면 이렇게 대답하지 않을까 싶다. "G류다." GSGG 상욕을 쓴 것도 자기들이 자신을 표현한 것이다. 그나마 수준을 아니 다행이다. 그렇다면 4류가 초일류를 협박하고 협박하는 것도 알고 있을 것임을 아는가.

2. 삶은
나눔인 것을

많이 살지 않은 세상살이지만 그래도 절절하게 남아있는 추억들이 있다. 그중에 하나 그 친구는 무척이나 가난한 가정형편에서 태어났다. 공부는 일등을 놓치지 않은 모범생이었다.

어느 날 학교 옆에 사는 친구 집을 방문했다. 같은 반 친구와 같이 갔다. 집안에 들어서자 나는 놀랐다.

어찌나 마당과 마루가 깨끗하게 단장이 되어있던지 시골인 중학교인 농촌인데도 어디 하나 농사를 짓는 구석이 보이지 않았다. 나중에 생각한 것이 농사를 지을 농토가 없었기 때문임이 떠올랐다. 날품팔이만 하여 근근덕신 연명을 하였음에 그렇게 깨끗할 수 있었을 것임을 알았다.

더욱더 놀란 것은 밥상을 차려왔는데 노란 그림물감을 수놓은 것처럼 쌀 한 톨 섞이지 않은 조밥이었다 그때 당시에 조밥은 먹는 사람이 별로 없었던 시절이다. 입안에서 껄끄러워 잘 넘어가지 않기 때문이다. 반찬은 김치 한 가지. 그래도 나는 형편이 어려워 가끔은 먹던 음식이라 친구 체면을 보아서 밥그릇을 다 비웠다. 그런

아버지의 인생수업

데 같이 간 친구는 두어 숟깔 뜨고는 숟가락을 내려놓는다. 옆에 있던 내가 민망하였다. 반이라도 먹지 하는 생각이 들었다. 보이지 않는 말할 수 없고 무어라 표현할 수 없는 민구한 분위기가 감돌음을 느꼈다.

나만이 간직한 삶의 뒤안길에 있는 아픔들을 누구나 한두 가지씩은 가지고 살아간다. 나는 그런 길 왕복 12㎞ 산길을 매일같이 걷고, 뛰고 하면서 다녔다. 새벽밥을 먹는 둥 마는 둥 씹지도 못하고 물에 말아서 후루룩 마신 것이 전부였다.

지난 세월 생각을 하면 모두가 손해 본 것은 아니었구나라는 생각을 한다. 공기 좋은 산길 12㎞를 뛰고 다닌 것 덕분에 건강하게 살아가는 원동력이 되지 않았나 싶다.

세상일은 어떤 일이든 100% 일방적인 일은 없다 한다. 그 말은 세상에서 일어나는 일은 누구인가에는 도움이 역할을 하고 있는 일이란 뜻이 아니겠는가.

나 개인에게 처한 모든 일들이 그렇게 악영향만 끼치는 것만은 아니면 좋지 않은 일들을 타산지석으로 삼아서 나의 자산으로 활용할 수도 있고 다음에는 같은 일에 당하지 않는 힘이 될 수 있는 활용할 수 있는 능력이 되기 때문이라 생각합니다. 그런 사람이 능력있는 자요, 지각이 있는 자라 생각한다.

우리는 지각 있고 상식이 있는 세상에서 살기를 원하고 나의 행동을 그 기준에 맞추어 살고 있다고 각자는 생각하고 있을 것입니다. 한편 상대하는 상대편도 그러기를 바라며 대하고 있지 않을까 합니다.

그러나 이 사회는 말로만 상식의 세상이다. 기회는 평등하고 과정은 공정하며, 결과는 정의로울 것이다라고 겉으로 보기에는 번드르한 말로 포장을 해놓고 실질적인 행동으로는 기회는 자기들 좌파들끼리만 나누어 갖는 불평등한 사회를 만들고 자기편이 아닌 자들에게는 내로남불의 변명으로 일관하는 사회를 만들어 놓았음을 일상화로 만들었다.

그뿐인가 과정은 공정하다고 한 말은 어떤가. 자기들이 추진하는 일(울산 시장)을 성취하기 위하여 상급기관(청와대) 직원을 총동원하여 상대방을 비방함은 물론 낙선시켜놓고 부정선거를 일삼는 불공정선거를 자행하는 일이야말로 국민들을 눈뜬 봉사 취급을 하고 있음을 봅니다.

참으로 벌건 대낮에 벼락을 맞을 일들을 자행하고 있음이 한두 가지가 아니다. 그뿐이랴 민정수석이라는 자는 자식의 능력 없는 것을 권력으로 감싸는 파렴치한 짓을 한두 가지가 아닌 걸리는 곳마다 자행하고 변명으로 일삼고 주경야독하는 청소년들의 가슴을 저리도록 아프게 만들고 밤잠 설치며, 기도하는 학부모 형제들의 가슴을 아리게 만드는 일을 저질러놓고도 구질구질하게 변명만을 늘어놓는다.

그렇게도 말로 다 할 수 없는 잘못을 온갖 세상에 저질러놓았는데도 대통령은 그것을 저지른 자를 이제 그만 놓아주자 한다.

한 나라를 책임지는 대통령이 할 말 있고 안 할 말 있지 그걸 말

　　　　　　　　　　　아버지의 인생수업

이라고 하는가. 대통령이 진 빚이 있다니 그러면 국민들 가슴에 못 박은 것은 어떤 식으로 빼내어 줄 것인가.

우리나라는 대통령이 부재중이라 한 말이 정확한 표현 아닌가 싶다. 대한민국 공무원이 서부 해상에서 피납되어 갔는데 북한군에게 쏘아 죽이라는 명령을 한 대통령이 어느 나라 대통령이 한 말인가.

한 해를 마무리하는 지금은 코로나19에서 위드코로나로 인간의 자존, 존엄, 공존이 한계상황에서 좀 나아진 공존의 상황이 되어가는 사회이지만, 올 초만 해도 독선적이다 못해 광기를 부리는 지경까지 치닫던 법무부 장관과 그 동조자들의 행태를 지켜보는 지극히 상식적인 국민들의 속내는 개탄 속에 눈을 감고 싶은 마음이었을 것임이 말을 들어보지 않아도 자명했으리라.

앞으로도 뒤로도 갈 수 없는 진퇴양난의 권력의 기세 앞에 어떤 호소도 분노도 저항도 무기력하기만 하지 않았는가. 그러나 우리는 실낱같은 희망이 살아있음을 보았다. 실낱이 아니라 거대한 천둥 번개보다 더 위력 있는 작고도 장엄한 불빛이 있음을 우리는 보았다.

검찰총장 해임을 전횡하는 직무집행 정지 권한은 검찰의 독립성과 정치적 중립성을 몰각하는 행위라는 행정법원 부장판사의 판시가 시작으로 조국 전 장관의 자녀 입시 비리, 사모펀드 불법투자 등에 대한 징역 4년 등 중형, 윤석열 전 검찰총장. 집행정지신청을 받아들인 부장판사의 결정 등으로 빛이 있으라 하니 밝아짐을 우리는 보았다.

판결 후 일체의 가정, 주관적 주장, 애매함을 배격한 사실관계와 법리에만 기초한 판단이었다. 이에 친문 진영에서는 행정법원의 일개 판사라 폄하 하였다. 개혁의 주체가 누구인지 개혁의 대상이 누구인지를 극명하게 보여주는 사건이 아니었나 싶다.

그럼에도 불구하고 개과천선할 생각은 하지 못하고 상대방의 약점을 찾기에 혈안이 되어 있는 모습을 보노라면 참으로 한심한 생각이 든다.

이 글을 읽는 분들의 솔직한 마음을 묻고 싶다. 제가 말한 말씀들이 가슴에 와닿는지 아니면 개소리로 들리는지. 독자 여러분의 올바른 선택에 대한민국을 살리느냐 아니면 파국으로 몰고 가느냐의 갈림길이 될 것임을 알아주셔야 함을 명심하시기 바랍니다.

세상을 판단하고 심판함은 우리의 영역이 아님을 알아야 하지만 그래도 삶에는 상식이 있음을 우리는 안다. 권불십년이라 했지 않은가 주어진 권세는 십 년을 넘지 못한다라고 했음에도 어찌 그리 어리석은 짓만 하며 사는가 주어진 권세도 한이 있고 주어진 권력도 네 것이 아님을 깨달아 뉘우치고 석고대죄하며 살아가길 바란다.

아버지의 인생수업

3. 공존의
   행복

혼자 달리기하여 1등 한들 무슨 의미가 있을까. 함께 달리기 해준 사람들이 있기에 의미가 있지. 아무리 맛있는 음식도 혼자 먹는다 한들 무슨 맛이 있을까. 함께 웃고 떠들며 함께 먹으면 엔돌핀이 생겨 더 맛이 있지. 많은 돈과 명예를 가지고 있는데 무슨 소용이 있을까. 무인도에서 혼자 살고 있다면 혼자 행복한들 무슨 소용이 있을까.

함께 나누고 즐거워해 줄 사람들이 없다면 치열한 경쟁 사회 혼자 살면 얼마나 좋을까 하는 생각을 하지만 혼자는 살 수가 없는 것이 사람이 아닐까 싶습니다.

울며 부대끼고 이리저리 넘어지고 깨져도 원수처럼 사네 못 사네 해도 함께 살기에 살맛 나는 세상이 아닌가. 함께 공존할 수 있는 주변 사람들이 있어 항상 고맙고 감사할 따름이다.

오늘도 보이는 곳에서 보이지 않는 곳에서 함께하시는 당신이 있어서 행복합니다. 만나면 반갑고 헤어지면 아쉬운 당신이 있어서 행복합니다.

우리는 당신을 만나거나 만나지 않아도 함께 있는 행복의 공동체입니다.

함께 있는 혼자 있는 공존의 행복임을 잊지 마소서.

4. 웃으면서만
살 수 없었던 시절

지금은 보잘것없는 아주 작은 시골의 동네이지만 훌쩍거리면서 콧물을 빨아먹고 다 떨어진 고무신짝을 신고 다니던 어린 시절 너 나 할 것 없이 가난이 무엇인지 모르고 그저 그렇게 살아가는 것이 나의 삶의 전부로 여기고 불만도 투정도 없이 해야 할 일만 열심히 하면서 살아온 세월이 지금 생각해보면 참으로 자신이 주변 사람들이 대단한 세상을 지나온 승리의 산증인이구나 자부하고 싶습니다.

이웃집 아저씨 아주머니 형님 누님들은 새벽길이 보일락 말락 하면 먼동이 트기가 한참이 남았는데도 눈뜨자마자 논밭으로 삽과 호미를 들고 지게를 지고 나간다. 무슨 일이 있어서가 아니다. 그저 습관적으로 그리 부지런을 떨어야 입에 풀칠하며 자식들을 건사할 수 있었기 때문이었을 것입니다.

그러지 않으면 입에 풀칠도 하지 못하고 거지꼴을 면하지 못하였다. 논밭에서 아침 전 두어 시간 일을 하고 집에 돌아와 반찬 없는 밥 한 사발을 게 눈 감추듯 먹고 나서는 어르신들은 긴 담뱃대에

다 담배를 비벼서 넣고 불을 붙혀서 담배 한 대를 피우신다.

지금은 골동품 같은 긴 담뱃대는 찾아볼 수가 없다. 담배 피는 장소는 별도로 지금처럼 흡연 장소가 없었다. 아무 데서나 피고 싶은 사람 마음대로 피웠다. 왈 대꼬바리 마음대로였다. 안방, 사랑방, 아무 데서나 피웠다. 그래도 불평해 본 적도, 사람도 없었다. 지금 같으면 불평불만의 목소리가 가득했으리라.

다 피우신 후 형님은 일을 하러 논밭으로 나간다. 그 당시에는 화장실을 변소라 했다 그것도 수세식이 아니라 수거식이었다. 시멘트로 둥그렇게 콘크리트를 쳐서 그 변기에 대소변이 차면 밭에다 거름으로 똥장군에 퍼넣어서 지게로 지고 밭에다 갖다 거름으로 주었습니다.

그런데 이 똥장군 지는 것이 그렇게 녹록지 않습니다. 우리가 생활에서 작은 양동이 바께쓰의 물을 옮기는 데도 균형을 잡지 못하면 출렁거리는 물 때문에 들어 옮기기가 쉽지 않음을 경험하셨을 것입니다.

마찬가지로 똥장군 안에 가득 채우고 지게를 지고 일어서서 움직일 때에 똥장군과 지게가 균형을 이루지 못하면 발자국을 옮길 때마다 출렁거리면서 똥장군 안에 똥물이 꽉 막은 마개를 통하여 넘쳐 흐르기 시작하면 냄새는 물론 옷으로 스며들기까지 합니다. 그래서 주의할 것은 똥장군에 가득 차게 담을 것과 똥장군 주둥이는 짚을 접어서 만든 마개로 공간이 생기지 않도록 단단히 틀어막아야 합니다. 예전에 아버지를 도와주느라 두어 번 똥장군을 져

본 일이 있었습니다. 다행스럽게도 불미스런 험한 꼴은 당하지 않았음이 기억납니다.

배고픔의 언덕 너머에는 항상 기대감과 충족함이 자리하고 힘겨운 역경 속에 그 자리에 가서 보면 더 높은 산만 보이던 그 시절 그래도 그때마다 능력을 주시고 힘을 주시는 나의 부모님. 채찍과 꾸짖음으로 단련시켜 주셔서 더 어렵고 더 높은 산도 넘게 해주신 부모님을 이제는 그것이 사랑이었음을 알게 해주셨습니다. 고맙고 감사하고 그리고 사랑합니다.

사람은 감정의 동물이라 하였던가 힘들고 어려운데 가정형편은 어디 가서 돈 한 푼 구할 데 없는데 6개월 한 번씩 내는 등록금은 독촉하고 가정형편은 어렵고 학교에서는 등록금 가져오라 하고 진퇴양난이었던 시절 드디어 아버지의 감정이 폭발하였습니다. 집을 나가라는 것이었다. 하는 수 없어 옆 마을에 비교적 넉넉한 형편의 친구에게 부탁을 하였다. 흔쾌히 승낙하여 친구 집으로 가서 학교를 다녔습니다. 중학교 3학년 때였다. 그러니 공부가 되었겠는가. 몇 개월인지는 잘 모르지만 3개월 정도 되는 것 같았습니다.

'뱀 터'라는 마을이다. 좋은 친구로 남고 싶고 지금도 보고 있습니다. 이름이 한정람이다. 쾌활하고 마음도 넓다.

그 집에는 인척 되는 동창생이 같이 학교에 다녔다. 어느 날이었다. 사흠아 나 오늘 새벽에 똥 먹었다 한다. 나는 무슨 똥, 똥을 왜 먹어 했다. 새벽에 잠결에 깼는데 무엇이 물컹하게 잡히는 게 있더란다. 배는 고픈데 무심결에 집어먹었단다. 옛날 그 당시에는 먹을 것이라곤 간식으로 고구마밖에 없었습니다. 그래서 고구마인 줄 알고 먹었던 모양입니다. 얼마나 배꼽을 잡고 웃었는지 모른다.

참으로 눈물겨운 사연 정감 어린 사연 인정할 수밖에 없었던 사연들이 많았다. 가을철이 되면 무가 나온다. 무는 조선무, 왜무가 있는데 왜무는 땅 위로 나오는 부위가 많고 조선무는 땅 위로 나오는 부위가 적고 좀 매운맛이 난다. 학교를 산길로 6㎞를 걸어 다녔으니 방과 후는 배가 얼마나 고팠겠습니까.

그래서 배가 고플 때면 왜무가 있으면 무 밭으로 가서 땅 위로 많이 올라온 무 옆으로 가서 발로 땅 위로 올라온 무를 발로 하면 뚝 부러진다. 무 잎을 잘라내고 손으로 무 껍데기를 까서 달큰한, 사각사각한 무를 먹으면서 허기를 면하곤 하였습니다. 지금 같으면 절도죄로 영창감이다. 지금이라도 그 밭 주인에게 심심한 사죄의 말씀을 드립니다. 무를 먹고 트림을 하면 인삼보다 낫다고 하였습니다. 그래서 이렇게 건강하지 않았나 생각합니다.

예나 지금이나 현실 앞에서 벌어지는 일들이 어찌 즐거운 일들만이었으랴만 해결 가능한 일이면 덜 힘들었으랴만 불가능한 일이였다면 얼마나 힘들었을까. 웃을 만한 일들만은 아니었으리라. 접하고 살아가는 일들이 늘상 일어나는 일들이라면 병을 앓고 나면 면역이 생기듯이 한편 어찌해 보아도 도저히 불가능한 일이었다면 또한 포기하고 말았을 것이리라.

나는 원래 꿈이 있었다. 대장이 되는 것이었다. 나는 고2 때 1차 필기시험을 보아 공군사관학교에 합격을 했다. 나는 대학교수, 나는 정치가, 나는 대장 이렇게 꿈을 가지고 목표를 달성하려고 노력들을 하였습니다. 한마을에 사는 세 친구 공부는 썩 잘하는 편이었습니다. 그중 두 친구는 한 해 선배였다.

그러나 꿈은 꾸는 것이지 반드시 이룩되는 것만은 아니지 싶습니다. 물론 이루어지는 꿈도 있겠지만 이루어지지 않는 꿈도 많다는 것을 말하고 싶다. 열심히 꿈을 이룩하기 위하여 노력하였지만 나는 시력의 한계를 넘지 못하고 좌절하고 말았습니다. 시력이 나쁨은 어떠한 노력도 헛된 것이었음을 알았습니다.

정치인을 꿈꾸던 형은 학교 교장 선생님으로 퇴직을 하였고 교수가 꿈이던 친구는 개인 기업체에서 직장생활을 마감하였다. 이처럼 목표는 목표로 끝이 나고 현실에 안주한 것 같은 개인의 일생은 메아리로 돌아오지 않는 꿈이 되지 않았나 생각합니다.

하나 인생의 일은 반듯이 헛된 것만은 아니라는 진리의 말씀대로 그 노력의 분량대로 관계한 사람들에게 그만큼의 득이 되었음을 믿어 의심치 않는다. 그래도 열심히 살아온 만큼만의 보응이 있기를 기대하며 믿음의 분량 안에서 은혜 충만하기를 소망합니다.

5. 저승의
문턱에서

중구 약수동 산동네 고 박정희 대통령의 5공 시절 사셨던 동네의 산기슭 동네, 최인규 내무장관의 집을 지나 골목길을 타고 올라가는 동네, 지금의 호텔신라가 자리하고 있는 동네, 모두가 사라지고 기억만 남아있는 그 동네다.

전세금 20만 원에 집 안채 맞은편에 위치하였고 들어가면서 부엌이 있고 방 한 칸에 화장실이 뒤편으로 있는 집 그래도 그나마 산 칠부 능선에라도 자리 잡고 있어서 습기가 차지도 않고 공기가 맑은 편이었다.

그 집을 가려면 한쪽은 고 박정희 대통령의 집골목을 지나서. 약수동 사거리로 가는 것과 고 최인규 법무장관 집골목을 지나는 길이 있었다. 그때 나는 학생이었었다. 학교를 갈 때는 버스를 타기 위하여 고 박대통령 집 골목길로 내려갔고 집에 올때는 장충체육관 앞에서 버스를 내려 고 최인규 법무장관집 골목길로 올라오는 길로 집엘 가곤 했습니다.

지금은 그 큰 저택은 그대로 읽는지 누가 사는지 궁금하다. 집

대문짝 한쪽만도 못한 작은 집이 전부였던 곳 그래도 사랑이 있었고, 희망이 있었기에 부럽게만 생각되지 않았습니다.

그러나 그 작은 집에도 배고픔과 굶주림이 있었고 죽음의 사자가 방문하기도 하였다. 그 당시에 난방은 일반 서민의 대부분은 연탄을 사용해서 거실을 따뜻하게 하고 살았다. 부엌에다 연탄이 들어갈 만한 크기로 구멍을 뚫고 공기를 불어 넣는 구멍을 만들어서 불을 지폈다. 그러면 연탄이 벌겋게 불이 붙어서 탄다. 그 불꽃이 방으로 향하여 방바닥의 고래를 타고 지나면서 방안을 따끈하게 데워준다.

그런데 문제는 연탄이 연소하는 과정에 작은 구멍이나 공간이 생기면, 연탄가스가 새어 들어가 사고가 나기 일쑤이다. 그 작은 실수로 그 시절만 해도 거의 대부분의 가정에서 연탄으로 난방을 해결하던 시절이라 사고로 죽는 사람이 많았다. 문틈으로 들어가기도 하고 연탄 연소 부엌에서 부뚜막이 깨어져서 그 틈새로 가스가 새어 나와 들어가기도 하여 사고로 죽는 사람이 많았다.

나도 몇 번을 저승 문턱에서 살아나는 경험을 하였다. 연탄가스는(CO) 산소의 공급을 차단하여 사람이 숨을 쉴 수 없게 만들어 죽게 만든다. 그래서 연탄가스로 중독되면 복통, 설사 증상이 나타난다. 우리 집도 부뚜막에 연탄을 넣는 구멍이 있었고 거기서 연탄을 연소시켜 방으로 불기운이 들어가게 되어있었다. 그런데 연탄구멍에서 방으로 들어가는 사이에 간격이 좁아서 연탄 불길이 연소과정에 가스가 새어 나와 방으로 들어왔던 모양입니다.

그때는 결혼한 지 채 1년도 안 되는 신혼 때였다. 자다가 마누라가 배가 아프다고 하더니 갑자기 문을 화들짝 열고 아이고 배야 하면서 배를 움켜쥐고 엉금엉금 기면서 마당으로 나가더니 화장실로 기어가는 것이 아니겠는가. 나도 쫓아가다가 쓰러졌다. 머리가 깨어지듯 아프고 배가 아프고 복통이 나고 참을 수가 없었다. 밤중에 도움을 청할 수도 없었습니다.

그 와중에도 언뜻 생각나는 것이 있었다. 김칫국이었다. 부엌으로 엉금엉금 기어가 김칫국을 찾았다. 김칫국을 있는 대로 벌컥벌컥 마셨다. 얼마나 있었을까 마누라가 화장실에서 나왔다. 아이구 살았구나 안도의 한숨을 쉬고 방에 들어가 방문을 다 열어놓고 나가떨어져서 한동안 잠을 잘 수가 없었다. 겁이 나고 잠이 오지 않았습니다.

그렇게 조심조심하였어도 그 후로 가볍게 2번을 더 중독을 당하였다. 가정용 연탄가스 중독사고는 그 당시에는 어쩔 수 없는 형편이었다. 가스가 보편화되지도 않은 시절이었으므로 난방으로는 별도리가 없었다. 가스중독자를 위하여 치료할 수 있는 의료기구는 고압산소치료기가 전부였다. 그러나 처음에는 서울대학병원에 하나뿐이었다.

그때 당시에는 가스중독사고를 당한 사람들이 구급차에 실려와 줄을 서서 기다리는 진풍경도 연출하곤 했습니다.

그들은 순서대로 지체 없이 고압산소치료기에 넣은 후 높은 압력으로 산소를 공급하면 헤모글로빈과 결합한 일산화탄소를 서서히 밀어내고 그 자리에 산소가 들어가면서 서서히 회복되어지게 하는 것이었습니다.

구급차에 실려 와서 의식불명이 된 환자를 고압산소기에 넣은

아버지의 인생수업

후 가족들은 숨을 죽이면서 환자가 나올 때를 기다리다가 환자가 창문에서 보기에 얼굴을 찡그리고 살아나는 모습을 보면서 두 손을 들고 만세를 부르기도 하고 서로 끌어 않고 울기도 하는 풍경을 만들기도 하였습니다.

그토록 애간장을 다 녹이며 사람의 생명을 구하던 귀한 대접을 받았던 몸이 이제는 고물 덩어리가 되어 아무도 거들떠보지 않는 천한 신세로 전락하여 어느 구석에 처박혀 있으니 세월이 무상함을 느끼게 하는 현실입니다.

내가 군대 생활 중에 연탄가스에 중독되었던 장교의 아내가 치료를 받고 구사일생으로 살아났었던 일에 대하여 들었던 사실 이야기를 전합니다. 그 아내의 남편이 장교로 근무를 하던 전방에서 일어났던 일입니다.

사택에서 연탄가스 중독으로 부부가 실신 상태로 병원으로 후송이 되어 실려 갔다. 다행히 아내는 깨어났지만, 남편은 깨어나지 못하고 병원에서 계속 치료를 받았다. 아내는 처가로 퇴원을 해서 치료를 받았는데 별다른 약을 쓸 수 없어서 해독작용에 좋다는 황태(동해 바닷바람과 눈보라에 겨울을 지낸)를 주야로 장복하여 그 국물을 먹인 결과 목숨을 건질 수 있었다고 합니다.

한편 남편은 병원에서 치료를 받았으나 소생하지 못하고 죽었다는 말을 들었습니다. 그래서 그런지 술국이라든가 해장국에는 황태 해장 술국을 많이 먹고 있음을 보면서 참고했으면 좋을 듯합니다.

6. 피서와 쉼은 하나

연일 계속되는 무더위를 예전에는 선풍기도 에어컨도 없었던 시절에 어떻게 참고 견디었을까를 생각해보자.

옛 문헌에 보면 영조 대왕은 미숫가루를 즐겨 마시며 이겼고 얼음을 보관하는 빙고를 나라에서 운영하여 여름을 보냈다고 한다. 한여름에는 정승 등 고관들에게 빙고를 관리하는 관리관에게 일정 계급 관리 이상에게는 얼음을 집으로 배송하라는 어명까지 내려서 한여름 더위를 이기도록 하였다는 역사의 기록도 있었음을 남겨놓기도 하였습니다.

그러면 피서의 방법은 어떻게 하였는지 알아보겠습니다. 먼저 왕의 피서법은 조선의 왕들은 아무리 더워도 궁 밖으로는 행차를 하지 않았다고 합니다. 경복궁, 경회루, 창덕궁, 후원처럼 궁궐 안에서 더위를 피할 수 있는 그늘진 곳에서 더위를 피할 수 있도록 하였습니다. 임금의 침전은 처마가 길어서 햇빛을 가리기엔 충분했다. 하지만 한여름 우기에는 습기가 많아 여름철에는 뱀의 출현 등 해충이 많았다고 합니다.

경복궁 경회루나 창덕궁 후원은 현재는 시멘트 콘크리트지만 그 당시에는 계곡같이 물도 흐르고 나무가 많아 그늘로 둘러 쌓여 피서에는 제격이었다고 합니다. 한편으로 후원에 담궈 놓은 참외 수박을 먹으면서 더위를 피하고 단오축제도 열고 부채를 나누어주기도 하였다 합니다.

22대 정조의 피서법은 "더위를 피해 자꾸 서늘한 곳만 찾아다니다 보면 만족할 때가 있겠는가. 지금 장소에 知足(만족할 줄 앎)하고 참고 견디면 여기가 서늘한 곳이니라." 하였다 한다. 과연 이산다운 말씀이 아닌가 생각합니다.

왕들의 피서법은 의외로 소박하다는 느낌이 들기도 합니다. 조선 왕들은 대체로 소박하고 절약하는 자제하는 모습이었다. 그러나 예외적으로 사치와 폭정의 연산군은 특이했음을 봅니다. 연산군은 무게가 600kg 무게의 대형 놋쇠 쟁반 4개를 동서남북에 놓고 그 위에 얼음을 깔아놓고 에어컨처럼 사용했다 합니다.

가난한 백성을 위해 얼음을 나눠 준 적도 있었다. 1443년(세종 16년) 무더위 때문에 백성을 치료하는 활인원에 열병 환자가 몰려들었다. 세종대왕은 예조의 건의에 따라 더위에 고생하는 환자들에게 얼음을 내려주셨다 합니다.

조선의 법전 경국대전에 보면 해마다 여름 6월에 신하들은 물론 활인서의 환자들과 감옥에 갇힌 죄수들에게 얼음을 지급하라는 규정도 있었다 합니다.

지금이야 냉장고만 열면 얼음이 쏟아지는 시절이니 참으로 격세

지감을 느낀다. 그 옛날에는 얼음이라고는 상상도 못 했을 백성들은 그저 부채질로 피서를 대신하고 그나마 형편이 좀 나은 집에서는 통풍이 잘되는 모시옷을 입거나 잘잘 때는 대나무로 만든 죽부인을 옆에 두고 더위를 견디어 냈다고 합니다.

바닷가를 찾아 피서를 하는 것은 근래 이후의 일이니까 조선 시대는 주로 계곡을 찾지 않았나 싶습니다. 아이들은 윗도리를 벗고 등목을 하거나 물에 들어가 하는 것이 전부였다.

어른들은 고작 하는 것이 탁족(발을 씻음)으로 차고 맑은 계곡물에 발을 담구어 온몸이 시원하게 하는 방법으로 피서를 하였습니다.

이처럼 그 시절 그 환경에 맞추어 피서를 즐기는 기지는 현대문명을 즐기는 우리도 배울 것이 많음을 느끼곤 한다. 조선 후기의 실학자였던 정약용의 소서팔사 〈더위를 식히는 여덟 가지 일〉을 소개하고자 합니다.

1. 송단호시: 소나무 숲에서 활쏘기

2. 괴음추천: 홰나무 그늘에서 그네타기

3. 허각투호: 빈 누각에서 투호 놀이하기

4. 청점혁기: 시원한 대자리에서 바둑두기

5. 서지상가: 서쪽 연못에 핀 연꽃 감상하기

6. 동일청선: 동쪽 숲에서 매미 소리 듣기.

7. 우일사문: 비 오는 날에 시 암송하기

8. 월야탁족: 달밤에 물에 발 담구기

이 여덟 가지로 피서를 한다고 하였습니다. 이 얼마나 슬기롭고 주어진 환경에 만족할줄 아는 자급자족하는 슬기와 거치가 아닐지.(2021. 8. 5일자 조선일보 유석재 기자 칼럼 활용)

내가 태어나서 지금까지의 피서는 어떻게 변하여 왔는가 생각해 보자. 나 어릴 때는 피서라는 말은 자체가 생활 형편에 비해 사치스런 말이였다. 피서가 밥 먹여주냐 할 정도의 어려운 시절이었습니다.

그래도 우선 코앞에 닥친 더위는 어떻게 해결하였던가 고작 한다는 것이 등멱 즉 등목이었다. 우물가에 두 손을 땅에 대고 엉덩이를 들고 엎드리면 엄마가 바가지로 물을 퍼서 목에서부터 붓는다. 아이 시원해 아이 시원해 한다. 목에 땀과 때가 함께 범벅이 되어 있어 엄마가 때 좀 봐 하면서 등목과 함께 때도 밀어주셨습니다. 엎드려 있으면 팔도 아프고 목도 아프다 그러면 그만해 그만해 하면서 벌떡 일어선다. 이것이 1960~1970년대의 피서였습니다.

조금 크고 나이 들어서는 논 한가운데 웅덩이를 만들어 빗물을 가두어 놓았다가 가물을 때 농작물(주로 벼)에 주었든 샘물에 풍덩하고 헤엄을 치며 놀았던 것이 피서라면 피서였습니다.

조금 더 발전한 것이 방죽(규모가 큰 샘)이나 저수지 등에서 헤엄(주로 개헤엄 : 강아지처럼 손과 발을 물장구치며 앞으로 나가는 방식)으로 수영하면서 더위를 이겼습니다.

그때만 해도 배낭 메고 캠핑하는 캠핑족은 부러움의 대상이었습니다. 가끔은 남녀가 쌍이 되어 배낭 메고 가는 것을 볼 때마다 다

시 한번 바라보곤 하였었던 시절이었습니다. 그것이 1960~1970년
대의 캠핑의 시작이지 않았나 생각한다. 동시에 산과 바다로 가서
텐트를 치고 계절을 잊고 젊음을 만끽하고 지냈던 시절이었을 것입
니다.

그때는 지금처럼 텐트도 흔치 않았고 텐트를 치기도 쉽지 않았
다. 텐트를 치려면 사방에 지주를 박고 자리를 평평하게 고르고
바닥에 지주대를 박아 텐트를 치는 방법이었습니다. 지금이야 텐
트를 펼쳐서 바닥이 자연스레 만들어지고 사방으로 연결된 고리를
이어만 주면 텐트가 완성되지만 그 당시는 텐트(천막) 치는 것도 한
일이었습니다.

밥을 짓는 것도 지금은 부스타에 불만 붙이면 냄비를 올려놓으
면 손쉽게 식사 한 끼를 할 수 있도록 되었지만 옛날 그 당시는 부
스타가 나오지 않고 버너에 알코올을 넣고 불을 붙여야만 하는 버
너로만 사용할 수 있었다. 알코올 버너는 구하기도 쉽지 않았다.
이즈음에 함께 등장한 것이 배낭이었다. 텐트, 음식 재료, 버너, 옷
가지들을 배낭 안에 잔뜩 집어넣고 캠핑을, 등산을 갔습니다.

그즈음에 산불이 전국에서 많이 발생을 하였다. 등산을 하고 때
가 되어 적당한 자리에 배낭을 풀고 식사준비를 할 때에 버너에
불을 붙이면 된다. 그런데 그때 공교롭게도 바람이 분다든지 주변
에 불씨가 옮겨 붙는 경우가 생길 수 있다. 불씨가 옮겨붙으면 감
당할 수 없다. 순식간에 산으로 들로 번진다. 그래서 전국적으로
산불이 많이 발생하게 되었던 것입니다.

궁여지책으로 등산객들의 소지품을 검사하여 화재 예방에 나서는 캠페인을 벌리기도 하였습니다. 성냥, 라이터를 소지하고 등산을 금지하도록 하였습니다.

세상의 모든 것들이 발전하고 변천하여 가는 것이 좋은 것만은 아니구나 하는 것을 느끼는 대목이다. 세상일은 음이 있으면 양이 있다. 모든 일이 득만은 없다. 득이 있으면 실이 있고 실이 있으면 득이 있음은 상식이라 생각합니다.

속된 말로 인생은 요철 인생이라 하지 않았는가. 힘들고 어렵고 어떻게 하여야 할까 하는 낙심 속에서도 희망과 성공을 잊지 않고 결코 해내리라는 믿음으로 살아가면 좋은 결과 있으리라 생각합니다.

삶이 결코 간단하고 녹녹하지 않음을 되새겨야 할 것입니다. 삶은 고행이라 했듯이 고행을 이기면 걸맞은 보람도 있음을 느끼는 날까지 견디며 살아보자. 참고 견딤도 내 것이지만 성공도 기쁨도 내 혼자만의 것이 아님을 잊지 마시길 소원합니다.

7. 신혼이혼과
황혼이혼은 같은 말

알지도 못하며 살았던 이혼이라는 단어. 조선 시대에 결혼이라는 말은 곧 하늘이 맺어준 인연이라고 생각을 하였고 이혼이라는 말은 입에 오르내리지도 않았다. 부부는 천륜이다. 세상에서도 결혼하는 신혼부부 당사자들도 그랬다. 오죽하면 시집가면 출가외인으로 취급하고 한 식구에서도 제외시켰다. 그리하여 부모 형제는 기쁘고 축하해주면서도 아쉽고 서운해서 눈물을 흘리곤 하였습니다.

그렇게 세월이 흘러 세상이 발전하는 사이 그것도 발전하였는지 어느날 갑자기 이혼이라는 달갑지 않은 말이 세간에 자연스럽게 회자 되는 사회가 되었다. 요즘은 이런 농담을 하는 사람도 있다. 한 번 이혼은 필수 두 번 이혼은 선택이라던가 하는 농담도 합니다. 이처럼 이혼을 경시하는 사회가 되었음은 참으로 웃지 못할 일이다. 결혼은 인륜지대사로 큰일 중의 큰일이라 하였거늘 하늘이 내린 일을 어찌 그리 가볍히 여긴단 말인가.

지난해 서울에서 황혼이혼의 숫자가 신혼이혼 부부의 숫자를 앞질렀다라는 통계가 나왔음은 인생의 맛을 삶의 진미를 맛보기도

아버지의 인생수업

전에 갈라서는 것은 삶의 진정한 의미를 느끼지도 못하고 상처를 입는 결과는 안타까운 일이라 할 것입니다.

그런데 그것도 황혼이혼이라니 인생의 단맛 쓴맛 다 보고 또 자식들 모두 성장하고 손주까지 다 보는 앞에서 여생이 얼마나 남았다고 황혼이혼이라니 자식들에 손주까지 상처를 주고 이혼하고 살아가는 노후 삶이야말로 그야말로 이기주의자가 아닌가 싶습니다.

서산대사 왈 이런 말씀이 기억난다. 今日我行跡 遂作後人程(금일 아행적 수작후인정)이라. 금일에 나의 걸어온 길을 후에 오는 이가 보리라는 말이 있다. 서울시의 통계에 의하면 지난해 이혼한 전체 부부 16,282쌍 중 결혼 기간이 30년 이상인 부부가 3,360쌍으로 전체 이혼의 20.6%를 기록했다.

반면 결혼한 지 4년 이내에 이혼한 부부는 2,858쌍으로 17.6%로 집계되었다. 황혼이혼이 이처럼 신혼이혼을 초과하여 이혼한 것은 원인을 분석해 보면 성격 차이와 경제적 문제. 가정 문제 등으로 나타났다. 2000년도 황혼이혼은 721건으로 서울 전체 이혼 인구의 2.8% 불과했다.

그런데 2013년에는 10%를 넘겼고 지난해에는 20%를 돌파하며 해마다 상승하고 있다. 반면 2000년 전체 30%에 육박하던 신혼이혼은 지속적으로 감소하고 있다. 황혼이혼의 이혼 당사자들의 연령대를 보면 2020년도에 이혼한 서울시민의 평균연령은 남자 51.1세 여성 48.3세였다. 각각 40.8세, 37.4세였던 20년 전보다 10세가량 많아졌다.

우리 조상님들 아니 우리가 어렸을 적 우리 부모님들은 어떻게 하셨을까. 출가외인이라고 결혼 한 번 하면 그 집귀신이 되라는 친정 부모님의 말씀을 100% 지키고 살았을까. 그것만은 아니었을 것이다. 대부분은 참고 견디었을 것입니다.

시집을 오면 그 집 살림살이는 물론 낯설고 물설은 곳에서 참견하고 싶고 보고 싶은 것이 얼마나 많았겠는가. 그래서 시집간 며느리는 귀머거리 3년, 벙어리 3년, 맹인 3년이라지 않았는가. 이것이 시집간 며느리의 지켜야 할 도리라 하였다. 보아도 못 본 척. 들어도 못 들은 척 말하고 싶어도 할 말 없는 척하다 보면 못 넘길 고난 없다는 뜻이 아니겠는가 말입니다. 얼마나 우리 조상님들이 슬기로왔음 볼 수 있는 단면이라 생각한다.

사회가 발전하고 하루가 다르게 변하는 세상살이에 시시콜콜한 소리 한다고 하시겠지만 세상이 우주 시대라고 하여도 근본이 기본이 있는 것이고 땅을 밟지 않고 설 수 없듯이 만사는 순서가 있고 상식이 있는 법이지 않는가 그러나 사람이니까 잘못을 죄를 지을 수가 있다.

일곱 가지의 죄 중 잘못한 것이 있으면 사는 집에서 쫓겨났던 것이다. 그 죄를 七去之思(칠거지악)이라 하였다. 열거해보면

① 시부모에게 불순한 행동을 한 경우
② 자식을 낳지 못하는 경우
③ 음탕한 경우

아버지의 인생수업

④ 질투하는 경우

⑤ 나쁜 병이 있는 경우

⑥ 말이 많은 경우

⑦ 도둑질한 경우가 칠거지악이라 하여 해당 사항이 발견될 경
우에는 쫓겨나는 경우에 해당된다 하였다.

그러나 위 경우라도 아내를 버릴 수 없는 세 가지 경우가 있었다.

① 부모의 삼년상을 같이 치른 경우

② 장가들 때 가난하다가 그 후에 부유해진 경우

③ 돌아가 의지할 곳이 없는 경우에는 칠거지악의 경우라도 아
내를 버리지 못하였다 합니다.

이토록 옛 조상님들은 문명이 발달하지도 못하던 시절에 살면서
도 상대방을 존중하는 마음, 배려하는 마음으로 가정을 꾸리고 아
끼었거늘 현대사회를 사는 자칭 문화인들은 자신을 우선하고 배려
와 존중하는 마음은 하나 없이 자기 편리한 대로만 살려 하는지
모르겠습니다.

사랑해서 보낸다고 하기에는 어색하지 않은가.

참음도 인내함도 사랑이요 미워함도 사랑이라 하지만 하나가 둘
이 되는 것은 사랑이 아니니라. 사랑하는 만큼 사랑받으리라. 결
론은 둘이 하나가 되는 것이 아니라 원래가 하나였음을 사랑이라
는, 결혼이라는 Fact로 보여주는 것입니다. 그러니 이런저런 사유
를 붙여서 둘로 만들지 마라.

8. 코로나로 인하여
변한 세상의 모습들

예상치 않았던 불청객이 찾아온 지 2년을 훌쩍 넘겼다. 가라 해도 가지 않고 굴러온 돌이 박힌 돌을 빼낸다고 주인 노릇을 하려 한다. 많은 사람들을 사지로 몰아넣고 또 지금도 진행되고 있다. 그사이에도 몇 번을 변신하고 새로운 종으로 변이되는 바이러스로 거듭나면서 인간을 괴롭히고 있다. 환자 중에 기저질환이 있는 고령자들은 사망의 빈도가 높아서 각별한 주의를 요한다.

2년 사이에 사회적으로 많은 일도 있었다. 선거도 몇 번을 치르고 항간에 떠도는 말로는 확진자 수를 고무줄처럼 늘렸다 줄였다 하면서 발길을 묶어놓곤 한다고도 하였다.

위정자들은 자기들 유리한 쪽으로 확진자 수를 조절하기에 이르고 예방 접종약도 세계에서 가장 늦게 구입하는 등 코로나 예방에 대처를 잘한다고 하면서 접종약 구입은 후진국보다 늦게 구입하는 등 하물며 구입물량도 거짓 구매를 광고하는 등 정치적으로 활용하는 위선적인 방역을 하여 국민으로부터 지탄을 받는 코로나 방역을 정치에 활용하고 있는 경우를 국민들은 바라보면서 살고 있다.

아버지의 인생수업

모든 일들이 내 탓이요가 아닌 네 탓이요만을 구호로 삼는 정부를 바라보면서 우리 국민들은 무엇을 배우고 가르칠 것인가. 그러한 정치 행태를 보면서 발을 묶인 채 2년이 훌쩍 지나갔다. 알게 모르게 변해버린 생활습관은 무엇이 어떻게 변하였는지 알아보자.

성향과 연령에 따라 차이는 있지만 그래도 보편적인 성향을 소유한 사람을 알아보았다. 먼저 의식주에 대하여 알아본 결과다.

1. 2020년 지출에 비해 2021년도는: 줄었다 42%, 늘었다 33.5%, 비슷하다 같다 24%

2. 소비가 가장 많이 늘어난 분야는: 식비 55%, 주거통신비 18%, 의료비 17.8%, 의류비 14%

3. 소비가 가장 많이 줄어든 분야는?

   1) 레저, 여행, 문화생활 47%

   2) 의류비 30%

   3) 가전 가구비 15%

   4) 기타, 교육비 16% 등으로 조사되었다.

코로나로 인하여 나타난 삶의 상태들을 보자.

1. 평소에 매사 적극적으로 일을 추진하고 바른 소리 잘하던 친구들의 75%가 소극적 내지는 불참하는 결과로 나타났습니다.

2. 오히려 조용한 성격에 낙천적인 성격의 소유자는 적극적인 참

여자로 나타났다 합니다.(15명 중 12명이 적극적 참여자)

사람은 각자가 처해진 환경이 다르다. 우리는 그 환경에 따라 생활 태도나 생활습관이 달라진다. 적극적일 수도 소극적일 수도 있다. 그러나 가정에서는 가정을 위하여 가족의 의견을 존중하고 따르지만 사회에서 직장에서는 경우가 다를 수 있다. 그것은 자신의 성격에 따라 본인 마음대로 결정을 할 수 있다.

그것이 다른 것이다. 물론 사회생활도 직장생활도 주위환경이나 분위기를 완전 무시할 수는 없다. 직장에서의 계급 관계 친구 관계의 의견을 고려할 시점도 완전 무시해서는 직장생활의 원활한 유지에 문제가 생길 수 있습니다.

한편 사회생활과 가정에 문제 상호 간에 얽혀있는 상관관계가 있다면 가정이 우선일까, 직장이 우선일까도 고려해야 할 것이다. 우리는 가끔 경험하는 일 중에 밖에서 약속을 정하고 집에서 사실을 말했을 때 서로가 의견이 상충하여 다투는 경우를 본다. 약속을 정하기 전 전화라도 한 통화 하지라든가 그것은 당연한 일이기 때문이라든가 하면서 다투는 경우가 있기도 하였을 것입니다. 더구나 요즘같이 코로나 확진자가 많이 발생하는 경우에는 더더욱 그러합니다.

나 같은 경우는 외출하는 것 자체를 싫어하는 경우가 되니까 약속을 하는 것도 불편하고 안하는 것도 불편하고 한다. 그러나 상호 간에 의견은 존중하면서 적절하게 조율을 거치면서 결정을 하면서 살아간다는 것이 그리 간단치는 않아 보입니다.

　　　　　　　　　　　　아버지의 인생수업

나에게는 춘천에 사는 절친이 있다. 가장 상식적인 행동으로 만인의 사랑을 받고 있는 친구다. 적절한 절제와 적절한 통제로 흔들림 없는 가정생활과 존경받는 사회생활을 하고 있습니다.

　그 친구는 원래가 많은 친구들이 술을 좋아해서 한 달이면 2/3는 술을 먹는다고 하였다. 그래도 건강을 유지할 수 있는 것은 매일 산을 오른다고 한다. 그래도 술은 좀 줄였으면 한다고 만날 때마다 말을 합니다.

　그 친구가 전해준 말 중 가장 교육적인 말과 가장 가부장적인 말이 있어 소개합니다. 가장 교육적인 말은 친구의 자녀가 아들, 딸각 하나씩 두 자녀를 두었다. 그중 딸이 고등학교 때에 시험을 치루는데 아빠 나는 컨닝을 한 적이 한 번도 없었어 하더란다. 그러면서 왜냐하면 하나님이 보고 계시는 것 같더란다. 얼마나 하나님을 믿음이 돈독한가. 참으로 갸륵하다는 생각이 들었습니다.

　그 딸아이가 모 초등학교 선생님이니 얼마나 잘 가르치겠는가 말입니다. 가장 가부장적인 행동이 참으로 할 말을 잊게 해줍니다. 친구가 술을 잘 먹으니 집에서 외출할 적에는 어부인에게 인사말을 하고 나간답니다. 어부인도 시골 초등학교 교장 선생님으로 퇴직을 하였으니 예의범절을 지키심은 오죽하겠는가.

　어부인 말씀은 한결같이 조금만 드세요라는 말씀이란다. 그런데 하루는 아무 말도 하지 않던 친구가 하는 말 이봐요 당신 30년을 똑같은 말을 반복하는데 내가 그 말 들은 적 있어요. 내가 알아서 할테니 걱정 말아요라고 하였다. 그렇게 나한테 말을 하는데 나도 그냥 웃었다.

들고 보니 참으로 가부장적인 말씀이라 생각이 나서 적는다. 충청도에서는 옛날에 남편이 외출할 때나 돌아올 때에 식구들이 인사를 하면 웅, 그래, 알았어, 쓸데없는 소리 등 앞뒤 말은 다 잘라먹고 간단명료하게 답을 하든가 아니면 아무 대꾸도 하지 않는 것이 상례였습니다.

요즘같이 코로나로 인하여 비대면 시대가 보편화된 사회에서는 충청도식의 대면이나 응대가 적절하다는 생각도 듭니다.

코로나 사태가 끝이 나면 우리의 생활습관이나 소비습관은 이전 상태로 돌아갈까도 생각해봅니다 이미 우리는 갑작스런 닥침이지만 2년이라는 기간을 자의 반 타의 반으로 비대면 생활이 어느 정도 습관화되었다. 해서 갑작스럽게는 돌아가지 않을 것으로 본다. 그것도 일정 기간을 조정 기간이 지나간 후에야 제자리로 돌아가지 않을까 생각합니다.

코로나가 발을 묶어놓고 한정된 장소에서 생활하게 하면서 발생하는 갈등 관계는 어떠했을까를 짚어봅니다.

1. 가족 사이 갈등이 나타난 수치는
   - 비슷하다: 52%
   - 줄었다: 31%
   - 늘었다: 17.%
2. 세대별로 나타난 수치는

- 20대: 늘었다 12%, 줄었다 45%, 비슷하다 40%
- 30대: 늘었다 15%, 줄었다 30%, 비슷하다 50%
- 40대: 늘었다 20%, 줄었다 29%, 비슷하다 55%
- 50대: 늘었다 20%, 줄었다 22%, 비슷하다 60%

늘고, 줄고의 문제는 가정에 따라 연령에 따라 성격에 따라 차이가 있다고 봅니다. 집이나 어디 한 곳에 못 있는 성격이라든가, 시댁에 가야만 하는 형편이 가지 않아도 되는 형편으로 바뀌니 안 만나서 좋고 만나서 좋고 하는 관계가 되니까 수치가 바뀔 수도 있다고 본다. 어쩔 수 없이 집 안에 있으면서 해야 하는 청소 심부름 등으로 갈등이 생길 수도 있으니 말이다.

아무튼 살아보지 않았던 코로나19 시대 하루속히 종식되어 마음먹은 생활로 복귀하였으면 하는 마음 간절하다. 그렇다고 너무 위축되지 말고 화이팅 하시기 바랍니다.

9. 홀로와 외로움

세상은 음이 있으면 양이 있고 잘난 사람 있으면 못난 사람 있고 부족함이 있으면 넘침이 있는 법. 슬픔이 있으면 기쁨이 있고 음과 양이 한 작품이 되어 부족함을 메워주고 감싸주면서 온전한 작품을 만들어 정금처럼 단단한 완제품이 탄생되나 보다.

아직은 아무것도 모르고 모든 것이 새롭게만 느껴지던 어린 시절. 모든 것이 새롭고 모든 것을 아는 것이 없던 시절 말하는 대로 가르치는 대로 남김없이 배우던 시절 신기하리만큼 재미있고 즐거웠다.

그때는 내가 최고였고 내가 제일 잘났었다고 생각했었던 것 같다. 국어 시간도 산수 시간도 선생님의 말씀이 제일 좋았고 하늘처럼 존경스러웠다. 선생님은 못난 나한테 그놈 참 영리하다 하시면서 머리를 연신 쓰다듬으신다.

자습 시간이면 아이들은 모두 나를 주시한다. 옛날이야기를 듣고 싶어서다. 그럴 줄 아는 나는 미리 준비해온 이야기보따리를 술술 풀어 놓는다. 전날 밤에 할아버지에게서 들은 옛날이야기를 한 마디도 빼놓지 않고 초롱초롱한 친구들의 눈망울을 향해 술술 풀

아버지의 인생수업

어놓는다. 그중에 중요한 말은 무서운 말은 빼놓으면 재미가 없다. 깜짝 놀라는 말로 시선을 집중시키고 눈동자를 한곳으로 모은다. 그리고 또 다른 아쉬움을 남기면서 이야기를 끝낸다. 이렇게 한 시간의 자습 시간을 보내곤 한 것이 즐거운 추억으로 남아 있습니다.

세상은 게마인 샤프트(Gemein Chaft: 이익사회)와 게젤 샤프트(Gesell Sacheft: 공동사회)로 구분하고 있다. 혼자서는 공동사회에서 살아갈 수 없으며 개인의 이익을 위한 이익사회는 적응하기가 어려운 사회로 사람은 개인으로 세상에 적응하기는 쉬운 일이 아니라 생각한다.

인간은 언젠가는 혼자이고 싶지 않아도 혼자가 되는 것이 삶의 이치이거늘 우리는 혼자가 되는 것을 싫어한다. 혼자 왔다가 혼자서 가는 인생 어디서 왔다가 어디로 가는지 아무도 모른다.

동문수학하던 절친이 요즘 외로운 모양이다. 만나거나 식사할 때면 입버릇처럼 하는 말 "난 요즘 어느 날 갑자기 훅하고 갈 것 같아."라는 말을 자주 한다. 남의 일이 아니다. 그게 무슨 소리야 그냥 그럴지 모른다는 생각이 자주 든다고 한다. 몸도 마음도 약해진 모양이다. 어디 불편한 데 있는 거야라고 물으면 특별한 곳은 없지만 한다.

그러면서 혈압과 당뇨약을 먹는단다. 약은 먹으면서 술은 잘 마신다. 그것이 약해지는 원인이면서 잘 알면서 막무가내로 먹는다. 그저 반가워서일 것이다. 그래도 절제할 것은 절제해야지 해도 잘 안되는 모양이다. 걱정 말란다. 살 만큼 살았는데 아쉬움은 없다는 무책임한 말만 되풀이한다. 그런 것을 생각하면 가는 것은 혼자 가는 길만은 아니라는 생각이 든다. 딸린 식구도 생각해야 하지 않은가 말일세. 고연히 잘난 척하는 말을 하게 되었네.

세상의 교수 김형석 철학 교수의 말씀이 생각이 납니다. "사람이 나이가 드는 것은 늙어가는 것이 아니라 성숙해가는 것이다."라는 말씀을. 우리도 조금 더 성숙해지는 세월을 보내면서 주위의 사람들로부터 부러움을 사는 성숙한 사람이 되도록 노력하면서 즐거운 만남을 뒤로하고 잘 가요 하면서 손을 흔들고 또다시 만나서 손을 흔들고 헤어지기를 수도 없이 반복하면서 흘러가는 구름처럼 바람 불면 또 만나고 때가 되면 또 만나기를 세상 사람이 부럽다고 할 때까지 함께하면서 건강 놓지 말고 살아가 보세그려.

나는 언제부터인가 1년 후의 내 모습을 상상해보기도 하고 10년 후의 내 모습을 그려보기도 한다. 그러면서 지금의 모습을 남겨놓고 10년 후의 내 모습과 비교해보기도 하는 습관이 생겼습니다.

오늘의 내 모습 2022년도에서 보는 현재의 내 모습은 2011년도에도 살아있다면 어떤 모습일까를 생각해본다. 그래도 지금처럼 건강하지는 않겠지만 건강하게 살아가도록 노력해야지 하는 다짐을 한다. 그것은 마음대로 되는 것은 아니지만 또 한편 오래 살려고 하지도 않는다. 다만 가족들의 고생을 시키는 일만은 하지 말아야지 하는 것만은 지키다가 죽겠다는 것입니다.

아니 그래도 살아생전 간간하기로 소문난 영감탱이 죽을 때까지 고생시키네 하는 말은 듣고 싶지 않으니 말입니다. 그래서 죽기 전에 기력이 쇠하기 전에 모든 정리 다 해놓고 서로가 의견 충돌 나지 않게 정리해 놓으려고 생각도 합니다.

아무리 가까운 혈육 간이라도 금전 앞에서는 어쩔 수 없는 모양으로 변하는 것을 세상이 말해주고 있음을 우리는 가끔 본다. 부자지간에서도 형제지간에서도 죽고 사는 지경까지 칼부림도 서슴지 않는, 있어서는 아니 되는 지경까지도 일어난다. 그것은 부모의 책임도 크다. 가정교육이 잘못되었든지 부모가 부모에게 보여줌이 부족하였든지 어찌 되었든지 가르침이 부족하여 보고 배운 것이 미치지 못하였음이었을 것이라 생각합니다.

한편은 며느리와의 사이로 인한 것도 무시할 수 없을 것이다. 형제간이든 동서 간이든 시기와 질투가 불거지고 작은 것이 봇물이 되어 둑이 터지는 결과를 초래하게도 만든다. 어쨌거나 부모의 책임이 크다. 평소에 막았어야 했다. 모든 일은 원인이 있고 단초가 있는 법이다. 그것을 방지하기 위해서도 부모는 부모로서 할일을 다 해놓음이 마땅하다.

매사는 때가 있는 법이다. 사건이 터지고 나면 수습이 어렵다. 터지기 전에 단단히 해둠이 방법이라 생각한다. 만사 불여튼튼이다. 그래야 자손들도 본받을 것이 아닌가 생각합니다.

10. 나이 들수록
소중히 여겨야 하는 것

노년기로 갈수록 강인한 체력이 높은 삶의 질을 유지하는 데에 가장 큰 비결은 근육량의 질을 얼마나 유지하느냐가 중요한 역할을 하고 있음을 간과해서는 안 될 줄 믿습니다.

근육량은 60대가 30대보다 35%나 줄어든다고 합니다. 80세에는 40% 이상 줄어든다고 합니다. 근육의 중요성은 새삼 말씀드릴 필요가 없음은 근육은 뼈를 지탱하여 몸이 바로 설 수 있도록 지주 노릇을 할 수 있는 힘을 주고 걷고 뛰고 할 수 있는 원동력이 되고 있음은 잘 알고 계시리라 믿습니다.

그런데 이 근육을 만드는 필요한 음식은 단백질로 단백질은 매 끼마다 나누어서 꾸준히 섭취해야 효과가 크다고 합니다. 근육량이 부족하면 운동기능이 떨어지고 체내에 면역력이 약해져서 여러 만성질환이 생길 수도 있다 합니다. 그래서 꾸준한 단백질 섭취는 물론이고 꾸준한 운동 또한 필수적으로 실시해야 하며 그래야 더욱 효과적으로 근육을 유지할 수 있다 합니다.

근육은 나이가 들수록 더욱 빨리 줄어든다고 합니다. 이 줄어든

아버지의 인생수업

자리에는 지방이 차지한다고 하네요. 이때 근육과 체지방의 자리 이동으로 체중 변화가 없어 근육이 빠지는 것을 알아차리지 못한다고 합니다. 근육량이 감소하면 면역력이 약해지고 당뇨 고혈압 고지혈증 등 대사증후군의 위험이 커진다고 합니다.

서울대 연구팀이 우리나라 65세 이상 남녀 560명을 대상으로 6년간 체내 근육량과 사망률을 비교, 분석한 결과 근육감소 현상이 있는 남성은 그렇지 않은 남성에 비해 사망률이 무려 1.5배나 높았음을 발견했다고 합니다.

이토록 신체기능이 떨어져 일상생활이 불가능하게 하는 노쇠현상을 초래하고 그 결과 근육감소 등을 유발하여 건강했던 노인이 골절이나 수술로 누워 지내는 시간이 길어지고 이로 인해 급격히 건강이 악화되어 사망하기도 합니다. 노인이 걷지 못하는 상태로 4주간을 누워 있으면 그중 40%는 다시 걷지 못하는 상태가 된다고 하는 해외 연구 결과도 있습니다. 그러므로 고령자에겐 근육감소가 암보다 더 위험하다고도 말합니다. 나이가 들수록 빠져나가는 근육을 사수하는데 더욱 신경을 써야 할 것으로 믿습니다.

현재는 이 같은 근육감소를 막을 특효약은 없다고 합니다. 다만 근육을 늘리기 위해선 근육의 구성요소인 단백질을 꾸준히 섭취하고 평소 근력운동을 꾸준히 하는 길만이 최선이라고 관계자는 말합니다. 특히 노년층의 경우 단백질 섭취가 부족하면 근육이 더 빨리 줄어든다고 합니다.

단백질은 비만과도 연관이 있다고 합니다. 단백질을 많이 먹을 수록 비만 위험이 낮아진다는 연구결과도 있다 하오니 이것은 정말 천만다행이라 아니할 수 없네요. 아니 그래도 비만으로 인한 체중 감량에 많은 사람들이 신경을 많이 쓰는데 내심 단백질 섭취를 많이 하라니 아니 먹을 수도 없고 몸무게가 늘어나면 어쩌나 하는 분들이 많을 텐데 하였는데 비만위험이 감소한다니 꿩 먹고 알 먹는 경우 아닌가 싶습니다. 남녀 노인층을 대상으로 단백질 섭취량에 따른 비만도를 측정한 결과 하루 단백질 총섭취량이 증가할수록 허리 둘레와 체질량 지수는 감소한다는 결과가 나타났다 합니다.

동물성 단백질 섭취는 노년기 난청 예방에도 도움이 될 수 있다고 합니다. 난청은 노년층에서 흔히 발생하는 퇴행성 질환인데 한번 발생하면 회복하기 어려운 질환이다. 보건복지부 국민건강영양 조사 결과에 따르면 지방과 단백질 섭취량이 부족하면 그렇지 않은 노인보다 청각 이상이 생길 확률이 56%나 높았다고 합니다. 우리나라 65세 이상 2명 중 1명은 단백질 섭취량이 평균 필요량에도 미치지 못하는 것으로 조사되었다 합니다.

단백질 하루 필요량은 몸무게 1kg당 1.0~1.2g입니다. 다만 단백질은 한 번에 많이 먹는 것보다 매끼마다 적당량을 나누어 먹는 것이 좋다고 합니다. 하루 필요한 단백질을 채우려면 (체중 60kg 성인 기준) 매끼 살코기(소고기, 돼지고기, 닭고기) 혹은 생선 100g 또는 달걀 2~3개를 먹어야 합니다. 이런 양은 소화력이 떨어지는 노년층에게는 부담스런 양이 될 수 있다 생각됩니다. 그러면 건강기능

식품으로 보충하는 것도 도움이 된다고 생각합니다.(오누리 메디컬리
포트 통계 일부 참조함)

1. 그냥
그립다

그냥 보고 싶은데 무슨 말이 필요해.

그냥 가고 싶다는데 무슨 이유가 있어.

그냥 그냥이라는데 전화라도 한 통화 하고 싶다는데.

이유 없이 그냥 그냥이라고

아버지와의 통화 (광릉추모공원)

만약 단 한 통이라도

아버지와 다시 통화할 수 있다면

얼마나 좋을까.

잘 지내시냐고

아내도 아이들도

아버지를 많이 그리워한다고…

그리고

그때 그렇게 말해

정말로 미안하다고

만약 단 한 통이라도
아버지와 다시 통화할 수 있다면
얼마나 좋을까.
그 통화료
백만 원이든 천만 원이든
어떻게 구해 통화할 텐데.
살아생전 전화 자주 못 드려
죄송했다고 엉엉 울며
통화할 텐데.
그냥 그립다 그냥 그립다.
아무 때나 어디서나 그냥 그립다.
매칼없이 그냥 그립다.

2. 최고의 병과
최고의 불행

1. 좋은 음식 먹고도 더 욕심내고
2. 좋은 옷 입고 불평하고
3. 좋은 술 마시고 욕하고
4. 서화를 즐기면서도 화를 내고
5. 미녀를 옆에 두고도 또 탐내고
6. 곡식 쌓아두고도 불안하고
7. 좋은 향 맡으면서도 좋은 줄 모르고
8. 풍족한 일곱 가지를 모르는 자는 8부족이라 했다.

부족함을 만족할 줄 아는 자가 진정 행복을 아는 자라 했으니

1. 토란국에 보리밥 먹고
2. 등 따뜻하게 잠자고
3. 맑은 샘물 마시고
4. 방 가득한 책을 읽고

아버지의 인생수업

5. 봄볕 가을 달빛 즐기고

6. 새소리와 솔바람 소리 듣고

7. 눈 속 매화와 서리 속 죽향 즐기고.

이 일곱 가지를 즐김이 곧 여덟 행복이라 했다.

오랜 세월 살아오면서 무엇이 행복이라 느꼈는지 그 탐욕 그 불만 모두 부질없는 욕심들 아니던가 비록 넉넉지 못하고 잘나지 못했다 해도 만족함을 알아야 한다. 겸손하고 소박하게 감사하는 마음이어야 한다. 지족상락(만족함을 알면 인생이 즐겁다) 지족제일부(만족을 아는 사람이 제일 부자다) 탐욕을 버리고 만족을 아는 사람이 즐거운 인생의 첫 걸음이다. 겸손하게 감사하는 마음에 행복의 길이 있고 즐거움이 있다.

하고 싶고, 되고 싶고, 갖고 싶은 것 있는가. 산전수전 다 겪은 노병 남은 것은 백발에다 주름살뿐 이 세상에 태어나 온갖 아픔 슬픔 다 겪었지만 이제 인생극장의 주연 자리도 내어주고 무대는 불 꺼지고 막이 내린 지 오래다. 소외와 허무 달랜다고 소주 한잔 나누지만 서글퍼지기는 마찬가지.

그러나 인생 70 중반을 살면서 보람도 있었고 기쁨과 명성도 있었는데 그 무슨 후회 있을 것인가. 무엇인가 하고 싶고, 되고 싶고, 가지고 싶고 모두 얻으려 땀 흘려 노력하며 살아온 인생 이제 황혼녘에 자투리 시간 좀 남았을 텐데 아직도 하고 싶고, 되고 싶고, 갖고 싶은 것 남았는가.

이제 모든 것 다 내려놓고 희망과 빈 공간 남은 주변을 돌아보면서 아득히 멀어 보이는 달려온 길을 바라보며 한숨과 후회가 뒤섞인 길을 남겨둔 채.

아버지의 인생수업

3. 같음과 다름

세상에 동일함이란 존재하는 것일까.

거룩함으로의 부르심이란 무엇일까요? 그것은 보이는 구별을 뜻하지 않습니다. 겉으로는 차이가 없습니다. 세상 사람들의 좋은 친구와 이웃이 되기 위해 세상 사람들과 똑같은 옷을 입고 똑같은 음식을 먹고 똑같은 이웃이 되어서 살아가지만 오히려 보이지 않는 부분에서의 영역이 선교사적 거룩한 삶이 세상 사람 삶과 구분됨을 느낍니다.

예수님도 이 땅에서 우리와 함께 사실 때 사람들과 별반 다르지 않으셨음을 봅니다. 평범한 유대인 가운데 유대인으로 사셨고 그들이 입는 옷을 입으셨고, 그들이 먹는 음식을 드셨습니다. 그러나 예수님 마음속에 있는 것은 보통 사람 들과는 뚜렷하게 달랐습니다. 구별되었습니다. 예수님의 생각이 달랐고, 꿈과 목표, 가치관, 삶의 우선순위가 달랐습니다

예수님은 걸어가는 인생길의 방향 세상을 바라보시는 눈, 사람을 대하는 태도가 달랐습니다. 다른 것은 똑같은데 예수님 속에

있는 것(보이지 않고 말할 수 없는)이 달랐던 것입니다. 그것이 예수님과 구별된 것이요 거룩함이라 말합니다.

그렇게 살 때, 주변 세상 사람들이 "아. 저렇게 살아가는 사람도 있구나."라고 감탄하며 우리를 부러워하고 닮아가려고 할 것입니다.

우리는 다름을 통해 이 세상을 거룩하게 살아가는 구별된 삶(교회)을 살아가는 것이 '거룩한 다름'이라 생각합니다.

4.   빛을 받아라
빛을 발하라

빛!

빛에는 햇빛, 달빛, 초 불빛, 전등 불빛, 형광등 빛 등 많은 밝은 빛이 있습니다. 보이는 빛, 불빛이 있는가 하면 보이지 않는 빛도 있습니다. 태초에 세상을 만들 때에 빛이 있으라 하니 밝아졌다 하는 빛, 영광의 불빛, 음양의 빛에서의 빛 또한 빛입니다.

우리는 나만의 음이 잇고 나만의 양이 있다. 그러나 세상에 내놓을 수 없는 부끄러운 음지의 모습들을 가지고 살아가지 않나 생각을 해봅니다. 하지만 그 모습들은 혼자만 소유하고 있는 것이지만 빛으로 인하여 보여지고 밝혀지게 드러나게 되어있습니다.

빛은 밝히는 장소가 정해져 있지 않습니다. 어두운 곳, 음지, 지하 100m 아래도 갈 수 있는 곳 어디서든 빛은 밝혀집니다. 그리고 밝혀냅니다. 숨긴다고 숨겨지지 않습니다. 숨으면 숨을수록 더 밝혀냅니다.

차라리 빛으로 나아옴이 더 나으리라 숨김이 드러나는 것보다 떳떳함으로 나아옴이 몇몇 스스로에게도 당당하리라. 빛으로 나아옴에 부담을 느낄 필요는 없습니다. 모두를 일에 상관없이 크고 작음 없이 중하고 경함에 관계없이 모두를 용서해드립니다. 그분은 회개하는 자에게는 이름조차도 기억하지 않는다 하십니다. 부담도 죄의식도 느낄 필요 없음을 말씀드립니다.

이제는 빛 속에서 빛으로 살면 되는 것임을 느끼시면 됩니다. 골목길로 다닐 필요도, 음침한 지하실을 기웃거릴 필요도 음침한 곳에서 소곤댈 필요도 작은 목소리로 전화를 할 필요도 아무것도 주저하지 않고 밝고, 떳떳한 곳에서 당당하게 나아가시길 바랄 뿐입니다.

그보다, 많은 빛을 잊고 사는 사람도 빛이 무엇인지 밝고 어두움이 무엇인지 잃어버린 사람들… 어둠이 빛인 줄 착각하고 사는 사람도 있음을 봅니다. 어둠 속에 있는 자들은 빛이 보일까 어둠이 보일까, 어둠에 그림자는 보일까, 그림자 없는 본체는 어둠이 아닐까 생각합니다.

죄를 짓고 잘못하고를 차치하고 빛으로 나오라 함에도 불구하고 어둠의 빛이 참 빛인 양 하는 암흑가의 흑암의 세력들은 정녕 빛을 받지 않으시려는가. 기회가 자주 계속 있는 것은 아닙니다. 죄가 쌓여지면 죽음을 맛보리라, 죽으리라는 말씀을 잊지 마시라는 말씀을 귀담아 들으시라.

개인의 사리사욕을 위해서라면 무엇이든 간에 거짓으로 일삼고 사기 치기를 일상처럼 허위를 날조하는 일들을 보고 전 국민의 경악을 하기도 하고 사실 증명을 진술하는 자들을 권력을 앞세워 협

아버지의 인생수업

박을 일삼는 등 빛으로 나오기를 거절하는 그들은 과연 올바른 사고의 소유자인가. 수많은 사건들에 대하여 그 흑암의 세력들은 여러 가지 변명을 늘어놓으며 암묵적으로 살 것인가.

이제는 빛으로 나오라 빛을 발하라고 합니다. 우리는 "뒤돌아서지 않겠네."라고 하지 않았습니까. 빛만 보고 나아가리라. 암흑의 친구들이여 빛을 받으시길 소망합니다. 이제는 함께 하는 빛으로 나아와서 함께하는 영광으로의 길로 걸어가시길 빕니다.

나는 그가 빛으로의 나아옴이 원래부터 빛 속에서 살았는지조차 모릅니다. 그러나 얼마 전에 빛으로 나아옴을 이렇게 표현을 하였습니다. "가시거리 30㎝ 시계 좁아졌지만 세계는 넓어져."라고 조선일보 인터뷰에서 밝혔습니다.

그가 바로 시각장애 배우 송승환입니다.

그는 시력을 잃은 지 4년 되었으며 대본 보는 것은 들으면서 외운다고 했습니다. 청각은 예민해지고 인생 3역(여생)은 노력 배우로 살겠다고 했습니다. 송승환은 평창올림픽 총감독으로 성공적인 올림픽을 치루었다는 평을 받았습니다.

그는 시각장애인으로 연극을 시작한 지 몇 회만에 취소가 됐습니다. 그러나 그는 좌절하지 않았습니다. 말씀에 사람이 궁지에 몰리더라도 피할 길을 마련하여 주신다 하였습니다.

그는 방안에 세상 안에 안개가 가득한 것 같다고 했습니다. 시계를 자로 재어봤는데 30㎝ 안에서만 보인다고 하였습니다. 그 너머에는 아득한 절벽과 같다고 했습니다. 뿌연 안개 속에서 그는 깨달은 것이 있다고 했습니다. 말은 즉 고맙다는 생각이 많이 든다고 했습니다. 모든 것이 혼자 하는 것은 없지 않습니까.

아침에 일어나 이만큼이라도 보이는 것에 감사한다고 하였습니다. 그는 시각을 잃자 청각이 좋아진다고 하였습니다. 앞에서 말씀드린 그는 그것이 피할 길이라고 말을 하는 것입니다. 대본이 보이지 않으면 들어서 외우면 된다 하였습니다.

그는 아역배우로 출발을 해서 제작자로 성공을 했고 이제 인생 3막은 노역 배우로 살아감도 좋겠다고 합니다. 시력을 잃고 좀 느려졌지만 천천히 단순하게 사는 것도 좋겠다고 스스로 합리화 하여 보이고 있습니다.

우리는 보이는 빛 보이지 않는 빛을 바라보며 살고 있습니다. 보이는 빛을 소유하고도 보이지 않는 빛으로 사는 어리석음에서 나아와 살아가기를 원합니다. 이처럼 보이지 않는 빛 속에서도 보이는 빛보다 더 밝게 비추이는 그 빛이야말로 진정한 빛이 아닌가 싶습니다.

우리 모두는 보이는 빛, 보이지 않는 빛 속에서 밝은 빛을 비추는 빛으로 살아가길 간절히 소망합니다.

아버지의 인생수업

5. 변치 않는 것들의 변함

세상에 완벽하고 변치 않는 것은 없다고 하였다. 사람은 감정의 동물이라 하였던가. 아주 작은 일에도 화를 내고 나의 손해와 이익이 결부된 일이라면 사소하고 경미한 사안에도 화를 내고 큰소리치고 토라지고 만나지도 않으려 하고 황당무개한 판단을 서슴지 않는다.

거기에다 금전 문제가 얽히면 그 정도는 더욱 심해진다. 주변에서 들리는 이야기도 설마 하고 말을 하면서도 그것이 나와 직접 연관되어있다면 문제는 달라진다. 그러한 문제는 장소 불문한다.

상갓집에서 잔칫집에서 고성이 오가고 자리 불문하고 큰소리로 주위 사람이 들으라고 소리를 내지른다. 누구도 못 말린다. 말한다고 듣지도 않는다. 오히려 보란 듯이 더 고래고래 소리를 지른다. 볼썽사나운 일이 벌어진다. 말로 하다가 안되면 몸싸움으로 번진다. 먹살잡이하고 아수라장이 된다.

그 상황은 잘나고 못나고가 문제가 안 된다. 이해관계 손익관계에선 이성을 잃어버리는 모양이다. 심하면 죽기 살기로 달려든다.

남자들 아들 간에 다툼이 딸들 며느리 사이로 번지고 그리하면 집 안싸움으로 번진다. 자식들 다툼이 손주들 다툼으로 참으로 있어서는 안 될 지경으로까지 번진다. 다시 건널 수 없는 루비콘강을 건너는 경우가 되기도 한다.

어느 유복한 가정의 한 유산상속의 실례다. 자식들은 넉넉한 생활 속에서 자라 대학까지 배움도 부모님 밑에서 남부럽지 않은 생활을 하다가 시집, 장가가서 잘살고 있던 차에 부모님을 부양하여야 하는 처지에서 장자만이 고생을 하며 모셔야 되는 입장이 불공평하다는 말이 나오면서 3남매가 모여 상의를 하던 중 의견의 일치가 되지 않아 다툼이 일어나고 그 말이 부모님의 귀에 들어갔다.

부모는 궁리 끝에 상속문제를 들고 나왔다. 세 자녀를 모아놓고 말씀하시기를 내가 잘못하여 사기를 당하였는데 이제 갑자기 그 빚을 갚을 능력이 없으니 너희들이 감당하였으면 좋겠다 하시고 너희들이 나를 도울 수 있는 금액을 각자가 적어내라 하셨다.

각 가정형편을 잘 아시는지라. 적어낸 금액을 가지고 확인을 하신 후에 자식들을 모아놓고 말씀하시기를 부모를 금전 취급하는 세상이 개탄스러워서 이런 방법으로 유산을 상속 증여하기로 하였다. 내가 너희들 형편을 잘 알고 있으므로 너희가 작성한 금액과 비교해서 증여할 것을 결정하였음을 유언하노라 단 부모가 죽고 난 후에 절대적으로 다툼이 있어서는 안 될 것임을 사전에 예방하기 위함임을 잊어서는 아니 될 것이다 하여 가정의 회복을 강조하였다는 실례가 있음을 우리는 간과해서는 아니 될 줄 믿습니다.

　　　　　　　　　　　　　　　아버지의 인생수업

논쟁은 피하는 것이 좋다. 우리가 세상을 살다 보면 언제나 상대방과 언쟁을 하고 말싸움을 하곤 한다. 그런데 나의 형님들은 서로가 자기 주장이 옳다고 다투곤 합니다. 그러다가 말다툼도 하고 큰소리도 하곤 하신다. 그럴 때 나는 중간에서 얼른 말을 끼어들어 큰형님 편을 들어 말을 중단시키곤 하였습니다.

사실은 작은형님 말이 옳았지만. 나중에 작은형님이 너는 잘 알면서 왜 큰형님 말을 옳다고 했어라고 말씀하신다.

나는 그런다. 물론 형님 말이 옳아요, 그러나 형님 그날이 무슨 날이에요, 경사스럽고 엄중한 자리잖아요, 그런 시간에 무슨 불경스럽게 말다툼을 하면 무엇하겠어요, 형님이 이해하세요 하곤 하였다.

그러면 작은형님은 그래도 그렇지 하신다. 나는 논쟁에서 이긴다는 것이 불가능한 일이며 옳지도 않다고 생각한다. 옛날에는 고집세고 외골수라는 좋지 않은 별명으로 낙인이 찍히기도 하였습니다만 삶을 인도하시는 분이 나를 바꾸어 놓은 듯합니다.

결론은 논쟁에서 이겼다 한들 역시 진 것이나 마찬가지인 것이다. 왜냐하면 상대방을 꼼짝 못 하게 공격했다 한들 그 결과는 어떤 것일까. 공격한 쪽은 기분이 좋았겠지만 공격을 받은 쪽은 자존심이 상하여 분개할 것입니다.

강제로 설득당한 사람은 절대로 생각을 바꾸지 않는 법이니까 말입니다. 진정한 훈육의 자세는 논쟁을 잘하는 것이 아니라 논쟁을 피하는 것이다. 하고 말하지 않았던가.

벤저민 프랭클린은 이런 말을 했다. "논쟁을 하거나 반박을 하다 보면 상대방을 설득시키거나 이길 때도 있을 것이다 그러나 그것은 헛된 승리이다. 그것은 상대방의 호의를 절대로 얻을 수 없을 것이기 때문이다."

그러니 우리는 스스로를 뒤돌아보고 생각해 볼 필요가 있지 않은가. 그것은 상대방을 이론 투쟁의 상대로 삼아 승리를 택할 것인가. 호의를 얻을 상대로 택할 것인가. 양자를 함께 얻을 수는 없을 것이다.

우리는 가끔은 의도적으로 모든 영광과 승리를 상대방에게 돌리는 일을 하기도 한다. 수고와 노력의 대가를 달리 표현하기보다는 그런 식으로 보답을 하여 기쁨과 즐거움을 주기도 하였다. 밖에서 무엇을 하든 서로 상반되는 논쟁 속에서 승리를 양보하는 것 또한 내가 승리하는 것이 아닌가 생각도 해봅니다.

석가모니는 이렇게 말을 했다. 증오는 증오로 막는 것이 아니라 사랑으로 막는 것이다. 그리고 오해는 논쟁으로 푸는 것이 아니고 재치와 사고와 위로와 다른 사람의 견해를 받아들이는 능동적인 노력으로 풀 수 있는 것이다라고 말입니다.

미국의 링컨 대통령이 논쟁을 벌이기를 좋아하는 이에게 "자기 향상을 위해서는 사사로운 논쟁에 시간을 낭비하지 않는 법이네. 논쟁 뒤에는 반드시 기분을 상하게 하거나 자제력을 잃게 마련이라는 생각을 한다면 더욱 논쟁을 할 수 없을 것이네. 한쪽이 반쯤의 타당성밖에 없을 경우는 아무리 중대한 일이라도 양보하게. 또

한쪽이 다 옳다고 생각되는 경우에도 작은 일이라면 양보하는 것이 현명하네. 즉, 개에게 물려서 그 개를 죽인들 물린 상처는 치유될 수 없는 법이라네. 그러므로 상대방을 설득하는 논쟁에 이기는 최선의 방법은 논쟁을 피하는 것이네."라고 말하며 일깨워준 논쟁의 함정을 우리는 알아야 할 것이다.

6.　상대방의 잘못을
　　　들추지 마라

미국의 테오도어 루즈벨트 대통령이 재임 시절에 이런 말씀을 하신 것이 기억납니다. "나의 생각하고 있는 것의 75%만이라도 옳다면 그 이상 바랄 것이 없다."라고 고백한 일이 있었습니다.

그렇다면 우리 범인들의 생각은 50%조차도 확신하여 옳다 할 수 있을까요. 물론 사람에 따라 그 이상일 수도 그 이하일 수도 옳다고 할 수 있을 것입니다. 그럼에도 불구하고 자기 말에 토를 달고 잘못된 점을 지적하면 눈동자의 표정, 자세, 말의 표현. 몸짓이 금방 달라지면서 따지고 덤비는 것을 봅니다.

이렇게 앞뒤 좌우 생각지도 않고 무조건하고 내가 말한 것은 옳은 것뿐이라도 되는 것처럼 반문하는 자를 꾸짖듯이 말을 한다. 이럴라치면 상대방은 자기의 지능, 판단 긍지 등 자존심에 충격을 받고 할 말을 잊는다.

그렇다고 그 말을 인정하고 수긍하느냐는 아니올씨다. 아마도 그는 그 말에 플라톤이나 이마누엘 칸트의 어정쩡한 논리를 갖다가 공박을 한다 해도 그의 감점이 손상되고 감정의 영혼이 저만큼

　　　　　　　　　　　아버지의 인생수업

멀어진 후라서 돌아설 일이 없을 것이리라. 욕심대로 고집대로 만사가 내 맘대로 성사되지 않음은 세상을 살아가면서 느끼실 줄 믿습니다.

세상은 항상 역지사지하면서 살아감이 옳지 않을까 생각합니다. 속된 말로 "내 마음대로 세상 살려면 혼자 살지 하지 않은가." 상대방을 설득하려면 상대방이 눈치채지 않게끔 해야 합니다.

영국 시인 알렉산더 포프는 이렇게 말하였다. "가르쳐주지 않는 듯이 남을 가르쳐주고 상대방이 모르는 것은 그가 이미 알고 있는 것처럼 말해 주어라."

체스터필드 경은 그의 아들에게 처세술을 이렇게 말하였다. "현명한 사람이 되도록 노력하라. 그러나 자기의 현명함을 남에게 말하지 마라."라고 말입니다.

그 유명한 철학자 소크라테스도 제자들에게 이렇게 말하였다. "내가 알고 있는 오직 한 가지는 내가 아무것도 모른다는 것이다."

상대방이 잘못되었다고 생각할 때에 나는 지금 이렇게 말을 할 것이라고 생각한다. 행여 상황이 변한다 하더라도 지금처럼 생각하기를 원한다. "사실 나는 그렇게 생각하지 않습니다만… 아마 저의 잘못입니다. 저는 가끔 그런 잘못을 저지르므로 잘못되었다면 바로잡아야 할 것이니 다시 한번 이 문제를 검토해 봅시다."

잘못되었으면 바로잡고 다시 한번 검토해 보자고 하면 말썽이나 논쟁의 여지는 그만큼 줄어들지 않을까 합니다. 그것도 확실히 응답받기를 원한다면 "아마 저의 잘못일 겁니다."를 덧붙여서 말을 하라. 그렇다면 논쟁은 더욱더 줄어들 것으로 믿습니다.

우리는 사과와 이해를 구하면서 마지막의 확실한 용서 한마디를 하지 않는 경우가 많아서 다시 원점으로 돌아가는 사건을 더 악화시키는 경우가 있음을 종종 맞이함을 봅니다. 진정으로. 진심으로 사과함의 부족함이 아닌가 싶다.

진심을 보여라. 자존심도 숨김없이 다 내려놓고 눈으로 말하고 보여 주어라. 그리하면 상대방도 그 안에 있는 모든 진실을 보여주리라 믿습니다.

우리는 그다지 큰 저항을 느끼지 않고 자기 생각을 바꿀 경우가 있다. 그러나 그 간단한 생각도 남이 바꾸려 하면 화를 내고 고집을 부린다.

사실 우리는 대수롭지 않은 동기로부터 여러 가지 신념을 갖게 된다. 그러나 그 신념을 누군가가 바꾸려 들면 우리는 한사코 반대한다. 이런 경우 우리가 중요시하고 있는 것은 분명히 신념 그 자체가 아니라 깊숙한 곳에 있는 위기에 처한 자존심으로 인한 것일 것이다. 그 별것 아닌 알량한 자존심일 것입니다.

보이지 않는 강력한 이끄심.

어느 날 갑자기 N씨는 맞아 바로 그거야 하고 탄식하듯 스쳐 가는 강력한 울림을 받았다. N씨는 이제껏 살아옴을 N씨의 욕심만을 채우기에 혈안이 되고 그 외의 것은 모두 들러리를 서기에 희생을 시켜왔음을 알게 되었습니다.

어느 날은 밤이 가는 줄도 모르고 술판을 기울이고 어느 날은 포장마차에서 꼼장어와 밤을 지새우는 날도 있었다. 오늘은 이런 친구 내일은 저런 친구 순번 없이 돌아가는 세월 속에 순간순간에 마음먹은 대로 함께 어울렸던 친구들 아니 세상 사람들 그 속에 좋은 일도 골치 아픈 일도 함께 뒹굴며 섞이고 엉클어서 굴러갔다.

그런데 지금은 무언가 남는 것이 모두가 가버린 잃어버린 세월들, 잊혀져간 사람들 보고 싶은 사람도 있고 기억조차 하고싶지않은 사람도 있지 않은가 말입니다.

그러나 중요한 것은 울림도 없고 주변도 없는 민둥산의 정상에 나만 홀로 오롯이 남아있는 소리 질러도 아무 대답 없는 메아리 복잡하고 살벌하고 잡아먹을 듯한 아우성이 그리워지는 순간순간이 한편으로 그리워지기도 한순간이다.

그래서 죽으면 죽으리라는 치열한 경쟁이 그리워지는, 좋게 느껴지는 혼돈의 마음, 영육 간의 분기점에 서서 좀 더 현실적으로 봉사하고 희생하는 삶을 살아보기로 N씨는 결심합니다.

그래서 그해까지 근무하고 퇴직을 결심한다. N씨는 공직생활 30년을 청산하고 이듬해 봄, 사직서를 제출하고 험하고도 무자비한 세상에 뛰어들어 너무나도 다른 환경에서 온갖 탈법과 비행이 춤추는 아비규환 속으로 빠져듭니다.

어느 날 갑자기 그러나 갑자기가 아니다. 그것은 세상에서 제일 큰 힘의 소유자가 인도하심이 있었습니다. 그 인도하심으로 N씨는 새로운 삶의 터전을 마련하고 있음을 지난 후에야 느낌을 받게 되었다. 그 세상은 N씨를 세상의 사자들이 집어삼키기 전에 보호하여 줄 감호자를 붙여주었음을 후에 알게 되었다.

세상인들과 영이 혼돈하는 사각지대에서 영육 간에 삶을 경험하게 하시는 시간을 맛보게 하시는 절묘한 만남이었다. N씨는 가르침과 배움의 문턱에서 스승의 역할을 하였던 장로님, H장로님이 바로 그분이다.

어린이가 이가 나기 전에 죽과 연유로 식사하듯 초딩이 시절을 지나고 단단한 식사를 할 수 있는 성인이 된 후에는 세상에 나가서 내 말을 전하라는 말씀에 따른 능력으로 자리를 옮겨 더욱더 야문 음식을 섭취하여 소화를 도와주시는 도를 참으로 만나게 해주시는 것 또한 능력과 지혜 주심을 믿습니다. 감사하고 고마운 마음을 행함으로 답하여야 할 줄로 믿습니다.

그러나 N씨는 오늘 wang에서 만나 뵌 J형님을 보고 그 말씀 중에서 진정한 사랑을 보였다. 이것 또한 주님이 저에게 주신 축복의 길임을 믿고 싶다.

J형님은 N씨보다 7~8세가 연장자이시다. 옛날에 근무하던 때에 까다롭고 원칙론자로 가까이 하기를 직원들이 꺼렸던 분이다. 그러나 N씨는 그분을 가까이 하기를 원했고 그 형님도 반감 없이 잘 지냈던 것으로 기억된다. 그런데 그 후 퇴직하시고 한동안 소원했다가 전철에서 만나서 연락이 이어지고 있다.

오늘 몇 개월 만에 만나서 식사와 차를 마시면서 많은 이야기를 했다. 구구절절이 옳은 말씀이었다. 말씀 중에 P과장에게 식사 대접을 하였으면 하실 때 이유를 여쭈어 보았다. 이유인즉 서류 준비하는데 P과장 현직 시에 자문을 구해서 도움을 받았었던 일이 있으셨다 하였다. 그런데 나에게 부탁하신 것은 내 고향 후배이기 때문이었다.

우리는 복잡한 세상에 도움을 받고 적을 보고 회피하려는 세상에서 도움 한 번 받은 것 가지고 고마움에 식사대접을 한다는데는 우리는 그래도 살만한 구석도 있구나 하는 푸근한 마음이 생김을 느낍니다.

N씨는 상식을 중요시하며 살아간다. 세상에서 상식이라는 말을 무시하면 법도, 질서도, 가정도 모두 허사라고 생각된다. 강한 사람 권력 있는 사람의 상식도 없는 사람 무식한 사람의 상식이 다를 수 없지 않은가.

법 앞에 모든 것은 평등한 것이어야 한다. 세상이 상식을 존엄시하는 세상이었으면 좋겠습니다.

7. 상대의 편에서
생각하라

    화가 났을 때 상대방을 마음껏 욕해주면 내 마음은 후련할지 모른다. 그러나 상대방은 벌레 씹은 기분으로 내 말은 콩으로 메주를 쑨다 해도 듣지 않을 것입니다.

    우리는 대화의 기본이 되는 기법은 상호 간에 서로를 존중하면서 대화하는 것이 예의라 여기고 있지 않은가. 만일 상황에 따라 감정을 앞세우고 우격다짐으로 나온다면 이쪽에서도 우격다짐으로 대해줄 것이다.

    반면 서로 잘 의논해보자고 상대방을 존중하는 말로 시작을 하면 상황에 따라 견해의 차이는 다를 수 있으나 상호 간에 의견의 차이를 좁히어 소정의 성과를 거둘 수 있을 것입니다.

    말의 위력의 한 예를 들어보자. 미국의 유명한 거부 록펠러의 이야기다. 그는 어려서 성격이 까다로워 인근 주민은 물론 친구들에게도 비난을 많이 받기로 소문이 나 있던 자였다고 합니다.

    그가 경영하는 회사에서 2년간이나 파업이 진행되었다. 임금인상을 요구하는 종업원들은 살기가 등등하였다. 건물 파괴는 물론 총기 난사 등 유혈사태까지 일어났다.

그는 고심 끝에 적대적 관계를 벗어나 우호적인 해결방안을 모색하고 파업 측 대표자들을 모아놓고 겸손하고 부드러운 말로 함께할 수 있음을 자랑스럽고 영광스럽다고 말을 띄우고는 그는 여러분의 가족들을 만나보고 타협했음을 강조하고 그러니 우리는 서로를 잘 아는 친구지간임을 강조하였습니다.

그러니 우리는 이어 신뢰로 맺어졌음으로 이는 여러분의 요구와 나의 의도가 일치되었음을 뜻하는 것이라 믿는다. 이제부터는 서로 친구지간에 허심탄회한 말씀으로 더욱 발전하는 고견을 말씀하시며 가장 훌륭한 축하의 결정체를 이끌어 낼 수 있기를 소망합니다라고 한껏 부드럽고 온화한 말로 설득을 하였습니다.

이 같은 부드럽고 정곡을 찌르는 록펠러의 명연설로 길고 지루한 파업은 순간 사라지고 일거양득의 성과를 거두는 쾌거는 복잡하고 살벌한 현실의 귀감이 되는 명연설로 기록되어 있음을 봅니다.

이와 비슷한 말의 예를 들어보자. 링컨은 "1갤런의 쓴 물보다 한 방울의 꿀을 쓰는 편이 더 많은 파리를 잡을 수 있다." 하는 격언은 세월이 지나도 들어맞는 말이다.

만일 상대방으로 하여금 내 의견에 찬성케 하려면 먼저 내가 그의 편이라는 것을 알려주어야 한다. 이것이 곧 사람을 잡는 한 방울의 꿀이며, 상대방의 이성에 호소하는 최선의 방법인 것입니다.

나 자신 또한 주어진 모든 일들을 융통성이라고는 찾아볼 수 없을 만큼 원칙에 입각한 일 처리를 하려고 애를 쓴 사람이었다. 그

러다 보니 부드러울 리가 없었을 것이다 상대방이 말을 붙이기에
도 부담스러운 표정이었음은 당연한 것이 왜 아니겠는가.

한번은 이런 일도 있었다. 호주에 사는 막내 집에서의 일이다.
아침 식사를 하는데 손주가 할아버지는 부르독 같아 하는 것이었
다. 갑작스런 공격적인 말이라 대응도 못 하고 어리둥절하였다.

농담인지 진담인지 알지도 못하였고 인신공격 같기도 하였다. 사회
성도 사교성도 부족한 나였음을 자인한다. 지금도 별반 다른 것도 없
지만 옛날부터 사랑을 주고받지 못한 가정에서 자란 것이 나의 습성이
되었지 않나 싶다.

지금 같으면 할아버지가 부르독이면 너의 엄마 또한 부르독이야.
할아버지가 엄마를 낳았거든 그러면 너도 부르독이야 하고 받아넘
겼을 텐데. 그때는 그러한 센스와 유머감각이 부족하였었다.

사랑하지 아니하고 감정으로 일을 풀어가려면 두뇌는 멈춰선다.
감정은 사람을 올바른 길로 인도하지 못한다. 그 순간 모든 것이
멈추고 오직 분함과 억울함과 욕심과 분냄으로 가득할 때 사랑으
로 바꾸어 보아라.

놀라운 일이 벌어질 것이다. 죽이고 싶고 미워하던 사람도 안아
주고 싶은 사람으로 변모해질 것이다. "삼가 이 작은 자 중에 하나
도 업신여기지 마라." 하신 말씀을 기억하자. 얼마나 부끄러운 일이
었든가. 사랑으로 감싸지 못하고 감정으로 응대하였음은 참으로
부끄러운 일이었음은 가히 수치스러운 행동이었음을 자인한다.

말씀하시기를 다 이해할 수 없을지라도 겸손히 순종할 것이다.

아버지의 인생수업

인생에서 가장 위험한 순간은 고난의 때가 아니라 "자신의 힘과 지혜를 의지해 해결하려는 때입니다." 신앙은 내 고집과 내 생각을 내려놓고 하나님의 하나님 되심을 인정하는 과정이다.

작은 것이 작은 것이 아니요 큰 것이 큰 것이 아님을 믿고 작은 것도 크게 큰 것도 작게 볼 수 있는 혜안을 가져야 할 줄로 믿는다. 그러나 현실은 냉혹하다 못해 살벌한 것이 현실임을 느낀다. 거기 대고 사랑, 이해, 관용 같은 풍요로운 말은 어린아이 말장난 같은 비웃음을 살 수도 있다. 어느 나라에서 왔어요 하고 팔자 좋은 소리 하네로 치부하는 소리를 들을 수도 있다.

하지만 그것 또한 모르는 소리다. 사랑을 해보지도 않고 용서해 보지도 않고 사람이, 용서가 어쩌니 저쩌니 한다 해보아라. 그러면 놀라운 축복이 있음을 느낄 것이다. 거기서부터 싹이 트는 것이다. 더 말할 필요도 더 설명할 필요도 없음을 경험할 수 있으리라.

"신앙과 삶의 기준을 오늘의 상황과 형편에 두지 말고 주님이 오시는 그날에 맞춰라."

현재 고난은 결코 영원하지 않으며 믿는 이들을 향해 하나님의 영광스러운 계획을 갖고 계신다는 것이 얼마나 큰 위로와 소망인지.

믿음이 약해지지 않도록 말씀과 기도로 늘 깨어있게 하소서. 녹녹하지 않은 인생이지만 끝까지 승리하도록 굳건히 붙들어 주소서.

상황이 어렵고 힘이 들수록 무릎 꿇게 하시고 세상의 권세와 나의 무지한 지혜에 의지하지 않게 하시길 원합니다. 항상 사랑 안에서 역지사지하는 마음을 붙잡고 살아가길 원합니다.

8.   날도 우중충
마음도 우중충

　서향에 가까운 아파트. 햇볕이 비추이는 시간은 오전 10시경부터 오후 2~3시까지다.

　평소에도 햇볕이 온전히 비추지 않아서 거실에는 전깃불을 켜놓고 살아간다. 그래도 5층이니 그리 어두운 편은 아니다.

　1층부터 4층은 들어가 보지 않아서 잘은 모르지만 앞집 아파트가 조망권을 모두 가리고 있어 우리집보다는 더욱 어두울 것이다. 거기다가 아파트 전체가 거실 창문은 2중 유리창에 침실 창문은 문창호지 그것도 누런 황금빛 창호지를 바른 문으로 대낮에도 어두컴컴하다. 평소에도 침실에 들어가면 밤인지 낮인지 구분이 안 될 정도로 어둡다.

　아침이 되면 시계를 보아야만 때를 알 수 있다. 그래서 아침에 일어나면 제일 먼저 하는 일이 창문을 열어보는 것이 제일 먼저 하는 일이다. 창문을 열고 밖을 본다. 오늘의 날씨는 맑은가 흐린가를 유리창 너머로 확인한다.

　아주머니 아저씨가 쓰레기 버리는 소리, 아침 일찍 이웃을 만나

　　　　　　　　　아버지의 인생수업

이야기하는 소리, 일주일에 2번씩 치우는 분리수거 차 엔진 소리, 수거 차량의 수거 쓰레기 움켜쥐는 우지직 부서지는 소리 등등 세상 소리들이 들린다. 여러 소리를 들으면서 잠에서 깨면서 하루가 시작된다.

어느 날은 조용하게 시작이 되기도 한다. 소리 없이 내리는 함박눈이 오는 날에는 주룩주룩 소나기가 내리는 날에는 아무도 그 무슨 소리도 들리지 않는다. 그저 새하얗고 말없이 내린 흰 소복의 손님 아니면 세상의 오염물을 인간을 대신해서 씻어주는 천사 같은 빗줄기.

오늘은 어두침침이다. 구름이 많이 낀 날씨다. 그래도 마음 한구석에 기쁨이 파고든다. 순수함과 어두움이 주는 기쁨은 보이지 않는 저 너머에 새로움이 자리하고 있음을 믿기 때문이 아닌가 하기 때문이리라.

우린 그것을 보고 희망이라 한다. 눈앞에 보이는 것만을 전부라 생각한다면 얼마나 슬픈 일일까. 그것은 언젠가는 소멸되기 때문이다. 오늘은 뜻있는 삶을 살고 계신 한 분을 소개하고 싶어 올린다.

조선일보 칼럼에 소개된 글이다.

어느 마을 초입에 낡은 폐가가 사라졌다. 빈 아궁이 속에 고양이들이 새끼를 낳기도 하고 마당에는 풀들이 키를 다투고 자라있다. 녹이 슨 철재 대문이 바람과 함께 쉰 소리를 내곤 한다. 폐가의 담벼락엔 마을에 살던 한 할머니의 시가 적혀 있었다.

일제강점기 때 마을 훈장이셨던 아버지는 어린 딸을 밖에 내놓

지 않았다 한다. 담벼락에 적힌 시구는

눈이 하얗게 옵니다
시를 쓰려고 하니
아무 생각도 안 나는
내 머릿속같이 하얗게 옵니다

한번은 글을 딸에게 가르치려고 하였으나 남 가르치는 것과 같지 않았다 한다. 급기야 "어디 멍충이 써보아라." 했는데 그 글자도 못 쓰는 딸을 보고 손바닥을 두어 대 때리고는 더 이상 글을 가르치는 것을 포기했다 한다.

언니들은 똑똑해서 글을 깨우쳤는데 자기는 얼마나 벅구(바보)면 아버지가 멍충이를 써보라 했겠는가. 마을에 머리 안 한(시집 안 간) 큰아기는 잡아간다는 소문에 아버지는 서둘러 혼사를 정했다. 총각이라고는 마을에서 한집 어찌 가난한지 서둘러 시집가고 보니 시어머니 시아버지도 어디 끌려가고 없었다. 신랑은 며칠 있다가 군대 안갈려고 도망을 갔다.

할머니는 한글 공부시간이면 제일 자신 없는 얼굴로 앉아있었다. 뭔가 생각이 안 나면 "나는 벅구여 벅구" 하셨다. 이제까지 잘 살아오셨는데 괜히 한글 공부시간이 할머니에게 짐이 되지 않을까 걱정이 되었다.

어느 날 '눈'에 대하여 시를 써오라 하였더니 머릿속이 하얗게 되었다는 멋진 시를 써오셨다. 이러니 할머니에게 어찌 한글 공부 부담이 되면 안 하셔도 된다는 말을 어찌할 수 있겠을까. 글을 몰랐을지언정 삶을 몰랐으랴 시를 몰랐으랴. 벅구는 다 알았으리라.

9. 중용의
진정한 의미는?

어느 쪽으로나 치우침이 없이 온당한 일. 지나치거나 모자람이 없이 알맞은 일. 재능 따위가 보통인 것.

중용(中庸)은 사서(四書)의 하나로, 중용의 덕과 도를 인간 행위의 최고 덕으로 삼은 유교 경전이다.

남의 다툼에 끼어드는 것은 미친개의 귀를 잡는 것과 마찬가지다라는 말씀이 있다. 이는 나와 상관없는 일에는 상관하지 말라는 뜻으로 판단된다. 옳고 그름을 떠나서 나와 관계없는 일은 잘잘못을 떠나서 그들만의 일이므로 그 다툼에는 끼어들 자격이 없으므로 쓸데없이 끼어들면 어느 한쪽으로부터 시비를 당하는 결과를 초래하게 될 것이 자명하므로 괜한 일을 자초할 필요가 없다는 의미로 제삼자는 그 옳고 그름은 그들만의 사연으로 중용을 지킴이 마땅하리라 사려됩니다. 그것이 어느 쪽으로도 치우침이 없이 온당한 말이라고 사전에서는 말하고 있습니다.

우리는 세상을 살아가면서 다툼을 많이 대하고 있다. 나와 상관 있는 다툼은 물론 상관없는 다툼도 많이 접하고 살아갑니다. 그런

아버지의 인생수업

데 직접적인 상관이 아니더라도 이해 관계없는 다툼에 의견을 말할 경우가 있습니다. 작은 참견 한마디로 다툼이 유발되는 경우를 만드는 것을 봅니다.

그러한 예기치 않은 다툼을 방지하기 위해서라도 아예 나와 상관 없는 경우라면 다툼이 있을 만일을 생각해서 단 한마디도 참견하거나 말을 섞지도 말아야 할 줄로 믿습니다. 오죽하면 성경 말씀에 그러한 경우를 미친개 귀를 잡는 경우라 말씀을 하였겠는가.

미친개 귀를 잡음은 물리기 딱 좋은 경우가 되니까 말이다. 가끔은 올바르고 정의로운 사건 앞에서 가슴이 뭉클하고 콧망울이 시큰하는 가슴 뿌듯한 장면을 보곤 합니다. 그러한 장면이 세상을 살다 보면 각 사람마다 사연도 상황도 각자에게 다가오는 느낌의 정도가 다르겠지만 그 장면은 자기와의 관계되는 사연에서 더욱 본인 감정의 정도가 나타날 것입니다.

아무리 슬픈 장면이 연출되더라도 보는 이와 아무 상관이 없다든지 싫어하는 장면이라면 아무 감흥을 느끼지 않을 수도 있을 것이다. 그러나 그러한 사연이 객관적으로 느낌이 대다수가 느끼는 장면이라면 감정의 정도는 다르더라도 심금을 울리기에는 충분할 것입니다.

유난히도 감정의 표출이 심한 사람은 그렇지 않은 사람보다는 감정표현이 즉흥적이고 직설적일 수도 있을 것이다. 독자분들 중 시청하신 분이 있으신 분들도 있으신 이산, 동이 등 사극 중 감명 깊었던 장면 한 장면의 진실 표현이 시청자의 심금을 울리는 사연입니다.

동이(최가 동이)는 조선시대 상놈의 집안에서 태어나서 세상의 온갖 설움과 고통을 맛보며 성장한다. 어릴 때 꿈이 궁궐에 들어가 살아보는 것이 꿈이었다 합니다. 그런데 어릴 적에 해금을 잠시 배운 것이 인연이 되어 숙종 임금이 해금 소리에 반하여 동이를 알게 되고 궁으로 들어가 생활하면서 장옥정(장희빈)을 알게 되었습니다. 장옥정의 온갖 사악한 짓으로 중전을 모함하여 장옥정이 사약을 받고 죽는다.

동이가 중전이 될 수 있었음에도 세자(훗날 경종)의 앞날을 보전하기 위하여 중전을 고사하고 새로운 중전을 간택하는 선정으로 임금과 새 중전의 신임으로 동이의 아들(훗날 영조)을 새로운 중전의 양자로 입양하는 등으로 훗날 아들이 영조로 즉위하는 축복을 받는다. 이때에 동이가 감사함으로 눈물을 흘리면서 중전과 임금의 총애를 받습니다.

이 짧은 과정에서 서술된 기간이지만 그 과정에서의 피눈물 나는 고난과 역경 속에서 이룩해 낸 그 영광의 순간을 보는 시청자들의 눈시울이 뜨거워졌으리라 믿습니다.

남의 말에 대하여 심판하지 말고 판단하지 말아라, 심지어는 염려도 하지 말아라는 말씀이 있다. 그 말씀은 심판을 하면 심판을 받을 것이요, 판단을 하면 판단 받을 것이라 말씀하십니다. 이것은 심판하고 판단하고 염려할 수 있는 능력이 있는 사람은 오직 주 예수 그리스도 한 분이라는 것이다.

우리는 남을 칭찬하는 데는 인색하다. 자기와 관계되는 사람의

　　　　　　　　　　　　아버지의 인생수업

칭찬은 하지 않는다. 그러나 비방하는 일에는 앞장서서 비방한다. 예나 지금이나 상대방을 비방하고 무시하고 하는 일은 똑같은 것 같다. 오죽하면 사촌이 땅을 사면 배가 아프다고 했을까. 그런 자들은 자녀들이 무엇을 보고 배울지가 걱정스럽습니다.

우리는 변해야 된다. 나부터 변해야 된다. 금년도(2022년)에 프란치스코 교황의 권고사항 10가지가 발표되었습니다. 참고하셨으면 해서 싶습니다.

1. 험담하지 마세요.

2. 음식을 남기지 마세요.

3. 타인을 위해 시간을 내세요.

4. 검소하게 사세요.

5. 가난한 이들을 가까이 하세요.

6. 사람을 판단하지 마세요.

7. 생각이 다른 사람과 벗이 되세요.

8. 헌신하세요. 마치 결혼생활처럼.

9. 주님을 자주 만나 대화하세요.

10. 행복하세요.

말씀을 음미해보면 남을 탓하지 말고 가난한 자들을 위하여, 봉사하고 사람을 판단하지 말고 교만하지 말며 주님에게 기도 많이 하시고 서로 상호 간에 사랑하면서 행복하시기를 원한다는 말씀을 주셨음을 봅니다.

입으로 말로 살지 말고 가슴으로 행동으로 살아야 할 줄로 믿는다. 인간이 살면서 수많은 기회가 있고 후회가 있고 지켜야 할 일이 있지만 다시는 찾아오지 않는 돌이킬 수 없는 세 가지가 있다고 합니다.

1. 시간
2. 말
3. 기회

조심하고 놓치지 마시고 실수하지 마시고 잡으시기 바랍니다. 그리하여 뜻한 바 성취하시길 진정 바랍니다.

10. 목적이 있는 삶보다
더 강한 것은 없다

  사람이 태어나서 기쁨을 주고 먹고살기에 온갖 고생과 노력을 다하며 결혼을 하고 자식을 낳고 기르다 보면 오던 길로 되돌아가는 준비를 한다.

  그래서 인생의 삶은 눈 깜짝할 사이라고도 표현을 한다. 언제 이렇게 세월이 지나갔는가 뒤돌아볼 틈도 없이 다시 돌아갈 준비를 해야 하니 말이다. 지나간 길을 돌아볼 틈도 주마등처럼 생각나는 추억도 아쉬움 속에 묻어야만 될 슬픈 이야기 이런가 생각이 됩니다.

  그러나 한 가지 하고 싶었던 것을 아직도 버리지 못한 채 마음 한구석에 자리 잡은 욕심 그 욕심은 하고 싶었던 일들을 글로 표현하고 남겨주는 것 아직도 나를 표현하여 나를 바라보는 이들에게 전하고 싶은 사연을 알리는 것이 큰 행복이라 생각한다. 그것이 목적이고 삶이라 말하고 있습니다.

  우리나라에서 아직도 강단에서 강의를 하고 계시는 102세의 철학자이신 김형석 선생님은 말씀하신다. "내 인생에 가장 보람된 시기는 65세부터 현재까지가 가장 보람된 시기였다."라고 말이다. 김형석 박사님 말씀이 나이 들어감은 나이를 먹는 것이 아니라 성숙해가는 것이라고 말씀하십니다.

박사님은 계란에는 노른자가 있어 먹는 사람에게 좋은 역할을 하는데 우리는 몇 살이 되어야 그런 역할을 할 수 있을까를 생각해보신다고 한다. 덧붙여서 박사님은 인생은 60부터 철이 드는 것 같다고 말씀하십니다. 그러면서 나는 90까지는 살아봐야지 하면서 삶의 길이를 마음속으로 연장하셨다고 하신다.

그런데 90까지 살아보니까 몸은 늙었지만 마음이 늙은 것은 아니라고 말씀하십니다. 글을 쓰는데 문장력은 50~60대가 제일 앞서는 것 같더라고 회고하시더군요.

100세가 되어서는 사상은 앞서 있다고 하십니다. 바꾸어 말하면 아직까지도 사상은 여전히 살아있다는 말씀이시다. 원고청탁을 받는 나이는 98~102세까지 원고청탁을 받고 있다고 말씀하십니다.

그러시면서 박사님은 평생 교육자심을 잊지 않으신다. 교육과 인생의 1단계는 초, 중, 고등학생 시절을 1단계라 칭하시고 2단계는 교육을 받는 나이 30대까지를 2단계로 그러면서 70%까지는 내 노력으로 가야 하고 30%는 교육의 도움을 받아야 한다 말씀하신다. 3단계는 사회와 연계된 직장인 단계로 늙음은 사회와 떠나서는 안 된다고 하십니다. 더불어 장수하는 사람을 보면 서예가를 비롯하여 일하는 사람, 활기찬 생활을 하는 사람이 장수한다고 하십니다.

아울러 교육은 학교 교육이 전부는 아니라 한다. 경험에 비추어보면 사람은 누구라도 장점은 한 가지씩 가지고 있다 한다 내가

아버지의 인생수업

하는 분야에서 최고가 되라 무엇이든 노력하면 가능하다라고 하십니다. 그것은 노력하고 노력하면 불가능한 일은 없다는 말씀이다. 그렇다고 노력도 하지 않고 최고를 바라는 것은 잘못된 생각이라 하십니다.

돈 때문에 일하는 것은 돈이 끝나면 모든 것이 끝이 남을 알아야 한다. 다만 소중한 것 때문에 일하면 오래도록 할 수가 있다 한다. 내가 일하므로 상대방이 행복해지는가를 선택하여야 성공한 사람이라 합니다.

개인 가정만 생각하면 가정만큼밖에 커질 수 없으며 사회를 생각하고 공동체를 생각한다면 그만큼 커질 수 있다는 것을 알았으면 좋겠다고 말씀하십니다.

그리고 김형석 교수님은 평생에 절친이신 윤동주 시인과 안병주 교수 세 분이 절친이었다 합니다. 그 세 분 중에 윤동주, 안병주 친구분은 먼저 가시고 혼자 남으셨다. 이 절친을 언급하실 적에 눈시울이 뜨거워짐을 보았습니다.

그러시면서 내가 나를 위해서 하는 일은 남는 게 없다고 하신다. 감사하고 고맙다는 인사를 받는 사람이 참인생을 사는 사람이라 하십니다. 여기서 남은 우리들은 참인생의 삶을 살아가는 고맙다는 인사를 받는 사람일 줄 믿습니다.

내가 나의 절친보다 오래도록 살아가는 비결이라면

1. 무슨 일을 하든 무리하지 않는다.

2. 감정에 매달리지 말아라.

3. 무리하지 않게 한가지 운동을 꾸준히 하라.

김형석 교수님은 50년간을 아직까지도 지키노라고 말씀하십니다. 수영을 계속하신다고 하신답니다.

김형석 교수님 말씀 나를 찾는 이 없으면 남에게 베풀지 않았음을 알아야 하고 자식이 나를 돌보지 않으면 베풀지 않았음을 알아야 하고 자식이 나를 돌보지 않으면 내가 부모에게 효도하지 않았음을 알아야 한다고 말씀하십니다.

상대방은 내 거울이니 그를 통해서 나를 보라. 가난한 자를 보거든 나 또한 그와 같이 될 수 있음을 생각하고 부자를 보거든 베풀어야 그와 같이 될 수 있음을 기억하라. 가진 자를 보고 질투하지 말고 없는 자보고 비웃지 마라.

오늘의 행복과 불행은 모두 내가 뿌린 씨앗의 열매이니 좋은 씨앗 뿌리지 않고 어찌 좋은 열매를 거둘 수 있으리요. 짜증 내고 미워하고 원망하면 그게 바로 지옥이요, 감사하고 사랑한다면 그게 바로 천당이고 행복이다. 천당과 지옥은 바로 내 마음속에 있음을 명심하라.

세상의 모든 사람들은 자기 자신을 온전하고도 완전한 사람이라고 그런 사람에 가깝다고 생각을 하면서 행동을 한다. 나의 의견에 토를 달고 따지면서 반기를 들고 나의 의견을, 열변을 토하기도 한다.

사람들은 보편적으로 자기 수준에 맞는 사람과 자기보다 나은 사람 여유 있는 사람을 만나기를 좋아하고 희망한다. 반대로 자기보다 떨어진 사람 수준이 낮은 사람 부의 능력이 부족한 사람들과는 거리를 두고 관심밖에 사람으로 만난다. 그러나 올바른 사람 세상을 바로 보는 사람은 모든 사람을 한결같이 대하는 데 소홀함이 없는 사람이라고 믿는다.

우리는 자라면서 배운 말이 있다. 다툼이 있는 집안을 보면 다투지 말고 살아야 함을 보고 행복이 있는 가정을 보면 행복하게 사는 방법을 배워야 한다고 말입니다.

모두가 온전히 완성된 삶을 살아감은 참으로 어려운 일이지만 부족한 것을 채우면서 살아가는 것 또한 올바른 삶이 아닌가 합니다.

요즘같이 급변하는 세상 속에서 상호 간에 필요와 필요악을 선별하여 취하는 것 또한 어려움이 있을 줄 믿습니다 그러나 나만의 하고 싶은 것만을 하시기보다는 배려하는 마음으로 한 번쯤은 상대방을 고려하면서 행동함이 어떤지요. 그것이 피아의 행복이요 사랑이라 생각합니다.

사랑합니다. 행복하세요.

11. 겸손은 몸으로 하는 것이 아니라 마음으로 하는 것이다

얼마나 내 자신이 교만하고 오만하였는가 생각합니다. 요즘 매일 같이 올라오는 겸손이란 '머리의 각도가 아니라 마음의 각도다'라는 정곡을 찌르는 언어는 물론 '갈라치기의 종말', '내가 나 되는 길 위에서' 등이라는 말이 내가 살아가는 죄의 생활상을 파헤치는 것 같은 신문지상의 칼럼을 보면서 반성을 하는 마음가짐으로 솔직하고도 담백한 마음으로 글을 씁니다.

우리는 요즘 둘로 쪼개진 세상에서 살고 있습니다. 지역적으로, 직업적으로 성별까지 하나를 둘로 쪼개놓은 세상에서 살고 있습니다. 분열과 갈등 국익보다 지지자만 신경 쓰고 국민을 둘로 갈라친 세상, 대표적으로 조국 사태를 필두로 국민은 조국을 법무장관 자격이 없다고 그렇게도 반대하였음에도 문통은 스스로 약속한 공직자 배제원칙을 어기면서까지 임명하였고 이에 반대하는 국민을 검찰개혁을 반대하는 세력으로 매도하였습니다.

한편 청문회에 통과하지 못한 청문회 대상자를 막무가내식으로 안하무인 격으로 임명하기에 이르렀습니다. 이는 법과 원칙 상식을 스스로 무너뜨린 결과였습니다 이후로도 청문을 의뢰한 정부 각료들은 청문회를 개최할 의미를 상실하였으며, 청문회 개최 필요성을 스스로 져버리기에 충분했습니다.

그 같은 갈라치기로 상호 간에 갈등의 골은 깊어만 가고 사사건건 트집 잡기만 일삼는 위정자들은 정쟁만 일삼는 집단이 되었습니다. 결국은 나라를 버리고 떠나는 국민이 늘어나고 청년들은 저출산을 하는데 원동력이 되는 결과를 낳기에 이르렀습니다.

여기에 코로나가 덮치면서 SNS에 올린 글이 갈라치기에 절정을 이루었습니다.

'의료진이라고 표현되었지만 대부분이 간호사들이었다.'라는 말이었습니다. 이 말은 의사와 간호사를 갈라치기하는 말로 OECD 국가를 비롯해 전 세계에서 처음 있는 갈라치기라 아니할 수 없었습니다.

그는 취임사에서 이렇게 말하였습니다. "저를 지지하지 않은 국민 한분 한분도 저의 국민으로 섬기겠습니다."라고 한 말이 참으로 무색하게 하였습니다. 이러한 말 한마디 한마디로 지지자와 반대파는 사안마다 대립했고 사회적인 갈등은 점점 심화되어 갔습니다

과거에는 정치 상황이 달라도 서로 이야기는 할 수 있었지만 현실은 상황이 다릅니다. 지지하는 대상이 다르면 마주하기도 주저하고 관계마저 끊어 버리는 슬픈 상황이 되어버렸습니다.

이렇게 세상을 두 조각으로 갈라치기 일관으로 해놓고도 무엇이 잘못했느냐고들 합니다. 여기에 당선인은 협치를 들고 나옵니다.

남과 북이 호남과 경상도가 너의 잘못됨은 나의 행복, 나의 행복은 너의 불행으로 일삼는 저들에다 손을 들고 화합과 협치를 할 것을 노래합니다.

누구들은 말합니다. 그렇게 당하고도 또 당하려고 말입니다. 아침에 다르고 저녁에 다른 그들에게 화합하자고 합니다.

경상도의 발전이 호남의 발전이고 나라의 발전이라고 말입니다 그래도 나는 국가발전을 저해하는 뿌리는 뽑아내고 말겠다고 말합니다. 함께 잘살아보라고 외칩니다.

그래서 그 첫걸음으로 복합쇼핑몰을 광주에 유치하겠습니다였습니다. 이것도 위정자라는 자들은 광주 소상공인과 자영업자를 피눈물을 흘리게 하고 우롱하는 처사라고, 이는 광주 정신을 훼손하고 알량한 표를 얻겠다는 속임수라고 유치 공약을 즉각 철회하고 광주 시민에게 사과하라고 그들은 극구 반대하고 나섰습니다.

도대체 그들은 무엇을, 누구를 위하여 정치를 하는 것입니까. 반대를 위한 반대 눈과 귀를 막고 우매한 국민들을 노리갯감으로밖에 생각하지 않고 있는 것은 아닌가 생각합니다. 좌파는 광주를 낙후한 지역으로 묶어둔 채 자신들의 표밭으로 이용하는 것이 아닌가 싶습니다.

이와 반대로 보수 역시 되돌아보아야 할 점은 없는가 보수들은 자기들한테 표를 주지 않는다고 방치하지나 않았냐 말입니다. 상호 간에 역지사지하는 마음으로 되돌아보아야 할 문제점들을 점검해보아야 할 줄로 믿습니다. 필요할 때만 표 구걸하는 식의 시골 장날 장돌뱅이식 운동은 이제 옛날이 되어버렸음을 인식해야 합니다. 즉 평소에도 변함없는 관심과 균형발전계획을 수립하여 일관성있게 추진하고 소외당하지 않고 있다는 마음이 생기도록 보살피고 어루만져야 될 줄 믿습니다.

한편으로는 상식이 통하는 사회를 만들어야 될 것입니다. 법과 질서가 바로 서고 온 세상이 평등하게 대접을 받는 나라를 보여주어야 합니다. 잘못한 자는 벌을 받고 잘한 자는 상을 받는 사회, 세상 사람들이 다 보고 느끼는 잘못된 자 감옥 보내고 죄짓지 않고 누명 쓴 자 건져주는 세상을 만들어야 협치가 되고 화합이 될 것이고 협조를 아끼지 않을 것입니다.

당선인에게 누군가 물었습니다. 적폐 청산 수사를 할 것입니까 하고 물었을 때 그는 해야죠라고 그러나 대통령은 수사에 관여하지 않을 것입니다. 그것은 쉽지는 않을 것입니다.

당선인은 대선 과정에서 국민들이 상상하기 어려운 통합의 리더십을 펼친 경험이 있습니다. 여기서 우리는 그 통큰 포용력을 두 번씩이나 보았습니다. 그 결과는 당선인의 포용력의 승리였습니다. 그것은 그 포용력은 진정한 아픔의 국민의 포용력이었습니다.

아무나 할 수 없는 그 넓음의 화합능력 그것은 구걸도 아니요, 용서도 아니요, 부끄러움도 아니요, 오직 국민 마음을 대변하는 포용력이요, 화합이요, 사랑이었음을 우리는 볼 수 있었습니다.

그는 절규했습니다. "이준석 대표 우리가 뽑지 않았나 모두 힘을 합쳐서 승리로 이끌읍시다."라고 말한 것은 정치 생활의 짧고 길음을 초월하는 심금을 울리기에 부족함이 없었음을 우리는 느꼈습니다.

그 순간에는 야당의 중진들이 모두 제명에 찬성하였고 당선인만의 결단을 기다리는 순간이었음으로 더욱더 절체절명의 순간이었습니다. 하늘은 스스로 돕는 자를 돕는다라는 말이 있듯이 최선의 노력으로 소망하는 자에게는 하늘이 도와주는 줄 믿습니다.

후보자의 토론회가 끝나고 안 후보를 만나 "종이 쪼가리가 뭐가 필요한가 나를 믿어 달라."라고 말한 당선인의 모습에서 우리는 그의 가슴을 느낍니다.

우리는 이런 일련의 당선인의 행동에서 기대감을 갖게 되는 것은 물론 이런 사람이라면 지난 5년간의 갈라치기에 지친 국민들을 하나로 만들어 줄 수 있지 않을까 하는 기대감과 아무래도 문통보다는이라는 마음이 듭니다.

그러면서 이런 마음이 문득 듭니다. 콩 심은 데 콩 나고 팥 심은데 팥 난다. 양부모님이 교수인데 오죽 잘 컸을까 하는 믿음이 말입니다. 무엇이든 혼자서 일을 하는 데는 한계가 있습니다. 그것은한 사람이 독재를 할 수 있다는 것은 그 휘하에 열 사람이 복종하고 도와주니까 가능하다고 합니다. 어떤 독재도 혼자서 할 수 없답니다. 스스로 노예가 되어준 사람이 있어서 독재가 가능했던 것이랍니다.

어린아이까지 무차별 살상하는 푸틴 대통령과 코미디 출신의 초보 대통령이라 조롱받던 우크라이나의 젤렌스키를 보며 한 나라의운명을 짊어진 지도자의 리더쉽이 어디를 향해 가고 있는지를 우리는 아무것도 보이지 않음을 느낍니다. 젤렌스키는 포탄이 떨어지는 수도 한복판에 서서 "내가 여기 있다.", "자유를 위해 싸우겠다."라고 외칩니다. 그 말 한마디에 절망에 빠진 우크라이나 국민들이 결사 항전 결집하였고 승전고를 울리곤 하였음을 봅니다.

전쟁은 우리는 먼 나라가 아닌 코앞에 있음을 우리는 늘 느끼고 삽니다. 우리는 백척간두에서 대선을 치릅니다. 정신 바짝 차리고 결사 항전하는 마음으로 선거를 치루어야 합니다.

이번 대선을 보면서 고 이어령 선생은 말씀하셨습니다. "여당은 이성이 없고 야당은 야성이 없다."라고 말입니다. 이 한마디를 우리는 귀담아 듣고 전쟁하는 마음으로 독하고 강하게 나아가야 할 것입니다.

우크라이나 주민이 건넨 빵을 먹으며 울어버린 러시아 병사 "결국 눈물이 선함을 이긴다." 이어령 선생의 말씀이 생각나게 합니다. 우리는 급할수록 가장 평범하고 가장 상식적인 것을 잊어버리고 살아가는 경우가 많습니다. 급할수록 돌아가라고 하지 않습니까. 정신 차리고 이성을 잃지 않는 마음이 중요합니다. 세상의 소문에 휘둘리지 말고 중심을 잃지 말고 유혹과 미혹에 넘어가서는 아니 될 것입니다.

처칠의 말에 "나쁜 평화가 좋은 전쟁보다 낫다. 내가 줄 수 있는 것은 피와 땀과 눈물뿐이다."라고 전쟁에 임하는 장병들에게 호소하여 불안해하는 마음을 안심시켜 전쟁에 승리하였음을 우리는 초석으로 삼아야 할 것입니다.

죽어가는 국민들을 바라보면서 젤렌스키는 말하고 있습니다. "탈출이 아니라 탄약이 필요하다."라고 외치고 있음에도 대통령 후보자 그것도 여당 후보자는 정치 초보자 젤렌스키가 푸틴의 심기를 건드려서 전쟁을 자초했다라고 비난을 하였다 이 말에 세계 언론들은 대한민국에 실망했다고 연일 비난의 화살을 퍼붙고 있습니다.

어찌하여 이토록 교만하고 무지하단 말입니까. 교만은 멸망을 자초하는 말입니다. 그것도 대한민국의 여당 대표라는 자가 이토록 무지하고 사리판단을 하지 못하는 말을 서슴없이 하는가 말입니다.

하나님이 제일 싫어하는 말씀이 무엇입니까 하고 제자가 물었습니다. "그것은 교만이니라." 제자는 또 물었습니다. 두 번째 싫어하는 말씀은 무엇입니까? 그것도 교만이니라 하셨습니다.

그러면 교만이란 무엇입니까 교만은 겸손하다고 생각하는 것이 교만이니라 이처럼 사람은 겸손한 마음으로 세상을 바라보고 행하여야 함을 잊지 말아야 함에도 자랑하지 못해서 안달을 하는 위정자들은 교만과 겸손의 뜻을 배우고 행하고 또 느껴서 새사람이 되었을 때에 섬기는 마음으로 무장을 하고 세상에 나아가야 할 줄 믿습니다.

아버지의 인생수업

12. 어느 가정의학과 전문의의 임종

인생은 좋은 죽음을 맞이하기 위해 살아가는 과정 같다고 합니다. 열심히 산 사람들은 되레 죽음을 잘 받아들인다 합니다. 이 말은 호스피스 생활을 하면서 많은 죽음에 임종 선언을 했던 가정의학과 전문의가 쓴 『천 번의 죽음이 알려준 것들』이라는 책에서 호스피스 의사로서 전하는 삶과 죽음에 관한 이야기로 나온 말입니다.

김여환 전문의는 불효가 한으로 남아 세상 떠나는 부모를 고집스럽게 붙잡는 자식, 환자 앞에서 돈 때문에 싸우는 가족, 아내의 속을 무던이도 썩이고 마지막이 되어서 후회의 눈물을 흘리는 남편 등 다양한 마지막을 지키는 사연들이 마감현장에 있다면서 죽음에 이르면 연민과 사랑 같은 따뜻함이 묻어날 수도 있지만 사람과 사람 사이에 얽힌 갈등, 돈과 욕심 등 삶의 희로애락이 그대로 죽음으로 이어진다고 말하였습니다.

이는 참으로 뜻밖의 말이었습니다. 생전에 다툼이 저승으로 가져 가는 아픔의 연장 선상이라니 말입니다. 우리는 문상을 가서 영정 앞에서 머리 숙여 말합니다. 고통 없고 아픔 없고 스트레스받지 않는 천국에서 고이 영면하시라고 기도하였습니다.

김여환 전문의는 의대생 시절 결혼을 해서 아이를 낳고 키우느라 졸업 후 13년간 전업주부로 살다가 늦은 나이에 수련의 생활을 시작했답니다. 그때 말기암 동증으로 고통스럽게 생을 마감하는 환자를 바라보며 호스피스에 관심을 가지게 되었다 합니다. 그는 임종을 앞두고 환자의 웃는 모습을 사진을 찍어서 영정사진으로 쓰는 데 도움을 주기도 하였다 합니다.

어느 누구도 죽음을 스스로 터득할 수는 없다 합니다. 김 전문의는 그렇기 때문에 먼저 세상을 떠나는 선배에게 죽음을 배워야 한다고 합니다 그것은 시간과 마음을 투자해서 죽음을 배우면 죽음이 달라지는 것이 아니라 삶이 달라질 것이라고 말하고 있습니다.

한편 김 전문의는 글을 쓸 때 마지막 문장을 먼저 생각하면 글 흐름에 일관성이 생기고 전체가 한 호흡으로 연결되듯이 인생의 과정 또한 별반 다르지 않다고 서술합니다. 자신의 마지막을 응시하는 삶에 일관성을 부여하고 힘든 일을 극복하는 용기와 삶에 대한 투지가 생기는 일이라고 말을 합니다.

아버지의 인생수업

13. 권세는
똥과 같다

인성은 능력과 태도의 함수란다. 중요한 것은 제아무리 능력이 뛰어나도 태도가 나쁘면 인정받지 못한다.

국내 대기업 면접 현장이나 공무원 등 공공단체에서 가장 많이 가장 중요하게 다루는 단어 또한 인성이다. 나도 현직에 근무할 때 면접관으로 들어갔던 기억이 있었다. 면접실에 들어가기 전에 면접관들을 모아놓고 하는 말이 조직사회에서는 인화단결이 중요하다. 해서 조직원의 인성을 중점적으로 면접을 보았으면 한다고 하였던 기억이 생생하다.

태도(attitude)와 소질(apitude)은 비슷하면서도 상반된 뜻을 지니고 있다. 사람의 능력은 교육을 통하여 향상될 수 있지만 태도는 가르치기 어렵기 때문입니다.

성격은 얼굴에서 나타나고 감정은 음성에서 나타납니다. 그리고 본심은 태도에서 드러난다고 한다. 특히나 실패한 후의 태도는 그 다음의 행동을 결정하는 기준이 된다. "태도는 큰 차이를 만드는 작은 것이다."라는 윈스턴 처칠의 교훈의 말도 있다.

생로병사의 과정처럼 살아가는 세월의 시간 속에는 드러나는 세상 일들과 아무도 모르게 묻혀져 버리는 일들이 있다. 그런가 하면 그들만이 알고 넘어가는 일등 천태만상이리라 생각합니다.

오늘은 저물어가는 황혼길 앞에서 머뭇거리는 이들의 삶의 단편을 들어가 보려 합니다. 노년 내과 진료실 앞에는 언제나 연로한 부모님과 자식들로 북적거린다.

"길이 막혔어요. 잘 지내셨어요?" "으응 그래 난 별일 없이 잘 지냈다. 별일 있을 게 있나 뭐." 진료시간에 맞추어 미리 와서 자리를 잡은 할머니는 조금 늦게 나타나 미안해하는 머리에 허연 서리가 내린 아들의 손을 잡으시며 별일 없이 지내셨음을 자식에게 보고하시듯 말씀하신다. 별일 없이라는 말에 TV드라마 〈나는 별일 없이 산다〉가 생각났다.

아내가 세상을 떠나고 아들마저 분가한 후 혼자 사는 말기 암 환자가 항암치료 대신 죽는 날까지 세상을 즐기며 살기로 결심하였다. 통증으로 괴로울 때도 있었지만 하루하루를 나름 잘 지내고 있다고 합니다. 그러나 외출해서 돌아왔을 때 반겨줄 사람 없는 텅 빈 집이 죽을 만큼 싫었고 밥이나 먹었느냐고 매일 매일 물어봐 주는 사람이 없어서 싫었다 합니다. 생전에 물어보는 것이 싫어하던 내 행동이 참으로 후회로 다가올 줄 몰랐던 것이 나 자신이 싫었습니다.

일상의 유일한 말벗인 TV밖에 없다는 것에 초라해지기도 했습니다. 그러나 별일 없음이 한편은 감사한 마음도 들었습니다. 돌아

아버지의 인생수업

서면 외로운 마음이 엄습하기도 하였고 그럴 때쯤이면 어느 누구나 같이 외로운 사람 없나 하고 생각도 하면서 속마음을 들여다볼 수 있다면 서로 소통하여 함께 말벗이라도 하고 함께 밥도 먹고 함께 TV도 보고 함께 잠자리도 할 수 있는 사람이 있었으면 하는 상상도 해보았다 합니다.

그러면 잠들지 않는 끔찍한 밤도 쉽게 이겨낼 수 있을 텐데 하는 행복에 젖은 망상을 꿈꾸어 보기도 합니다. 그러면 딸들에게 전화 안 받아 걱정했다는 자식들의 걱정도 끼치지 않을 텐데 하며 사는 날까지 자식한테 신세 지지 말며 살아가자 하며 쓴웃음을 짓는다.

할아버지는 원래부터 술은 많이 드시지는 않으셨습니다. 그래도 시간이 무료하고 외롭고 옛날 생각이 날 때면 두 주에 한번 정도는 막걸리를 한잔하시든가 소주를 한두 잔 하신다. 그래서 구멍구멍 잔돈푼이 들어가신다고 합니다. 대충 잡아 한달 용돈이 사오십 만 원 정도라신다.

그런데 요즘은 술값도 인상이 되었다. 그전 같으면 막걸리 한 병(장수막걸리)에 1,000원~1,200원이던 것이 1,600원으로 올랐다. 소주도 막걸리 값과 비슷하다 합니다.

거기다가 안주는 막걸리 드실 때는 김치나 아무것으로도 한잔하시는데 소주를 드실 때는 돼지고기나 주머니 사정이 넉넉하면 등심이나 사태를 구워 드신다. 그런데 소주 가격이 더 오른단다. 뭐 꼴뚜기가 뛰니까 망둥이도 뛴다고 온갖 식료품값이 이참이다 하고 오르기 시작합니다. 하이트진로 참이슬 등 소주 출고가격이 7.9%

나 인상한다고 한다. 예전에 따르면 물가인상은 한 가지가 오르면 다른 유사한 물건이 뒤따라 쫓아 오르기 시작한다.

옴짝달싹 못하는 용돈의 출처는 할아버지는 물가상승이 부담으로 다가온다. 물가가 상승하면 어디서 얼마를 줄여야 할까를 생각하신다. 그렇다고 입으로 들어가는 것 생필품이나 고정으로 지출되는 교통비 한 달에 한두 번 외출해서 지출하는 식사비 등 문화생활비는 변동할 수 없기 때문입니다.

그런데 이번에 인상된 물가 중에 특이한 물가상승이 보인다. 예전에도 없었던 듣도 보지도 못하던 병뚜껑 값 인상이란다. 소주가 인상하면 같이 1,000원 1,500원 등 한꺼번에 인상을 하고 했는데 이번에 인상 요인 중에는 병뚜껑 값이 따로 들어갔습니다.

그것은 병뚜껑을 생산하는 공장은 삼화왕관과 세왕금속 공업 두 곳 뿐이라는 것이다. 문제는 국세청에서 탈세방지를 위하여 주류 생산업체들에 공급되는 뚜껑 숫자를 관리하려고 두 회사를 소주병 알루미늄 뚜껑 생산업체로 지정을 했다 합니다.

두 회사에서 연간 약 110억 개를 만든다 합니다. 국세청에서 병마개 납세 증명서 제도를 도입한 것은 1972년도라 한다. 이같이 병뚜껑 숫자로 세금을 부과 탈세를 하지 못하도록 제도화한 것이다. 명분을 따지다 보니 또 온갖 물품이 다 인상되다 보니 소주 값도 인상되고 명분을 찾다 보니 병뚜껑 값을 갖다 붙여서 인상을 한 것이라 판단된다. 그리고 생각해보니 소주병 뚜껑 안쪽에는 숫자가 있고 뚜껑 위에는 국세청 인증표시가 있음을 보았던 기억이 난다.

이처럼 세금 탈세 방지에 어느 것 하나도 사용자의 눈길질에서 벗어날 수 없도록 감시가 촘촘함은 먹고살기 힘든 서민들의 호주머니를 가볍게 하는 원천이 아닌가도 싶습니다.

시름을 달래며 값싸게 사 먹을 수 있던 소주 값이 안주 값과 비등해지는 세상을 보며 소주 뚜껑 열릴 때 우리의 뚜껑도 함께 열리지나 않을까 하면서 웃어봅니다.

6장

갈림길에서
최선의 선택

1. 좌절이란 없다
잠시 쉴 뿐이다

실패하면 툭툭 털고 일어나서 그럴 수도 있지 하고 자위하면서 나만 실패하나 뭐 다 그럴 수 있는 거야 하는 사람이 몇이나 있을까.

그것은 하기 좋은 말이다. 어쩔 것이냐 그럴 수밖에 없는 것을 할 수 있는 것이 없는 것을 그래도 그것이 최선의 방법인 것을 속된 말로 할 수 있는 일이 도둑질밖에 없는 것을. 소똥 굴리는 일밖에 할 수 있는 것이 없는 것을 그래도 만만한 일이, 자신 있는 일이 그것밖에 없는 것을 어쩌란 말이냐 이제서 실패했다고 한 번도 해보지 않았던 일을 시작하는 것은 우선 아는 것 없고 겁도 나고 두렵기도 하다. 그래서 시작하기 전 자신감이 생기지 않는다.

오만 가지 생각이 머릿속을 떠나지 않고 있는데 주위 사람들은 농담 반 진담 반 툭툭 던지는 말이 위로의 말이라고 하는 것이 "괜찮아 다 그런 거야. 한두 번은 다 실패하고 그다음부터 잘하면 되는 거야. 그것이 다 언젠가는 피가 되고 살이 되는 거야."라고 말하신다. 그러나 그런 말은 위로가 힘이 되지 않는다. 나도 당사자도 이미 다 들어본 말이다.

실패하고 의욕이 상실되고 수많은 사람들에게 귀가 따갑게 듣는 말을 반복해서 들을 때 분위기에 따라서는 감정이 상하기도 할 수 있습니다. 위로의 말보다는 질책과 함께 강하게 힘내라 그것뿐이냐 하는 화이팅 섞인 말이 반전을 일으키는 말일 수 있습니다. 왜 남들은 일어서는데 잘되는데 나만 그럴 필요가 있을까 하고 역작용을 불러올 수도 잇지 않을까 싶습니다.

나 또한 좌절을 맛보기도 하였던 때가 있었습니다. 그때의 기억으로는 누구를 만남도 위로의 말도 모두 듣고 싶지 않았던 것이 생각납니다. 오직 혼자만이 있고 싶었던 기억이 납니다. 그때에 누구를 만난들 속 시원한 답변이 없다고 생각을 하였기 때문이었을 것입니다.

그래서 혼자만이 실패 원인을 곱씹어보고 장차 어떻게 할 것 인가를 몇 날 며칠을 생각하고 고민하였던 것이 생각납니다.

그러나 속 시원한 답은 찾지 못하고 다시 제자리로 또 제자리로 돌아왔던 기억이 납니다. 누구를 만나면 자신이 못나 보이고 얼굴도 들지 못하고 말도 제대로 하지 못하고 서둘러 그 자리를 일어났던 못난이 노릇은 숱하게 하였고 애써서 좌절하지 않으려고 노력도 하였습니다.

좌절하지 않도록 위로가 필요한 사람을 찾는 것은 쉽지 않음도 깨달았다. 동병상련의 아픔도 느꼈던 사람이면 더욱 효과적일 수가 있음은 물론이다. 서로 공감 네트워크 구성이 손쉬워질 수 있기 때문이다.

그리고 위로 후에는 피드백과 조언을 해줄 사람이 있으면 더욱 효과적이다. 무엇 때문에 고배를 마셨는지 현 상황을 애정을 가지고 정확하고 솔직하게 진실을 가지고 이야기할 사람이 필요하다.

특히나 문제점에 대하여 본인의 인식이 정확한 파악이 안 되면 실수에 대한 대책 수립 부족으로 거듭 실수하는 우를 범하기 쉽다. 조언을 하는 것은 조심스럽게 양보다는 질적으로 풍성한 조언이 효과적이다.

많은 사람의 조언은 혼란을 초래할 수 있다. 가능한 사전에 필요로 한 사람을 조율 확보하여 들음이 좌절 극복에 중요함도 있어서는 안 된다.

돌이켜보면 좌절은 아프고 쓰지만 인생과정에서 그보다 큰 훌륭한 명약이 없는 듯하지 않은가 말이다. 일부터 돈으로도 경험할 수 없는 전화위복의 기회로 삼음은 앞으로 살아감에 큰 재산이며 성공하는데 밑거름이 될 것임을 잊지 말아야 할 줄로 사려 됩니다.

우리는 살면서 진리는 변치 않는다라고 배웠다. 그러나 때에 따라서 진리도 변한다라는 생각을 하게 하는 사건을 종종 보며 살아간다. 그 사실을 맞이하면서 살아가는 당사자는 어떨까 하는 기가 막힌 좌절감을 역지사지하며 그 아픔의 반절 아니 반의 반절이라도 미칠 수 있으면 하는 눈물 어린 동정심으로 위로한다. 그것이야 말로 좌절감 해결할 수 없는 어떤 위로의 말도 소용없는 좌절감일 것이다.

사실의 전말도 꺼내지 않고 결론부터 끄집어낸 것은 해결이 아니 되는 사건이라 그 결론을 지었기 때문에 더욱더 좌절감이 컸음을 암시하였음을 뜻하기 때문이다.

사건인즉 2021. 5. 29일 한강에서 친구와 단둘이서 술을 마시고 실종된 정민 씨의 사건이다. 둘이는 4. 25일 저녁부터 다음날 새벽까지 술을 마셨다. 함께 마신 술은 청주 2병, 막걸리 3병, 640ml 소주 2병, 360ml짜리 소주 2병을 같이 마셨다고 했다. 이는 한 사람당 알콜 260~290g을 마신 셈이다. 이 알콜량은 WHO가 규정하는 알코올 60g의 4~5배에 해당된다.

이후 살아있는 친구 A씨는 당시 상황에 대하여 전혀 기억이 나지 않는다고 한다. 우리 뇌에는 기억을 형성, 저장, 유지하는 기관은 '해마'라 한다. 이 '해마'는 열, 외부 충격 등에 약하다고 한다. 이에 대해 카톨릭대 의대 교수는 "사람마다 몸이 취하는 속도와 정신이 취하는 속도는 다르다." 합니다. 정신이 먼저 취해버리면, 몸은 멀쩡한데 그때 하는 행동은 기억 못 할 수 있는데 이것을 블랙아웃이라고 합니다. 지난해 한강변에서 친국와 술을 마시고 사망한 허무맹랑한 사건의 아주 간단한 진상을 함께 생각해봅니다.

이에 대하여 아무리 그렇다 해도 7시간 동안 있었던 일을 하나도 기억 못한다는 것이 말이 되느냐고 한다. A씨가 기억이 안 나는 시간은 저녁 11시부터 다음날 새벽 6시까지다. 술이 깬 A씨가 완전히 집으로 돌아간 뒤 집을 나섰다가 귀가할 때까지 걸린 시간이 7시간이 걸렸습니다.

그런데 사건 당일 주면 CCTV 영상을 보면 A씨가 한 행동은 정상인과 똑같이 걸어가고 크게 다른 것이 없었다고 합니다. 이에 대해 전문가들은 블랙아웃이 강하게 걸린 상태라면 가능하다고 합니다.

손 씨의 부모 등 유가족은 이에 대하여 얼마나 큰 상실감과 좌절 감에 싸여 잊을까 객관적인 눈으로 생각해보자. 무슨 상황설명도 위로도 얼마나 다가갈 수 있을까. 차라리 그 아픔을 대신할 수라 도 있다면, 이러한 좌절감에 적절한 말이 있을까 싶다.

상식도 진리도 모두 삼켜버린 기억의 상실 앞에서 진리도 상식 도 없고 전문가의 학문적인 말 '블랙아웃'이라는 믿기 어려운 그 말 한마디로 좌절감도 삼켜버린 기막힌 일에 우리는 할 말을 잊었습 니다.

아버지의 인생수업

2. 풍수가 미신이라고? 아니라고?

　'무식한 귀신은 부적도 몰라본다'는 말이 있습니다. 예로부터 우리나라는 생활환경에 모든 사물들을 신성화하는 등 한 사물을 자신만이 신성시하는 일이라든가 우상화하는 경우가 많았다. 세상에 이처럼 주변의 생활환경에서 존재하는 것들을 신성시하여 자기만의 신으로 모시는 것들이 무려 5,000여 종이나 된다고 합니다. 그중에 풍수지리설 또한 그 범주에 속할 것입니다.

　기억되기는 대통령에 출마하면 조상님들의 묫자리부터 살핀다. 당대에 유명한 풍수지리 박사를 모시는 등 어디에 있는 부모님 묘를 어디로 옮겼느니 하며 신문지 상을 도배를 한다는 등 한동안 난리를 치기도 하였습니다. 김대중 대통령이 그랬었고 김종필 총리 또한 출마 시에 그랬던 것으로 기억됩니다.

　여기에 따라다니는 것이 풍수지리다. 풍수지리학이 한국에서의 관점으로 보면 오리엔탈리즘이고 서구의 관점에서는 후진국에서의 관점으로 바라보고 있음을 봅니다. 그러나 문화적으로 바라본 관점에서는 어떤 것이 우월하고 후진국적이라 말할 수는 없을 것입니다. 그 땅의 풍토와 역사 속에서 형성된 문화는 각각의 존재가치가 있다 할 것입니다.

풍수는 서구지식에서 세례받은 자들이 바라보는 관점에서는 미신으로 치부당하고 무시와 멸시를 당하고 있습니다. 시인 김지하 선생은 이에 대하여 비판하기를 "풍수학에 대한 현대 한국 지식인들의 혐오감은 매우 뿌리 깊다."라고 말합니다. 이것은 그 지식인들의 서양지향 학문체질에 달려있으며 유행하는 서양학의 지배력에 그 원인이 있을것이다. 이것은 반성해야 할 문제입니다.

일본의 무라야마 지문은 한국의 문화는 옛날부터 그렇게 살며 생활해온 사람들로서 그 사람들에 의해 형성되어 온 것이기에 그 문화를 이해하려면 그들의 신앙과 사상을 살펴보아야 가장 효과적으로 알 수 있을 것이라 합니다.

이처럼 오랜 세월을 한국 민속신앙에서 확고한 자리를 잡고 있었기 때문에 그 영향력은 막대하다고 볼 수밖에 없습니다. 요즘같이 과학 문명이 발달한 시기에 무슨 호랑이 담배 피는 소리 하느냐고 그러니 우리나라가 이 모양이들이지 하는 현실주의적인 이야기를 하는 젊은 세대의 외침도 일리 있는 말이라 생각합니다.

그러나 역사 없는 현실 없고 역사를 무시하고 발전할 수 없듯이 발전계승 할만한 사항은 아니더라도 뿌리 깊은 우리 문화를 연구하고 시행하여온 한국민속신앙을 되짚어보는 관점에서 활용할 국민은 활용을 하면서 점점 쇠퇴하여지는 문화는 사라질 것이고 근대와 현대를 거쳐서도 성하여지는 문화는 살아남을 줄로 생각이 듭니다.

우리나라는 천하지대본이라 하여 땅을 일구어 생계를 유지하던 시절 농사지대본으로 논밭을 일구는 데 필요한 소가 제일의 보물처럼 여겨왔던 시절이 불과 100년 전 일입니다. 그 후에 산업이 발달하고 농기구가 생산되어 모두 농사짓는 기계로 농사를 지으면서 소가 하는 일을 기계가 손쉽게 하므로 자연스레 소멸되는 시대가 되듯이 필요치 않으면 사용하지 않음을 보고 있습니다.

내가 어릴 때만 해도 농작물 운반에는 지게라는 등에 끈으로 해서 짊어지는 농기구가 있었다. 그것도 요즘은 리어카 차량으로 손쉽게 운반을 하므로 사라져 가는 중이다. 남아 있다면 박물관에 보관 역사 공부자료로나 활용하게 될 것입니다.

그러나 풍수나 농사짓는 소, 지게, 기타 농기구 등의 사용하는 빈도나 양의 크기, 활용하는 정도에 따라 그 나라 그 시대의 전통과 풍습으로 전해지는 차이가 있을 것입니다.

풍수가 대유행하던 고려시대는 전 역사가 풍수로 이루어지고 국교가 불교였지만 동시에 풍수도 함께 존재했다. 사찰의 위치, 방향 등 모든 건물이 그 시대에 맞는 판단으로 결정되듯 오늘날 말하는 풍수로 끝이 났다고 할 수 있습니다.

지금도 우리나라의 대사찰은 모두 명당이라 하는 곳, 경치 좋고 교통 좋고, 위치가 좋은 곳에 위치하고 있음을 손쉽게 볼 수 있다. 그것 또한 그 시대의 풍수와 무관하지 않음이다.

한국 풍수의 전통을 살려 놓은 학자가 이명도 교수와 배종호 교수다. 두 분 교수는 현대에 풍수지리(역사) 연구에 쌍벽을 이루고 있습니다.

故 두계 이병도 교수는 '고려시대의 연구'로 고려시대 전 역사를 풍수를 바탕으로 한다고 서술하고 그는 산과 물의 감염에 의해 기가 흩어지는 것을 막고 그로 인해 생기를 얻는 것이라고 서술하기도 하였습니다.

풍수를 연구 계승하는 분들에게는 "무식한 귀신은 부적도 몰라본다더라." 하는 말을 들을지라도 현대를 사는 우리에게는 그저 그것 또한 미신에 지나지 않는다고. 역사는 역사일 뿐 문명사회에, 변명에, 핑곗거리에 지나지 않을 뿐이라고 치부하고 있습니다.

아버지의 인생수업

3.   운명의 시간은
다가오고 있다

운명이란 무엇인가 내가 한 일에 대한 평가를 말하는 것인가. 하다 하다 불가항력적으로 어쩔 수 없을 때 그것은 운명이었어라고 하는 말인가. 결과는 자업자득을 말하는가. 내가 너에게 하기 좋은 말로 그것은 네 운명이야 이렇게 말할 수 있는 것인가.

내가 뱉은 말에 네가 걸려들어서 살려달라고 말을 하면 그것은 네 운명이야 이 한마디로 모든 것이 끝난다는 것인가. 네가 말하는 운명은 네 것이 아닌 팔자일 뿐이야이고 피해자인 내가 말하는 것은 궁핍한 변명을 달리 표현한 말이야라고 합니다.

그런데 그것이 형편이 바뀌면 어찌 말할 것인가. 네가 말한 것이 이제는 내 운명이야라고 내가 말한다면 무엇이라고 할 것인가 말일세. 그땐 그랬는데 지금은 아니야라고 말할 것인가. 그것이 바로 내로남불이 아닌가 말일세.

그러니 나의 운명은 정치보복을 안 한다고 하면서 적폐청산으로 말을 바꾸어 말하고 나는 그것을 경험을 했기 때문이라고 말을 교묘히 바꿔가면서 구실을 붙이고 게다가 비리가 불거져 나오면 어쩔 수 없다고 정당화 시키면서 내가 주장하는 적폐청산은 개인에 대한 처벌이 아니라 불공정 특권 구조 자체를 바꾸는 것이라고 2017년 9월 청와대에서 연 여야 4당 대표 회동에서 한 말이다.

그런데 얼마 전 윤석열 국민의 힘 대선후보는 집권하면 문재인 정부처럼 전 정부에 대한 적폐 청산 수사를 하겠냐는 질문에 해야 죠 (수사가) 돼야죠라 답하였습니다.

여기에 문재인 대통령은 2017년 1월에 출간한 『대한민국이 묻는 다』에서 '박근혜 대통령은 형사책임을 져야죠. 공법관계에 있는 김기준, 우병우도 당연히 형사책임을 물어야 합니다.'라고 하였습니다. 나아가 '이명박 대통령 정부 때 4대강 사업을 밀어붙이고 부화뇌동했던 공직자들이나 전문가들도 법적 책임을 지든 역사적 심판을 받든 해야죠.'라며 적폐 수사 속내를 드러냈습니다.

이번 적폐 수사 발언에 대하여 문재인 대통령의 반응은 뜻밖이었다. 윤석열 대통령 후보는 잘못에 대한 수사를 하겠다는 것이었는데 그것을 자기가 적폐 수사한 것처럼 생각을 하고 정치보복을 하는것으로 생각을 하였던 것이다. 만약 윤석열이 대통령이 된다면 문재인 정권에 대한 청산은 피할 수 없을 것입니다.

돌이켜보면 '정통성'에 정부의 체면을 걸은 모든 대통령은 청산에 집착했다. 김영삼 대통령은 '군부청산', 김대중 대통령은 '보수청산', 노무현 대통령은 '기득권청산', 이명박 대통령은 '좌파청산', 박근혜 대통령은 '종북청산', 문재인 대통령은 '적폐청산'. 이처럼 과거 정권 청산은 한국정부의 DNA가 되어버렸다.

아버지의 인생수업

그러나 그것은 지나고 보면 그 청산은 국민의 청산이 아닌 일부 정권을 쟁취하는 데 걸림돌이 되었던 적들을 청산하는 것이었다. 그러니 개미 쳇바퀴 돌듯 똑같은 길을 주고받는 식으로 돌아가면서 상처를 주고 받는 아픔을 안겨주고 있음을 볼 수 있습니다.

문재인 대통령은 2017년 위대한 역사의 유산을 남길 수 있는 기회가 있었다. 탄핵의 정부를 등에 업고 개혁을 이끌 수 있는 제반 조건을 갖추었음에도 개혁 연대를 만들지 못하였음은 기회가 오지 않는 상실의 시대를 접하였다. 처삼촌 벌초하듯 기회를 놓치고 다시는 오지 않는 길로 접어들었습니다.

이처럼 실기를 하면 기회는 언제 올 줄 모릅니다. 영영 아니 올 수도 있고요. 정치는 단순하다 지지기반을 넓히면 살고 좁아지면 죽습니다. 지난 30년 연합한 정치세력은 승리했고 분열했던 세력은 패배했음을 우리는 보아왔습니다.

2017년 탄핵 이후 중도 보수의 이탈로. 한국 정치의 주류에서 비주류로 전락한 '보수동맹'은 중도보수의 회귀로 전력의 90%를 회복한 반면 진보 동맹은 2030 MZ세대를 잃고 크게 흔들리고 있습니다.

역사를 보면 정권의 몰락은 외부공격이 아니라 내부 분열로 붕괴하면서 시작이 되었음을 본다. 김영삼 정권은 JP 추출과 전두환, 노태우 구속으로 3당 합당 구조가 해체되었으며 김대중 정권은 DJP 연합이 깨지면서, 노무현 정권은 호남기반의 민주당을 깨고 열린우리당을 창당하면서임을 봅니다. 이명박 정권은 2008년 총선 직전 박근혜가 "국민도 속고 저도 속았습니다."라고 말한 순간이었다. 박근혜 정권은 2015년 당 지도부와 충돌하면서 몰락했습니다.

이처럼 거대한 정당도 국가도 작은 불씨가 화근이 되어 당을 불사르고 나라를 휘청거리게도 하고 침몰하게도 한다. 그러나 살리고자 하면 한 사람의 힘도 엄청난 힘을 발휘하여 거대한 나라를 살릴 수도 있음을 봅니다.

어느 유명한 정치가는 말하였다. 살리고자 하는 전문가 20명만 있으면 미국이라는 거대한 국가도 움직일 수 있다고 내 일처럼 최선을 다해준다면 말입니다.

인간의 능력의 한계를 측정할 수는 없지만 성공할 수 있을 때까지 인간은 능력이 있습니다. 주저앉지 말고 노력하고 노력하고 노력하면 이루어진다고 다산 정약용 선생은 말씀하셨습니다.

그러나 인간은 편리한 대로 살아가려 합니다. 자기 능력을 조금 사용하고 대접은 많이 받으려고 한다. 이제는 내가 뿌린 씨앗을 거두어 들릴 때가 다가오고 있습니다.

현재 대선 판세는 말한다. '적어도 유리하지는 않은' 이재명과 적어도 불리하지는 않은 윤석열과 박빙 형세로 싸우고 있다고. 전에는 민주당이 김대중, 노무현 정권을 계승한다고 말했는데 지금은 국민의 힘 야당에서 김대중과 노무현은 이러지 않았는데 하고 비판하면 민주당은 이명박과 박근혜도 그랬다고 비판합니다.

문재인 정권 초기에는 문재인도 퇴임 후 감옥 갈 것 같다고 말했

아버지의 인생수업

는데 과연 문재인 대통령과 민주당은 자기들이 높여 놓은 허들을 넘을 수 있을까. 아니면 스스로 낮춘 기준인 이명박, 박근혜 뒤를 따를 것인가. 운명의 시간은 다가오고 있습니다.

4.   달랑 20만 원으로
       퉁치냐

세상을 살아가면서 가장 필요한 것이 무엇일까. 가족도 필요하고 지식도 필요하고 온갖 모든 물건들 그 물건들을 구입하려면 필요한 것이 금전이다 즉 그것을 필요한 만큼 구매(물건을 사는 것)할 수 있는 화폐가 필요하다. 그것이 말하는 돈 금전이다.

누구나 태어나서부터 금전을 사용하면서 살아가고 있다. 어른들은 말씀하신다. 세상은 움직이면 돈이다. 돈이 없이는 한 발짝도 움직일 수 없다고 하신다.

그러면서 나는 배우면서 친구와 그런 말을 한 기억이 있다. 세상에서 제일 필요한 것이 돈이야 아니야 돈 보다 배움이야라고. 나는 배움이라고 말을 했고 친구는 돈이라고 말을 했다.

지금 생각하면 둘 다 맞을 수도 둘 다 틀릴 수도 있다고 생각한다. 돈이 필요한 사람에게는 배움이 돈보다 중요하지 않다고 말할 수 있을 것이고 아는 것이 중요하다고 하는사람 가치에 의미를 두는 사람은 배움이 더 중요하다고 말할 수 있으니 말입니다.

옛말에 "열매를 맺지 않는 꽃은 심지 말고 의리 없는 친구는 사귀지 말라."라는 말이 있다. 삶의 과정에서 결과있는 삶을 중요시 하였다. "손님이 오지 않으면 가문이 비속해지고", "시서를 가르치지 않으면 자손이 어리석어진다." 하고 명심보감에 일렀다. 이 말씀 또한 배움만을 중요시하였으나 그 과정에서의 소용되는 금전 또한 무시하였다. 그 과정에서 운용되는 서책이나 배우는 데 필요한 수업료 등도 금전이 필요함을 무시할 수는 없는 것으로 간과해서는 안 되는 것입니다.

그러나 공부 배움이라는 과정과 금전이라는 큰 명제만을 놓고 본다면 형이상학적인 면과 형이하학적인 면으로 구분이 되는 명확한 선을 긋고 판단하기에는 어려움이 있다고 할 수 있겠다. 하지만 눈앞에 닥친 필요성을 놓고 본다면 금전은 세상을 살면서 누구나 절대적으로 필요한 것 중에도 가장 시급한 것이지요. 그래서 세상에서 일어나는 사건 사고 중에 금전 관계로 얽힌 사건이 대부분을 차지하고 있음을 봅니다.

아주 옛날 호랑이 담배 피던 시절에는 돈이라는 것이 없었다. 농경 사회 시절에는 농사짓고 자급자족으로 생계를 꾸려나갔다. 그러니 돈도 없었고 필요하지도 않았다.

다만 필요한 것이 있다면 장터라는 집합장소에 나가 필요한 것과 필요한 것을 서로 홍정하여 물물교환하여 사용하기도 했다. 장터가 활성화되어 현재의 재래시장이 되었고 그것이 조금더 발전하여 E마트, 백화점 등 고급화로 발전하였다. 거기서 발전하여 원거리 무역, 국가 간 무역으로 발전하며 국가 경제를 이루는 결과가 되었습니다.

그러나 그 발전과정에서 발전할 것은 발전하고 필요치 않은 것들은 도태되는 등 직업의 산업화가 되었던 것이다. 과정의 경쟁에서 도태되고 성장하고 그중에서 성공하는 사람은 극소수가 살아남는 경우를 현대 사회에서 볼 수 있는 현상임을 우리는 보아 알고 있습니다.

우리말에 다다익선이란 말이 있다. 말인즉 많을수록 좋다란 말이다. 필요한 양만 필요한 것이 아니라 소유할 수 있을 만큼을 소유한다는 말이다. 원래가 사람은 태어날 때 약하게 태어났다고 성경은 말씀하십니다.

부잣집의 주인이 모자라는 1석의 쌀을 채우기 위하여 가난한 자의 1석을 빼앗아 백석을 채운다고 한다는 말이있다. 이토록 사람의 욕심은 한이 없음을 봅니다.

옛날 시골에서 농사지을 적에 천수답에 물을 대야 하는데 비는 오지 않고 저수지에 물을 천수답에 대기 위하여 수로를 개방하는 날이 있다. 그날은 그 저수지를 보고 농사를 짓는 농답 소유자들은 비상이다. 메마른 논에 물을 대서 가두어 놓아야 농사를 지을 수 있기 때문이다. 심지어는 수로의 물을 자기 전답에 다 찾는데도 아래 전답으로 흘러가지못하게 수로를 막아놓아서 서로 싸움을 하는 경우도 있는 경우가 있습니다.

그래서 밤새도록 왔다 갔다 자기 전답을 배회하고 새벽에야 집으로 들어가는 전답 주인을 보곤 하였다. 예나 지금이나 사람의 욕심은 변함이 없다. 그러나 그 욕심이 당사자 입장에서 보면 당연한 권리 주장이라 합니다.

얼마 되지 않은 자수성가하였다 하는 고향 친구를 만난 적이 있다. 오랜만에 둘이는 막걸리 한 병을 주고받으면서 옛날 살아온 과정을 되짚어가며 이야기를 하던 중 사실은 말이야 하면서 말을 꺼내는 것이었다.

친구 말인즉 자식이 무슨 소용 있는가. 품 안에 자식이 자식이지 다 크고 시집 장가 다 가고 살림 차려 나가고 보니, 저희들 먹고 살기 바빠서 부모 생각은 하고 사는지 내가 어떻게 저희들을 키웠는데 이럴 수가 있느냐라 한다.

그래서 조심스럽지만 평소에 생각하고 있던 말을 한마디 했다. 부모는 사람이 아니야 그저 부모일 뿐이야 하고 말을 했다. 이 세상 부모는 모두 한가지겠지만 자식에게 무엇을 바라고 키우는 부모는 없을 것입니다.

그랬더니 친구는 말한다. 그러면서 서운했던 말을 한마디 한다. 그날이 부모가 엄청나게 바쁘고 틈을 낼 수가 없었단다. 그래서 심부름을 대신시켰다. 한마디로 "내가 왜?"였다 한다. 얼마나 서운했던지 그것이 지금도 잊어 버려지지 않는다고 한다. 서로가 사정을 잘 알고 있었기에 더더욱 서운했던 것인데 그래도 부모가 이해하고 사랑해야지 하였다.

우리는 말 한마디에 천 냥 빚을 갚는다고 한다. 전후 좌우 다 잘라먹고 "내가 왜?"는 잘못되었다. 그러나 부모는 자식을 위해선 불구덩이라도 뛰어들어간다. 이글이글 타는 호랑이도 자식을 사랑하는 어머니의 눈빛 앞에서는 꼬리를 내린다는 말을 못 들어 보았는가. 그것이 부모의 힘이다. 할 일이다.

말썽 부리는 손주를 무엇 하나 올바르게 놓은 대로 있는 것이 없이 훼손되고 넘어지고 없어진다.

둘째는 아쉬울 때만 부를 때만 달려온다고 합니다. 급하다고 보증을 서주면서 돈을 빌려달라고 하면서 은행에 보증까지 서주었다 1년 후에 갚겠다고 한 것이 15년이 지났다. 아직도 아무 소리 없다. 이것이 부모 자식 관계인가 보다. 아쉬우면 찾아와 목을 메고 능력 없으면 말없이 처분만 기다린다. 어떻게 된 거냐고 하면 웃기만 한다. 저희들은 그런 마음을 갖고 있을 것이다.

어차피 돌아가시면 그 돈 다 유산으로 상속하실 텐데 뭘 그리 받으실려고 하시나 조금 일찍 받으니 조금 있다 다 자식한테 주나 어차피 나한테 올 것을 하고 생각할 줄로 믿는다.

그러나 계산은 계산이지 않은가 하고 친구는 말한다. 부모 자식 간에 계산은 부모와 자식(당사자) 사이만이 알고 있다.

그러므로 다른 자식들은 채무 채권 관계를 모른다. 그러므로 채무관계자는 갚지 않으려고 할 것이고 채권 관계 부모는 살아생전 받으려고 하실 것이다.

그러면서 친구는 이렇게 말한다. 부모 생전에 모시는 것은 그렇게 따지고 용돈 한 번 두둑히 주지 않으면서 지금 빌려 간 돈은 왜 갚지 않는가. 자식이 무슨 소용 있나 하면서 막걸리를 단숨에 한

잔 들이킨다. 김치에 두부 한 점 싸서 입 따악 벌리고 넘어가기도 전에 하는 말 이것만도 다행일지 모르지 뭐, 어이하리 앞으로 우리 늙은이 고려장이나 안 시키면 다행이지 하면서 깊은 한숨을 내쉰다.

그 모습을 보니 측은지심이 든다. 그 친구는 젊음을 흙과 싸우며, 계절에 관계없이 일만을 하면서 살아온 친구와 한번은 겨울 어느 추운 날 찬바람이 살을 에는 듯한 날, 때아닌 논을 갈고 있는 사람이 있어 유심히 보니 그 친구였다.

이 사람 이 추운 겨울에 웬 논갈이인가 하니 겨울에 논을 갈아 엎어 놓아야 이듬해 병충해 예방에 효과가 있다고 한다. 그것도 옷차림은 반소매티셔츠에 긴 장화를 신고 일을 하곤 하던 친구가 지금 내 앞에서 막걸리 한잔으로 찬바람을 맞으며 살아온 세상을 허심탄회하게 늘어놓고 있다.

순수함 이 외의 표현력은 없지만 그가 말하는 그 속마음을 누구보다도 진술하게 듣고 받아주고 있다. 누가 이 피땀 섞인 농토와 우직한 장소와 함께 저물어 가는 친구의 순박하고 고귀한 삶을 단 몇 분의 일이라도 얼마 남지 않은 여생에 친구가 살아온 가치를 가슴 저리게 함께 해줄 수 있을까. 알아줄 수는 없을까 하고 혼자 기막히다라고 말하고 있지는 않나 생각합니다.

그러면서 그의 아들의 서운하고 가슴 아픈 달랑 20만원이란 용돈을 들었다. 어느 날 느닷없이 찾아와 하는 말, 그동안 길러주시고 학교도 보내주시고 하셨는데 변변한 용돈도 못 드렸습니다, 죄송합니다 하면서 흰 봉투 두 개를 식탁 위에 내어놓더란다. 무엇이냐 하고 친구가 물으니 용돈입니다. 처음이자 마지막입니다라고 말하더란다.

친구가 기가 막혀서 당장 가져가라고 말을 하고 싶었지만 그래도 자식인데라는 생각과 부모가 되어서 참아야지 참아야지를 몇 번을 참고 참고 하였다고 합니다.

친구는 아들이 돌아간 후 몇 번이고 곱씹어 생각하고 생각하였다고 말한다. 어떻게 받아들여야 할지 잘 모르겠다고 친구는 몇 번이고 말을 한다. 역지사지로 생각을 해도 기가 막힐 노릇이라 생각된다. 앞으로 하지 않아도 될 것을 무엇 때문에 굳이 말을 했을까 하는 생각이 들 때마다 기가 막힌다고 합니다.

이제껏 키워오고 공부시키고 한 것이 그 말 한마디로 모든 기대감이 물거품처럼 사라졌다고 합니다. 왜 아니겠는가. 위로하고 또 위로하고 하였다. 그러나 친구는 심심하면 "기가 막혀서"를 연발해서 내뱉곤 하였습니다.

우리는 살다가 다툼이 있거나 심한 말을 들었을 때는 무엇 때문에 하는 생각을 많이 한다. 왜 그런 말을 하였을까 내가 무슨 잘못한 것이 있는 것인가 서운한 것이 있는 것인가. 도무지 기억이 안 난다는 것이다.

그러면 자식 교육을 잘못 가르친 것인가. 별의별 생각을 다 하게 된다. 그래서 나는 친구에게 이렇게 말하였다. 아들아 그것이 무슨 말인지 모르겠다. 용돈 한번 주면서 처음이자 마지막이라는 말

아버지의 인생수업

은 이해가 안 간다라고 설명을 부탁하고 물어보고 서로 이해하고 푸는 것이 좋겠다고 친구에게 말을 하였습니다.

그것도 조심스럽게 여쭤보기를 원하였다. 자칫 잘못하면 의견 충돌로 발전할 수도 있으니까 말입니다. 그리고 다음에 만나서 이야기 하자고 친구에게 말을 하였다. 원래 말이라는 것이 가까울수록 조심하고 할 말 안 할 말을 구분하여야 하는 줄 믿기 때문이다. 더더구나 금전이 개입된 상황에서의 대화는 더욱더 조심스러워야 할 줄 믿는다. 자식을 둔 부모님들, 부모를 모시고 사는 자녀분들은 금전 관계가 얽혀 있을 때에는 신중에 신중을 기하시길 간곡히 부탁드립니다.

한편 천추에 한이 될 만한 언행을 하지 말아주시고. 부모님의 말씀에 전적으로 호응하는 결정을 하시면 후회가 없을 줄 믿사오며 모든 일을 폭넓은 결정으로 남은 여생을 행복한 가정을 꾸리시길 간절히 원합니다.

사랑합니다. 감사합니다.

1. 칭찬에
인색하지 마라

　서울시에 근무하던 어느 날이었다. 초여름으로 날씨가 더워지는 후덥지근한 날인데 출장을 나갔다가 들어오자마자 구청장님이 찾으신다는 연락을 받았습니다.

　그때까지만 해도 구청장, 시장을 선거로 뽑는 시절이 아니었습니다. 시장이 임명하는 시절이었으므로 그 권력은 막강한 때였습니다. 그러므로 하급기관에 하달되는 명령은 무조건적인 복종뿐이었습니다. 상급자가 그것도 기관장이 찾으면 무엇 때문일까 순간적으로 좋지 않은 머리를 다각도로 돌려서 생각을 합니다. 무슨 민원이 들어오지나 않았는가 주민하고 다툰 일은 없었는가, 잘못한 일은 없는가, 직원이 잘못한 일이 혹시나 잊지 않은가 하는 생각에 청장님을 뵙기 전까지는 별의별 생각을 다하며 들어갑니다.

　노크와 함께 들어섰다. 들어선 상황실에는 사방으로 둘러쌓인 회의실 탁자에 간부들이 꽉 차 있는 것이 아닌가 이것이 무엇인가 맞은편에는 구청장님이 바라보자마자 "어이 식품팀장!" 하시면서 식당의 가장 작은 간이음식점 허가 면적이 얼마인가 ○○㎡입니다라고 묻길래 생각할 틈도 없이 대답하였습니다. 그랬더니 청장님은 그것 봐요 내 말이 맞잖아요 하시면서 수고했어요 나가봐요 하십니다. 전후좌우 없이 그것이 전부였습니다. 인사를 정중히 하고 문을 닫고 나오면서 괜히 걱정했네 속으로 되뇌면서 빙그레 웃었습니다.

기분이 좋았습니다. 답변도 잘하였고 짧지만 칭찬도 받았다는 것이 컨디션을 업시켜 주었음을 느꼈습니다.

사회생활을 하다 보면 여러 사람 앞에 서야 하는 경우가 많습니다. 그러다 보면 인사말을 할 적에 그런 원고를 아주 잘 쓰는 사람이 있습니다. 그 인사말 원고를 부탁을 하고 하루 전이나 그 원고를 받아서 읽어보고 수정하기를 몇 번씩 반복을 합니다.

참으로 훌륭한 인사말일세. 정말로 잘 쓴 연설문일세 이런 연설문은 자네 아니고서는 쓸 수 없을 것일세. 자네는 타고난 재능을 가졌네 하면서 칭찬의 말을 아끼지 않으면서 그러나 내가 생각하기에 이곳은 좀 어색한 것 같은데 자네는 어떠신가 하면서 재고의 의사를 여쭈어 보면서 내가 일러주는 방향으로 다시 한번 안을 수정하면 좋겠습니다 하며 정중하게 연설자의 의사를 전달하는 것이 작성한 사람의 의견을 존중하고 나의 의견을 관철하는 자세가 아닌가 합니다.

미국의 에이브러햄 링컨의 편지 가운데서 두 번째로 유명한 것을 한번 보기로 하겠습니다.

이 서한은 1926년에 있었던 경매에서 12,000달러란 비싼 값에 팔렸다. 이 금액은 링컨이 반세기 동안에 저축한 액수보다 많은 금액이었다 합니다.

이 편지는 남북전쟁이 절정이었던 1863년 4월 26일에 쓰인 것인데 그 무렵 링컨 휘하 장군들은 18개월 동안 연방군을 이끌고 참패의 고비를 거듭하고 있던 때였습니다.

그야말로 무의미하고 어리석은 인간도살의 연속이었고 온 국민을 전쟁의 공포에 전전긍긍하게 하는 시기였습니다. 몇천 명의 군사들이 이탈하고 상원의 공화당 의원들까지도 링컨을 백안관에서 몰아내기 위한 반기를 들 때였습니다.

우리는 지금 파멸에 직면해 있습니다. 하나님조차도 우리를 저버린 것 같습니다.

링컨의 이 편지는 그 유명한 편지를 만들게 한 암담한 슬픔과 혼합한 시기를 말했던 것입니다. 국가의 운명이 한 장군의 역할에 달려있는 위급한 시기에 링컨이 이 완고한 장군의 마음을 돌릴 수 있느냐가 참으로 절박함이 묻어 있는 편지가 아닌가 생각합니다.

이 편지는 대통령 취임 전에 쓴 편지로 우커 장군의 과실을 책망하기보다는 그를 칭찬해 주었다는 점을 잊어서는 아니 될 줄 믿습니다.

링컨은 나는 귀관에 대하여 충분히 만족스럽지 못하다고 생각한 몇 가지 말이 있습니다.

그 편지의 내용은 다음과 같습니다.

나는 귀관을 포토맥 군단의 책임자로 임명을 했습니다. 물론

아버지의 인생수업

이렇게 임명한 데는 충분한 까닭이 있습니다. 내가 귀관에 대하여 충분히 만족스럽게 생각할 수 없는 몇 가지 일이 있다는 사실을 귀관이 인정해주면 다행으로 생각하겠습니다. 나는 귀관을 용감하고 전투에 능한 군인으로 믿고 있으며 또한 이 사실을 기쁘게 여기고 있습니다. 그리고 귀관이 정치와 혼돈치 않은 인물이라고 확신합니다. 그것은 올바른 일입니다. 귀관은 야심에 찬 자신감을 가지고 있습니다. 이 자신감은 꼭 필요하다고 할 수는 없지만 크게 존중되어야 할 일이라 생각합니다. 귀관에게는 야심적인 의욕이 있습니다. 이 역시 도가 지나치지 않으면 대단히 좋은 일입니다. 그러나 귀관이 번사이드 장군 휘하에 있을 때 귀관은 공명심에 급급한 나머지 명령을 어기고 마음대로 행동하여 국가와 명예로운 장군에 대해 중대한 잘못을 저질렀습니다. 들리는 말에 따르면 귀관은 정치적 군사상에 있어 독재자의 필요성을 역설하고 있다고 합니다. 물론 나는 그러한 사실을 받고도 귀관을 지휘관으로 임명했습니다. 그러나 그것은 결코 귀관의 견해에 동의했기 때문입니다.

독재자를 인정하려면 그로 인해 성공이 보장되어 있지 않으면 안 됩니다. 내가 귀관에게 희망하는 것은 우선 군사적으로 성공하는 일입니다. 그러기 위해서는 독재자의 길을 걸어도 좋다고 생각합니다.

앞으로 정부는 온 힘을 다해 다른 지휘관이나 다름없이 귀관을 원조할 것입니다.

귀관의 언행에 영향을 받아 군대 내에서 상관을 비난하는 풍조가 일어나 마침내는 귀관 자신에게 화살이 돌아갈까 두려워하는 바입니다. 그러나 가능한 한 귀관을 도와 그 같은 사태의 발생을 막아내려고 생각합니다.

그러한 경향이 나타나면 귀관이 나폴레옹이라 할지라도 우수한 군대를 만들수는 없는 것입니다. 경솔한 언동을 엄중히 삼가해주시기 바랍니다. 경솔한 언동을 삼가 최후의 승리를 얻도록 전력을 다해주시기 바랍니다.

진정이 담긴 이 편지 한 통이 용기를 주고 전쟁을 승리로 이끄는 힘을 얻었음을 볼 때 칭찬의 능력은 측량할 수 없는 무한대임을 우리는 느낄 수 있습니다. 현 상황에서 볼 때 우리는 링컨도 아니고, 구청장(칭찬하였던)도 아닙니다. 그러나 이 칭찬하고 마음을 편하게 하는 데에는 어떤 비즈니스의 목적처럼 효과를 보아야 하는 것만은 아닐 것입니다.

그러나 사람을 상대하는 데의 방법이 친절과 칭찬으로 습관화되어 있지 못한 현실의 유교적이고 가부장적인 현실 속에서의 자연스런 칭찬으로 상대방의 환심을 얻기란 의도적이 아니고는 세심하고 세미한 계획을 필요로 하고 있음을 느끼게 됩니다.

나의 오랜 친구 한 사람은 어렵고 힘든 가정에서 자라 세상의 모든 일이 힘들고 버거웠답니다.

결혼을 하여 서울에 올라와 직장을 잡고 생활을 하면서 주변 가족들이 서울 올라오고 싶으면 올라와서 몇 달이고 지내곤 하였답니다. 그러다 조카가 서울로 대학을 진학하였다. 그의 자식들과 함께 조카가 한방에서 생활을 하였단다. 그 친구는 원래가 엄격한 가정에서 자라 다정다감하지도 칭찬도 하지도 못하였습니다.

그런데 조카가 대학을 가서는 술을 잘 먹는고로 밤늦게까지 술을 먹고 남자 친구가 부축하여 집에 들어오면 화가 나서 당장 짐 싸가지고 내려가라고 소리를 치곤 하였었다.

이제 막 성숙되어지는 숙녀 학생 그것도 여자에게 그것도 소리를 고래고래 지르고 윽박지르고 하였으니 지금은 후회가 된다고 합니다.

얼마나 속이 쓰리냐 술 마시는데 재미는 있었냐 적당히 먹지 하면서 마음을 달해주고 어루만지지는 못할망정 가슴을 후벼파는 말만 늘어놓고 거기다가 내려가라는 등 하고 질책만 하였으니 말입니다.

친구는 말합니다. 앞으로는 누구에게도 칭찬을 하는 습관을 가져야 인정을 받을 수 있는 삶이 되지 않을까 하는 후회 섞인 말을 합니다.

그것이 우리 사회를 밝게 하는 초석이 될 줄로 믿습니다. '칭찬은 고래도 춤추게 한다.'라는 말을 슬로건으로 삼고 살아감은 어떨런지요.

그것이 인정받는 사랑받을 수 있는 사회생활이라는 것을 우리는 알아야 할 줄로 믿습니다.

2. 상대방 의사를 존중하라

세상에 아무리 하찮은 말이라도 존중받지 못할 말은 없습니다. 발언한 사람이 고관대작의 높은 사람이든 하찮은 직업의 가치가 없는 사람이든, 길거리에서 빌어먹는 거렁뱅이든 막론하고 그들의 입에서 나오는 어떠한 말이든 존중받아 마땅한 말이라 생각합니다.

그 말로 말미암아 세상이 살아 숨 쉬고 있음을 보며 그 말의 뜻으로 세상이 일을 하고 있으며 어느 누구든지 관계를 이루게 하여 세상이 굴러가고 득을 보고 실을 보고 돌아가고 있으니까요.

무시하고 무시당하고 피해를 보고 득을 보고 하면서 얽히고설켜서 살아갑니다.

같은 자격증을 가진 사람들이라도 근무부서가 같은 곳에서 일을 하는 것이 적절치 않음을 종종 보아 왔습니다.

어떤 분은 민원과의 접촉에 알맞은 성품인가 하면 어떤 분은 기획하는 부서에 유능한 분이 있습니다.

평소에 개인의 성품과 그러한 부서 이동에도 소소한 분쟁이 일어나곤 합니다. 일례로 직장마다 보직인사 기간이 있습니다. 평소

아버지의 인생수업

에 개인의 성품과 능력을 세심히 평가하여 두었다가 적절한 시기에 인사이동을 하곤 합니다. 그리하여도 불평불만을 없이 할 수는 없지요.

그렇다고 모든 사람의 요구를 다 들어줄 수는 없는 일입니다. 그러나 중요한 것은 상대방의 의견을 무시해서는 안 된다는 말입니다. 불요불급한 사정이 있을 경우는 반드시 사유를 알기 쉽게 설명해 주는 것이 상대방을 인정해 주는 최선의 방법이며 의견을 존중하는 것이라 생각합니다.

사정은 다르지만 업무상과실이나 과오가 있을 때에는 다른 직원이 보지 않는 곳에서 조용히 전후 설명을 통하여 자신의 과오를 안정하도록 하여 감정이 상하지 않도록 함은 물론 앞으로라도 같은 과오가 생기지 않도록 하는 것이 또한 조직에서의 상급자의 올바른 통솔수단이라 여겨집니다.

제가 현직에 근무할 당시에 공개적으로 부하직원을 질책하는 사건이 생각이 나서 옮겨 적습니다.

지방자치단체는 월 1~2회 정도를 산하기관 직원들을 아침에 근무 시작 전에 대강당에 집합시키어 놓고 공지사항이나 업무전달 사항에 대하여 단체장 (구청장, 공기업기관장)이 지시하고 공지를 합니다.

그런데 구청장의 업무비서 격인 총무과장, 총무계장, 동정계장에게 평소에 지시한 사항을 그 자리(확대 직원회의)에서 내용을 올바로 전달되었는가를 확인하기도 하였습니다.

총무과장 일전에 지시한 내용이 각 부서에 잘 전달되었지요. 하시기도 하고 총무계장, 동정계장(각 동사무소 현재는 주민자치센터를 관리하는 부서를 말함)에게 확인을 하기도 하였습니다. 그러던 어느 날, 동정계장이 잘 전달되었습니까 하시니 동정계장을 오늘 전달할 계획입니다 하자마자 구청장님이 "이 돌 ○○리 같은 ○○야! 언제 지시했는데 아직도 전달이 안 된 거야!" 하면서 "아이구, 저런 돌 ○○○ 하고 일을 하니 잘될 리가 있나." 하는 것이었습니다. 전 직원들은 찬물 끼얹은 듯 숨소리도 들리지 않을 고요한 시간이 잠시 흐르고 지적을 받은 계장은 얼굴이 홍당무로 변해버렸습니다. 얼마나 당황스럽고 모멸감으로 가슴이 아플까를 생각했습니다. 그것은 조직을 이끌어 나가는데는 해서는 안 되는 언행을 하였으며 반사회적인 몰지각한 행위임을 조직을 와해시키는 반조직적이고 반성해야 할 줄로 믿습니다.

공동체의식이 있는 사람이라면 상대방의 체면이 나의 체면임을 고려하여 조용히 그리고 다정다감하게 비밀리에 시급성을 언급하며 타이르는 방법이 훨씬 효과적이지 않았나 생각합니다.

그러므로 앞으로 다른 업무추진에도 더욱더 효과적인 추진력을 얻어낼 수 있지 않을까 생각합니다.

저는 서예를 한 지가 15년쯤 되었습니다.

서당 개 삼 년이면 풍월을 읊는다고 이제는 보기 싫지 않은 정도의 글을 씁니다.

물론 대가가 보기에는 사정이 다르겠지만요.

아버지의 인생수업

서예 전국대전에서 십수 차례 입선, 특선, 은상도 받았지요.

그러나 서예를 할수록 욕심이 생기고 잘 쓰고 싶은 마음은 점점 더해갑니다.

세상은 '아는 만큼 보인다'라는 말이 있습니다.

옛날에 쓴 것을 보면 그렇게 조잡하게 보일 수가 없습니다.

하루는 인사동 서예학원(송천서실: 송하건 선생 우리나라 3대 서예 대가임)에 문화생으로 가르침을 배울 때이다.

가르침을 받다가 선생님이 갑자기 서격(書格)이 없다 하신다.

함께 있던 서예학원 문하생이 웃는다. 갑작스런 일로 얼굴이 달아오른다.

스승, 선생이라 함은 실력만 능력만 있다고 되는 것은 아니다.

능력도 좋지만 실력도 좋지만 조직의 마음을 읽을 줄 아는 능력이 더욱 중요한 덕목이라 할 수 있음을 봅니다.

그런 스승은 서예 능력은 있는지는 모르지만 상대를 존중하는 겸손한 모습은 없음을 봅니다.

그것은 서예로서의 글씨 외에는 아무것도 아님을 느낍니다.

언제부턴가 저는 역지사지(易地思之)하라는 누군가의 명령처럼 느껴지는 마음을 가지게 됩니다.

그러면서 이런 마음이 들었습니다. 스승님은 서격은 일류일지 몰라도 인격은 부족합니다 하고 생각했습니다.

절대로 따라 해서는 아니 될 것과 배워야 할 것을 구분할 줄 알

아야 합니다. 자기마음대로 하는 것은 칭찬하는 것, 사기를 높여
주는 일들은 자기 마음대로 할 수 있으나 상대방을 비방하고 사기
를 저하시키는 말은 삼가하시고 조용히 은밀하게 하여야 할 줄로
생각이 됩니다. 그것이 상호 간에 인정받고 조직을 공동단체를 살
리는 길임을 잊지 말아야 하겠습니다.

옛말에 "동냥은 주지 못할지언정 쪽박은 깨지 말라."라는 말이 있
습니다.

우리나라가 초근목피 (풀뿌리와 나무 껍질로 연명함을 비유하는 말)
하던 시절에 먹을 것이 없어서 바가지를 하나 들고 구걸하던 시절
문 앞에서 바가지를 두드리면 구걸하던 때에 매일같이 오는 것이
보기 싫어서 다시는 못 오게 한다고 쪽박을 깨부수는 경우가 종종
있었습니다.

아무리 밉고 보기 싫어도 남의 밥그릇까지 없애버리는 행위는
지성인이 할 일이 아닙니다.

구걸하고 빌어먹는 사람은 오죽하면 사람으로 하지 못할 막장의
길을 걸을까 하는 고통을 더 얹어주는 일은 없어야 하지 않을까요.

세상의 삶이란 더불어 사는 것이란 것을 잊지 말고 남의 일이 내
일이 되고 내일이 남의 일이 될 수 있음을 잊지 말고 상호 간에 존
중하며 살아가는 삶이 되었으면 합니다.

3. 간접적으로 일깨워주어라

대한민국 사람들은 급하다.

2000년도 초반쯤일 것이다. 그때만 해도 외국에 가는 것이 자유롭지는 않았던 시기였다.

상급부서(서울시청)에서 전 구청에 외국에 (유럽 5개국) 보건소의 운영시스템을 견학하라는 명분으로 여행을 9박 11일간 허락하였다. 동부시립병원장을 비롯하여 10명을 차출 여행을 떠났습니다. 그때까지만 해도 국내 여행도 많지 않았던 시절이었던 때였으므로 외국 여행은 그리 쉽지도 않았으며 더군다나 공직자들은 더욱 힘들었던 때였습니다.

몇 번의 사전 미팅을 거쳐 완벽하게 준비를 하였습니다.

그때까지만 해도 외국 여행자들의 여권 분실로 난관에 처했다는 사건보도가 심심찮게 보도되기도 하였다 준비과정과 주의점 등을 숙지하고 허리에 전대를 두르고 여행비 등을 꼼꼼히 챙기었다. 여행지는 독일 프랑스, 영국, 이탈리아 스위스를 차례대로 견학하는 것으로 되어있었습니다.

처음 간 곳은 독일이었다. 말 한마디 통하지 않는 외국에서 처음 만난 외국 사람이 하는 말 어디서 왔느냐 한국이라고 말하자 그들은 "파리파리"라고 한다. 무슨 말인가 했다. 그 말은 빨리빨리란 말이란다. 이토록 한국 사람은 무엇이든지 빨리빨리 서두른다는 것이 각인이 되어있었습니다.

그것은 우리 한국 사람의 살아온 역사와 연관이 되어있지 않을까 생각해본다. 그 옛날 한국, 조선의 땅은 침략을 받고 살아가는 민족이었다고 역사는 말하고 있습니다.

100여 번의 침략을 견디고 싸워온 민족이다. 그러니 오죽했겠습니까. 느긋하게 여유 있게 행동하다가 잡혀 죽기에 알맞은 환경이었을 테니까요 내가 살기 위해서는 남보다 빨리 일을 하면 빨리 도망을 가든 했을 테니까요. 그래서 나 살고, 너 죽자라는 말이 유행되기도 했었지요.

이젠 그런 사실을 외국에서도 잘 알고 빨리빨리 민족으로, 나라로 통하고 있음을 봅니다.

그것이 외국 사람이 한국을 바라보는 입장에서 우리에게 득이 될 것인가 실이 될 것인가는 명확한 구분은 힘들지 않을까 봅니다.

하지만 질적인 면에서는 빨리 하다 보면 실이 있지 않을까 보이구요.

양적인 면에서는 시간을 절약이라는 득이 있지 않을까 보입니다.

꼭 그런 것만은 아니지만요 주관적 견해입니다.

어쨌든 지나간 과거의 한국인의 외국인에게 비춰진 국민성이 그랬었다는 사실을 말씀드립니다.

직접적이고 직설적인 화법보다는 우회적이고 부드러운 화법이 대중적이고 거부감이 덜하지 않을까 생각합니다.

옛날에는 우리나라 흡연인구가 절반을 넘을 때에는 사무실이고 공장에 서 쉬는 시간 아니면 일을 하다가 한 대 피고 합시다 하고 한 사람이 자리에서 일어나면 슬금슬금 눈치를 보면서 따라가서 밖에서든 흡연실이 있으면 흡연실에서 열심히 담배 연기를 뿜어댔습니다.

그런데 공장에는 흡연실이 마련되어 잊지 않은 경우가 많습니다. 그러면 공장출입문 입구에 옹기종기 모여서 피우는 경우가 많았지요. 공장 입구 출입문 위에는 금연이라는 표지판이 아래를 내려다보고 있는데도 까맣게 잊고 담배를 피우고 있습니다.

매일같이 이런 광경을 보다가 공장장이 나섰습니다.

직원들이 나아가는 것을 보고 공장장이 뒤따라 나아가면서 한 대 피우고 합시다 합니다. 그러면서 담배를 한 개비씩 나누어 줍니다. 그리고 위를 힐끗 쳐다보면서 어이구 여긴 금연장소네 합니다.

저쪽으로 갑시다 하면서 장소를 유도합니다 직접적으로 말을 하거나 했다면 직원들은 더욱더 미안하고 난감해했을 것임인데도 공장장은 상호 간에 감정을 건드리지 않고 해결함을 알고 있는 듯합니다 이또한 현명한 처사라 생각합니다.

어느 목사님이 시골 작은 교회에 설교 목사로 초청을 받았습니다. 목사님이 내심 훌륭한 설교를 해야겠다고 다짐을 하였습니다. 그래서 설교 내용을 몇 번이나 읽어보고 또 확인하고 정성을 다하여 준비를 하였습니다.

그리고는 목사님, 사모님에게 먼저 읽어주고 확인을 받았습니다. 그런데 언제라도 그랬듯이 이번에도 사모님이 보기에는 재미가 없음을 느꼈습니다. 그러나 사모님은 현명한 답변을 하였습니다. "목사님 재미없어요. 아무래도 안 되겠어요. 그토록 오래 설교를 하셨으면 잘하실만도 한데 왜 좀 더 자연스럽고 영적으로 감명 깊게 쓰지 못하세요. 이대로 설교하는 것은 정말로 목사님 명예에 관한 문제예요."라고 말씀드리고 싶었습니다.

그러나 사모님은 이런 말을 하지 않았습니다.

이런 말을 했다가는 그 결과는 뻔했기 때문에 이렇게 말을 했습니다. 사모님은 에둘러 이런 글은 평론에 투고해도 훌륭한 글이 될 수 있는 글입니다. 사모님은 칭찬함과 동시에 설교로서는 합당하지 않음을 은근히 내비쳤던 것입니다.

이 결과 목사님은 사모님의 눈치를 알아차리고 그 원고를 찢어버리고 아무 원고 없이 설교를 하여 잘 마칠 수 있었다 합니다.

이토록 직설적으로 지적함이 독이 될 수도 있음을 간접적으로 나타내는 효과를 간접적으로 일깨워줌은 일석이조가 됨을 알아둘 만한 일이라 생각합니다.

말 한마디가 천 냥 빚을 갚는다고도 합니다.

그러나 말 한마디가 사람을 죽이기도 하고 살리기도 합니다. 그뿐인가 말 한마디가 힘도 주고 용기도 주고 희망도 주고 절망도 줍니다.

다음의 재미있는 말들은 분위기를 바꾸는 것은 물론 청중을 들었다 놨다 할 수도 있다. 이목을 집중시킬 수도 있고 사람을 달리볼 수도 있게 만듭니다.

머리를 식히는 시간이라 생각하시고 재미있는 시간 되시기 바랍니다.

가을은 남자의 마음을 흔드는 계절이고
봄은 여자의 마음을 흔드는 계절이다.
봄의 여자는 철을 녹이고 가을의 남자는 돌을 깬다.
여자와 볶은 콩은 곁에 있으면 먹게 된다.
부부 사이는 낮에는 점잖아야 하고 밤에는 잡스러워야 한다.
뒷산의 딱따구리는 생구멍도 뚫는데 이웃집 총각은 뚫린 구멍도 못 뚫는가.
사내는 설 때까지지만 여자는 관뚜껑 닫을 때 거기도 닫는다.
색에는 남녀노소가 없다.

여행이 즐거워지려면
1. 짐이 가벼워야 한다.
2. 동행자가 좋아야 한다.

3. 돌아갈 집이 있어야 한다.

세상에 없는 것 3가지
1. 정답이 없다.
2. 비밀이 없다.
3. 공짜가 없다.

죽음에 대한 3가지
1. 분명히 죽는다.
2. 나 혼자서 죽는다.
3. 아무것도 가지고 갈 수 없다.
추가
1. 예행연습이 없다.
2. 대신 죽을 수 없다.

모르는 것
1. 언제 죽을지 모른다.
2. 어디서 죽을지 모른다.
3. 어떻게 죽을지 모른다.

아버지의 인생수업

4. 인생의
고수와 하수

고수에게는 인생이 놀이터이고 하수에게는 인생이 전쟁터이다.

고수는 나날이 축제지만 하우에게는 인생이 전쟁터이다.

고수는 나날이 축제지만 하수에게는 나날이 숙제이다.

고수는 인생을 운전하지만 하수는 인생에 끌려다닌다.

고수는 일을 바로 실천하지만 하수는 일을 말로만 한다.

고수는 화를 내지 않지만 하수는 화를 툭하면 낸다.

고수는 사람들과 웃고 살지만 하수는 사람들과 찡그리며 산다.

고수는 남에게 밥을 잘 사지만 하수는 남에게 밥을 잘 얻어먹는다.

고수는 만날수록 사람이 좋은데 하수는 만날수록 더욱 진상이다.

고수는 손해 보며 살지만 하수는 절대로 손해 보지 않는다.

고수는 뭘 해 줄까 생각하지만 하수는 뭘 해 달라고 강요하다.

요즘같이 옳은 말을 옳다고 하지 못하고 비상식이 상식화돼버린 세상에서 즐거운 일이 하나도 없는 삭막하기조차 한 세상에서 분위기를 쇄신할 수 있는 말 한마디가 피가 되고 살이 되는 영양가 있는 언어가 된다면 즐거울 것 없는 세상이 더욱 밝아지지 않을까 합니다.

세상을 올바르게 살아간다고 하는 사람들의 대부분은 정직과 정의는 가지고 있을지 몰라도 은혜와 사랑과 섬김의 마음은 없었으며 그러기에 그 정직과 정의는 무서운 칼날이었을 뿐이라고 합니다.

이 땅에 살면서 서로 상생하는 마음으로 이웃을 사랑하고 배려하는 마음으로 살아간다면 살만한 세상이 오지 않을까 생각합니다.

저는 그런 생각을 합니다. 내가 무엇을 바랄까가 아니라 내가 무엇을 해야 할까를 다 같이 생각해보면 어떨까 합니다.

감사합니다. 행복하세요.

5. 상대방 체면을
   세워주면서 말하라

세상이 복잡해지면서 직업도 다양화되고 다변화되어졌습니다. 옛날에 아주 그 옛날에서는 서울시나 각 지방의 군수의 직위 직급이 지금의 사무관이 구청장, 군수를 책임자로 임명하였습니다. 그러니 맡은 업무 또한 단순명료하였습니다. 지금 있는 많은 부서가 없었던 그런 시기였었습니다.

그러므로 필요한 일이 생기면 비슷한 일을 하는 직원이 또는 분야에 소질이 있는 직원이 맡아서 일을 하곤 하였습니다. 한번 일을 하면 또다시 같은 일이 생기면 으레 그 직원이 맡아서 하는 것이 상례였습니다.

직원들의 인사발령이 정기적으로 1~2년에 한번씩 있었을 때였습니다. 어느 직원은 근무하고 있는 부서가 기획업무를 하는 부서였는데 그 자리를 차지하고 있는 직원은 현장전기 취급에 전문기술자였으므로 근무부서와는 동떨어진 부서였으므로 인사이동에 고민거리로 논란이 되었습니다. 궁여지책으로 타 부서로 이동을 시킬 수 없어서 없던 부서를 새로 만들어 직함을 고문기사라 칭하고 지위는 변동 없이 전문기술을 살리면서 체면도 잘리는 새로운 부서로 임명을 하였습니다.

당사자도 체면이 서고 맡은 바 업무를 열심을 다하도록 사기를 살려주면서 인사를 하는 것이 참으로 중요하다고 생각을 합니다. 이처럼 상대방의 일을 내 일처럼 자존심을 살려주는 것이 조직을 살리는 일이 아닐까 합니다.

직급이 낮을수록 더 관심을 갖어주는 자세를 보여줌은 상대방을 유쾌하게 하는 일일 것입니다.

사람은 누구나 나와 관계가 되는 사람이라면 나보다 잘되는 것을 좋아하는 사람은 없는 것 같습니다.

상식적인 일이 아닌 듯 싶다. 나는 자라면서 보고 배운 것이 남을 친구를 헐뜯고 비방하는 것을 배우지 못하였다 비록 침묵을 지키는 한이 있어도 비방하지는 않았음을 말할 수 있습니다.

그러던 어느 날인가 친구의 집에서 들려오는 소리가 당연히 잘잘못을 가리면은 칭찬은 내가 받아야 하는데도 불구한데 사람이 뒤바뀌어 소문이 도는 것이 아닌가. 그래도 의아해하기만 하고 묵묵히 입을 다물었습니다.

그 후로는 더욱더 의아하고 침묵의 시간은 더 흘러가면서 이것이 친구인가 세상인가를 느끼면서 거리감을 느끼곤 하였습니다.

칭찬과 자랑은 고사하고 비방하고 폄하하는 것이 친구인가 참으로 어이가 없음을 느끼게 됩니다.

라 로슈푸코라는 프랑스 철학자는 이렇게 말합니다.

아버지의 인생수업

적을 만들려거든 친구를 이겨라! 그러나 친구를 얻고자 한다면 친구로 하여금 이기도록 하여라!

왜 이 말이 진리일까? 사람은 누구나 친구보다 뛰어날 때는 중요 감을 가지고 그 반대일 때는 열등감을 갖고 실망과 질투심을 일으 키기 때문입니다.

독일 속담에는 이런 말이 있습니다.

"타인의 실패에 대한 기쁨보다 더 큰 기쁨은 없다."라는 말이 있습니다. 이 말은 진정한 즐거움이 다른 사람의 고난을 바라보며 맛 보는 즐거움이라는 뜻입니다.

우리 친구들 중에는 우리의 성공보다 실패를 기뻐하는 자들이 있을 것입니다.

그러기 때문에 자신의 성공에 대한 것은 말하지 않는 것이 좋습니다.

하찮은 자랑거리를 내세우지 말아라 내가 말하기보다 그들이 말하게끔 하는 것이 좋다. 잘 생각해보면 우리는 자랑할만한 것이 아무것도 없다. 우리가 백치를 면한 것은 갑상선에 있는 약간의 요오드 덕분입니다.

그 정도의 요오드는 불과 5센트면 살 수 있다. 갑상선에서 그 요오드를 제거하면 우리는 백치가 되어버리니 불과 5센트의 값어치 밖에 아니 된다 할 수 있습니다.

그러니 아무리 뽐내더라도 5센트짜리임을 알아야 한다. "매 맞고 자란 자식은 나중에 효도할 줄도 알지만 귀엽게 자란 자식은 불효

자가 된다." 하는 말이 있습니다.

100% 맞는 말이라고 말할 수는 없지만 올바르게 가정교육을 받고 자랐다 하는 표현일 것입니다.

제가 자식들 가정교육을 별도로 시킨 것은 없지만 어려서 부모 형제와 함께 살면서 보고 배운 것을 보여주었을 뿐이었습니다. 환경의 변화에 따라 상식에 맞는 행동이 바로 교육이라 생각하고 키웠습니다.

하지만 생활환경이 어렵다고 상식에 맞지 않는 행동은 적당한 훈계와 벌칙으로 가정교육을 대신하였음을 고백합니다. 지금은 기억에도 없는 엄한(매를 대거나, 손바닥을 때리거나) 체벌을 하였다는 사실을 상기시키는 말을 하는데 그것은 올바른 가정교육이지 않나 생각합니다.

그러나 자식들은 이런 말을 하기도 합니다.

그러한 엄한 훈육이 지금의 나를 만드는 피와 살이 되었다고 말입니다. 물론 그것이 부모에게 위안의 말을 하는 것이려니 생각을 하지만 말이죠.

부모와 자식 간에 왜 감정이입이 아니 되지 않겠습니까. 상황에 따라 이성대로 하지 못하고 감정에 사로잡혀서 행동을 하는 경우도 있겠지요 그러나 부모는 그러한 감정을 누를 줄 알아야 한다 생각합니다.

자칫 잘못하다가는 크나큰 상처로 남게 되는 경우가 생길 수 있다는 것을 간과해서는 안 될 것입니다. 심한 꾸지람으로 상처를 주었다면 반드시 부모라 하더라도 용서를 구하고 화해를 하여서 진정한 사랑이 무엇인가를 보여줌이 관계회복에 꼭 필요하지 않을까요.

옛날 가부장적인 시대와는 너무나도 다른 세상임을 느껴야 합니다. 부모 자식 간에 수직관계는 지나지 않았을까요. 자식도 이제는 엄연한 인격체이므로 현실에서의 부모 자식은 수직관계를 벗어나서 수평관계임을 부모가 말과 행동으로 보여주어야 한다고 생각됩니다.

다만 수직관계 유지를 위한 의무사항이나 권리사항의 경우를 굳이 따지는 것은 가족 간에 좋은 일이라 생각되지는 않습니다.

어쨌거나 부모 자식 간에 서로 존중하고 존경하는 관계를 유지해야 가정에서나 학교에서나 직장에서나 인정을 받고 대접을 받을 수 있다고 생각합니다.

사회생활에서 그런 말을 자주하곤 합니다.

결손 가정에서 문제아가 나온다 하는 가장 평범하고 가장 상식적인 말을 합니다.

무엇이든지 기초가 단단히 서면 무너지지 않음은 우리가 살아가면서 많이 느끼는 사실이지요.

콩 심은 데 콩 나고 팥 심은 데 팥 난다는 지극히 원초적인 원리를 가벼이 여기지 말아야 합니다.

어느 날 사무실로 친구가 찾아온 적이 있었다. 친구와 차를 마시고 있던 차에 직원이 결재서류를 들고 들어왔다. 그렇다고 내용도 보지 않고 결제를 할 수 없어 서류를 읽어보면서 이것저것 간단히 지시를 하고 결재를 마쳤다.

직원이 나간 다음에 친구가 발표하였다 아이구 참으로 권위적이고 대단하다는 것이었다.

내용인즉 말은 하지 않지만 대화가 너무나 사무적이고 권위적이란다. 그러나 나는 그것을 모르고 지냈던 것 아닌가. 직원들은 얼마나 자존심이 상하였을까 생각을 하였다. 잘못된 것은 아니지만 그런 식의 조직에서는 결코 효율을 극대화시킬 수 없음을 깨달았습니다.

직원들이 가장 싫어하는 상관은 권위적이고 명령적인 어투의 상관이 아닌가 생각을 하니 얼굴이 달아오름을 느낍니다. 앞으로는 결코 권위적이고 명령적인 대화가 아닌 의견을 미리 청취하고 들어보는 대화를 하여야 하겠음을 반영하게 되었습니다.

"이렇게 생각하면 어떻습니까?", "저렇게 하면 잘되지 않을까요?"라고 물어본다든가 하는 식으로 대화를 하였습니다. 그리하였던 결과는 참으로 기대밖으로 사무실 분위기가 화기애애한 분위기로 변함을 느꼈습니다.

그 후로 언제든지 직원들이 스스로 할 수 있는 기회를 주었고 결코 명령하지 않고 자율적으로 일할 수 있도록 하여 자신의 능력으로 해결토록 기회를 주고 상대방의 자존심도 세워주고 본인의 자존감도 높여주니 반감 대신 협력하는 협동심을 불러일으킬 수 있는 일석삼조의 효과를 볼 수 있음을 볼 수 있었습니다.

사람은 누구에게나 개성이란 특이성이 있습니다.

나무는 나이테가 있고 짐승에는 각 짐승의 특이한 야수성이 있고 태어나면서부터 보이지 않는 개인의 DNA가 있습니다.

어느 날엔가 친구지간에 자그마한 의견충돌로 옳고 그름을 놓고 언쟁이 일어났습니다. 4명이 각자가 의견을 말하였습니다.

첫 번째 친구는 가장 상식적이고 보통 말하는 FM이라고 원칙만을 군더더기 없이 교과서처럼 말을 하였습니다.

두 번째 친구는 A편에도 B편에도 모두 듣기 좋은 말만을 하였습니다. 이것도 속하고 저것도 속하는 그저 누이 좋고 매부 좋고 식으로 말을 하였습니다. 이런 말은 세상에서 말하는 중도파식, 물에 물 탄 듯 술에 술 탄 듯한 그러니까 누구에게도 질타받지 않고 손 안 대고 코 푸는 식의 양다리 걸치는 뜨뜻미지근한 성격입니다. 이런 친구는 환영받지 못하는 친구입니다.

옛말에 의하면 "不結子花 休要種 無義之朋 不可交(불결자화 휴요종 무의지붕 불가교)"라는 말이 있습니다 이 말은 즉, '열매를 맺지 않는 꽃은 심지 말고 의리 없는 친구는 사귀지 말라.'라는 뜻입니다.

필요에 따라 왔다 갔다 하는 친구는 친구가 아니라 언제든 변심할 수 있는 친구이니 말입니다.

세 번째 친구는 극과 극의 말을 합니다. 상식에 벗어난 친구입니다. 나의 자존심을 위해서 친구를 비방하면 그것은 친구가 아니며 나쁜 ○○이다라고 말을 하며 선을 긋습니다.

각 개성에 따른 판단과 표현에 모두 다 일리가 있습니다. 그러나 같은 말을 해도 분명한 본인의 의사는 전달이 되어야 할 것으로 판단됩니다. 단지 듣는 상대의 입장을 고려하여 분명한 의사전달에 감정이 상하지 않도록 함이 의사전달에 효과가 있으리라 생각합니다.

필요하다면 상황설명을 곁들여서 이해하기 쉽고 기분 상하지 않도록 설명도 곁들임이 좋지 않을까 합니다.

6. 진심만이 원하는 최선의 방법이다

　나는 나이가 들수록 순수하고 친절함이 더욱더 좋아짐을 느낀다. 길을 지나가다가 앞에 가는 사람이 지갑을 떨어뜨리면 얼른 주워서 앞사람을 툭 치고 이거요 하고 건네는 모습을 보면 참으로 보기 좋다. 메모지 한 장이든 손수건이든 지폐 천원짜리 한 장이든 떨어뜨리는 무엇이건 상관없이 주워서 건네준다.

　얼마나 순수하고 단순하고 진실함이 보이는가.

　우리가 못 먹고 못살았던 시절에는 남의 호주머니에 있는 것을 훔치는 경우가 얼마나 많았습니까.

　옛날에 제가 현직에 근무하던 때에 저와 같은 성(연씨)을 가진 형님이 강원도 평창에서 홀홀 단신으로 올라와 야학을 다닐 때 낮에는 버스, 기차 안에서 껌을 팔아 학비를 마련을 하였다 합니다.

　그러던 어느 날 집에 가보니 껌팔이 한 돈을 몽땅 도둑(쓰리)을 맞은 것을 알았다 합니다. 그때에 가장 마음이 아프고 서러웠다 하였습니다. 옛말에 "벼룩에 간을 내먹지."라는 말이 있습니다. 이들은 내가 굶지 차라리라는 말입니다. 세상의 비정함을 단편적으로 말하는 것이 아닐런지요 도움을 받아야 할 자들의 가슴을 도려내는 아픔을 주는 이들이야말로 천벌을 받아 마땅하다 하겠습니다.

신학대학교에서는 시험을 볼 때에 감독관이 없다고 들었습니다.

네 이웃을 위하여 거짓 증거하지 마라.

하나님을 믿는 자들은 오직 말씀에 순종함을 다하는 것이 사명이요 생명으로 여기는 것일진대, 우리나라에서 손꼽히는 믿음의 선지자인 목사님이 신학대학 재학 중 시험을 보는데 컨닝을 하는 동료를 보고 적잖이 놀랐었다고 회고 설교 하시는 것을 들었습니다.

그 설교를 듣는 나도 놀랐는데 목사님들은 오죽하셨겠습니까. 사회 구석구석 개인의 욕심으로 얼룩지고 내로남불로 얼룩진 욕심의 사회가 된 것을 어렵사리 볼 때에 우리는 무엇을 배우고 후세에게 무엇을 물려줄 것인가를 곱씹어보아야 할 줄로 믿습니다.

누구는 머리가 좋아서, 누구는 돈이 많아서, 누구는 많이 배워서, 높은 자리에 가고 싶은 자리에서 회전의자 돌리며 거드름 피며 명령하고 목에 힘주고 말 안 들으면 마음대로 해고하고 무엇이든 독선적으로 처리하는 조직이 아직도 존재하고 있습니다.

하루아침에 완전히 없앨 수는 없겠지만 세상의 흐름을 자극하여 잘못을 인정하고 겸손하고 낮아지는 모습이 옳다고 생각이 됩니다. 그것이 우리가 보여줄 수 있는 떳떳함이 아닐런지요.

나, 엄마 아빠 보고 자랐어요. 그래서 나는 시험을 칠 때 컨닝한 적이 없어요. 지금은 초등학교 교사를 하고 있는 막역한 친구의 따님이다. 그 따님이 한번은 학교를 다녀오더니 그러더랍니다.

그래 하였더니 따님 왈, 언제부턴가 하나님이 나를 지켜보고 계시는 것 같아요 하더랍니다.

그 후부터가 컨닝은 생각조차도 안 했다 합니다.

이 얼마나 하나님의 청지기의 말입니까. 지켜보고 계심을 믿는다는 말로 또 무슨 말이 필요하겠습니까.

저는 서울시 근무 시에 만두가게를 하시는 할머니를 만났는데 참으로 다정하시고 누님 같은 정이 넘치는 할머니였습니다. 언제나 보면 말 한마디 한마디가 반가워하시는 모습 행동 하나가 군대 갔다 휴가차 방문한 아들을 만난 것처럼 어쩔 줄 몰라 하셨습니다. 그러지 말라 하는데도 앉으시라 무엇을 드릴까요를 연거푸 말씀하십니다. 눈을 잘 마주치지도 못하신다. 어쩌다 스쳐가는 눈빛이 마주치면 겸연쩍게 웃으십니다.

그 모습에서도 진심을 읽을 수 있는 모습을 읽을 수 있었습니다. 그것보다 더 진심은 없을 것이다.

우리는 가면의 모습을 가끔 봅니다. 그러한 모습과 자연스런 진심을 비교해볼 때 옳고 그름을 떠나서 진실을 보여줌이 더 중요하고 평가할 문제가 아닐까요.

언제나 진실은 인정받아야 하고 우선시되어야 사회의 정의가 서는 살만한 사회가 되지 않을까요.

잘못을 저지르고 세상은 그렇게 사는 거야 하는 파렴치범에게 감옥을 보내고 죄의 대가를 판정하여 대학 입학을 취소하여 올바르게 살라고 하였음에도 잘못을 사죄하고 국민 앞에 송구하다고 잘못했다고 용서를 구하지는 못할망정 잘못한 짓을 수사하고 기소한 수사관에게 이제는 속이 시원하냐고 비아냥 섞인 말로 비난하는 죄인을 보면서 정상적이고 상식적인 보통 사람은 어찌해야 하는 것인가요.

양심이 있는 사람이라면 제가 잘못했습니다. 세상을 잘못 살았습니다. 하고 용서를 빌어도 시원찮은데 그것도 잘했다고 상대를 비난하고 비아냥 섞인 말로 다시 한번 국민들 가슴에 비수를 꽂는 것은 양심이 있다면 어떻게 이럴 수가 있겠습니까.

세상에 살면서 사람이 해서는 안 되는 비상식적인 바꿔 말하면 부모 형제에게 쌍소리로 욕을 한다든가, 형제지간에 힘으로 완력으로 매질을 한다든가. 약하다고 무시한다든가 하는 사람을 보고 우리는 짐승만도 못한 놈이라는 말을 하는 소리를 듣는다.

팩트로 사건이 일어난 사실을 말씀드리고자 합니다.

읍내에서 2km 떨어진 시골 마을에 두 노인만 살고 계시는 한 가정이 있었습니다. 할아버지는 85세, 할머니는 87세로 할머니가 2살이 많았습니다. 그런데 아들 1명 딸 2명이 모두 시집 장가를 가셨고 아들은 3년 전만 해도 노부모를 모시고 면사무소를 다니셨었는데 인사이동으로 멀리 군청으로 전근 발령을 받아 집에서 부모님을 모실 수 없게 되었습니다. 아들이 고심 끝에 인도견 한 마리를 부모님에게 붙여주고 떠나기로 하고 훈련을 잘 시키어 눈이 어두운 부모님이 외출 시에는 안내를 하도록 훈련을 시켜서 부모님이

들에 간다든지 매월 1회 보건소에서 검진을 받는다든지 할 때에 목줄을 따라 움직일 수 있도록 훈련을 잘 시켜 놓고 새로운 전근 부서로 이사를 가셨습니다.

그러던 어느 날 보건소에 가시는 날이 되어 집 문을 나서서 인도견의 안내를 받으며 할아버지 할머니가 보건소로 향하여 가고 있었습니다. 조심스레 길을 가던 중에 그만 할머니가 돌뿌리에 걸려 넘어지고 말았습니다.

할아버지와 똘이(안내견)가 일으켜 세우려고 애를 썼으나 할머니를 일으켜 세울 수는 없었습니다.

그러자 똘이가 멍멍거리며 지나가는 사람들을 보고 구해달라는 요청을 하였으나 지나가는 사람들은 왜 그러지 하는 의아스런 눈빛만 보낼 뿐 도와주는 이는 없었습니다.

할머니는 점점 힘이 빠져가는 모습이었습니다. 똘이는 초조해지기 시작을 하였으나 대책이 없었습니다.

한동안 짖고 끙끙거리다가 똘이는 무언가를 생각하는 듯하더니 할아버지를 힐끔 한 번 보고는 달리기 시작하였습니다.

똘이가 침을 흘리며 정신없이 달려간 곳은 매월 1회씩 가는 보건소였습니다. 보건소 앞에서 볼 거 없이 진료실로 달려가 간호사의 가운을 물고 밖으로 나오는 것이었습니다.

간호사가 똘이를 알아보고 눈치를 챘습니다. 똘이야 왜 그래 하면서 함께 달려갔습니다. 현장에 다다랐을 때 할머니는 위험한 순간이었습니다. 간호사는 즉시 앰뷸런스를 호출하여 긴급수송 하였으므로 가까스로 할머니의 목숨을 구할 수 있었습니다. 사람이 해야 할 일을 짐승이 하는 경우를 우리는 종종 봅니다. 짐승도 지능이 있다고 함은 우리는 알고 있습니다. 지능이 높은 개는 사람 백치의 지능과 맞먹다고 합니다.

그러나 이런 경우는 지능지수의 높고 낮음과 다른 차원이라 생각됩니다. 해야 할 일 해서는 안되는 당위성의 문제라 생각하지 않을까요.

그래서 해서는 안 되는 일을 할 경우에 우리는 개만도, 짐승만도 못한 사람이라는 표현으로 말을 하고 있지 않나 생각합니다.

코드가 맞지 않는다고 문자폭탄을 맞고 파렴치한 위원을 비판한다고 출당 조치하고 대표라는 사람은 함구령을 내리고, 정의는 그들만의 정의로 남아있고 진실은 그들만의 진실로 묶여있고 진보 학자인 최장집 교수는 "민주당에 민주주의가 없다."라고 말하였다.

민주당은 비판과 이견이 허용되지 않는 거수기일 뿐입니다. 그들은 다수의 의원수를 내세워 하고 싶은 모든 일을 옳고 그름 없이 밀어붙입니다. 위헌 요소가 즐비한 공수처법을 통과시키고 대통령의 20년지기를 당선시키기 위하여 청와대 실세들이 대거 앞장서서 공작을 벌여놓고 검찰이 수사하자 수사팀을 공중분해 인사학살을 자행했습니다.

이처럼 역대 어느 정권에서도 시도하지 못했던 반민주적 일들을 민주화 운동을 했다는 정권에서 계속적으로 벌이고 있습니다.

아버지의 인생수업

일일이 저들의 만행을 나열하기는 한이 없음은 대한의 하늘 아래 사는 국민은 알고도 남을 것입니다.

다만 옳은 것을 옳다고 말을 할 수 없음이 안타까울 뿐입니다.

신문 칼럼을 쓴 기자를 선거법 위반이라고 협박하고 '김정은 대변인'이라고 표현한 외신기자를 매국노라고 합니다. 이 밖에도 5·18에 대한 의견을 말하면 감옥 보내고 대자보 붙인 청년에게 유죄판결을 정권실세 비리는 검찰만 가면 사라지고 표현의 자유는 여권에만 있고 사법부와 검찰은 정권의 애완견이 된지 오래가 되었습니다.

그럼에도 불구하고 문재인은 우리 민주주의는 남부럽지 않게 성숙되어 간다고 지나가는 소가 웃을 소리만 하고 있습니다.

말하지 않는다고 진심이 없는 것은 아니지 않습니까?

위정자들이 싸우고 수자로 몰아세움을 말은 안 해도 진심은 다 지켜보고 알고 있는 줄 믿습니다.

2년 전 서울시장, 부산시장 보궐선거 때에 지인은 말했습니다. 대한민국의 국운이 달린 선거라구요.

그것을 모르는 사람이 있었겠습니까. 모른다면 좌파나 모르겠지요.

그러나 약자는 말이 없었습니다. 몰랐을까요? 천만에요. '사필귀정'이라는 말, 콩 심은 데 콩 나고 팥 심은데 팥 나고 하는 말을 잘 알고 있었습니다.

자업자득이라는 말도 알고 있고 말구요.

요 선거가 끝나고 지인은 그렇게 말했습니다. 이제는 되었다. 살았다. 하나님이 대한민국을 버리지 않았구나라고 환호성을 질렀다고 말입니다.

이제는 단초를 마련했으니 국민을 믿고 뛰어야지요. (정치하는 사람들) 그 대신 겸손해야 하구요.

한편 그런 생각을 합니다. 자만하지 말자. 진실하자 더 낮아지자 하고 다짐을 합니다.

진실은 항상 어디서나 통하는 것임을 모두가 알아주셨으면 합니다.

아버지의 인생수업

7. 능력이
사람을 만든다

夜半逃走(야반도주)를 아시나요.

이 말은 떳떳지 못한 사람이 인적이 왕래가 드문 시간을 틈타 도
망한다는 말입니다.

우리나라 제1기업이었던 현대건설의 창업주인 정주영 회장이 고
향 집에서 소 판 돈을 훔쳐서 서울로 도망을 올 적에 야반도주하였
다는 그의 저서 『신화는 없다』에서 나오는 말입니다.

시골(강원도 인제)에서 농사꾼의 아들로 태어나 형제가 아홉인가
로 기억합니다. 살길이 막막했던 시절 맏아들로 태어난 정주영은
어느 날 결심을 하고 아버지가 소를 파는 것을 눈여겨 보아두었다
가 그 돈을 훔쳐서 서울로 도망을 쳐서 올라옵니다.

맏아들이었던 정주영은 처음으로 건설회사 막노동꾼으로 서울역
판자촌에서 기거를 하면서 막노동꾼으로 생계를 연명하면서 살아
갑니다.

원래가 시골에서 자랐지만 뛰어난 감각이 있어 현장자재관리 팀
장을 맡아 자재관리는 물론 시골에서 올라온 인부들도 함께 관리

를 받아 판자촌에서 함께 지내게 되었습니다.

그 시절만 해도 위생관리가 잘되지 않았던 시절로 머리 감기는 물론 목욕도 제대로 못 하는 시절이었으므로 머리에는 이가 많았고 몸에도 이가 많이 기생하므로 날씨가 따뜻하면 옷 밖으로 이가 기어나와 다니곤 하여 주위 사람이 잡아주곤 하는 경우가 많았습니다.

그때만 해도 정주영 회장의 열기는 하늘을 찌를 듯 사기가 충전이 되었던 터라 현장에 군화를 신고 나타나면 인부들은 쥐구멍이라도 들어가고 싶을 정도로 서슬이 시퍼렇게 호통을 치곤 하였다 합니다.

한편 미8군이 용산에 있을 때 일입니다. 그해 어느 해인가는 정확히는 모르지만 1950년쯤인가 아이젠하워 미국 대통령이 미8군 사령부를 용사들의 사기 진작을 위하여 갑작스럽게 방문을 한다는 연락으로 미군 사령부는 비상이 걸렸습니다. 방한 시에 묵을 숙소가 문제였습니다. 그때는 전흔의 상처가 채 아물지도 않았고 폐허가 된 서울에는 온전한 변기(수세식) 하나 남은 것이 없었던 때였습니다.

미8군에서 한국의 건설회사에 수소문을 해서 수세식 화장실을 설치할 것을 제안하였습니다. 하겠다고 선뜻 나선 건설사가 정주영 회장의 현대였습니다. 그때만 해도 정주영 회장은 돈 되는 일만 있으면 불속이라도 뛰어들 기세로 저돌적으로 수주를 맡을 때였습니다.

인부를 풀어서 폐허가 된 서울의 가정은 물론 모든 곳을 수색하던 중 고물상 지인 노인을 우연히 만났습니다. 사실을 털어놓으면서 노인으로부터 어느 부자집 화장실에서 행여나 필요할 줄 몰라서 수집한 수세식 변기를 찾아냈습니다. 구세주를 만난 것 같은 반가움에 고가로 구입을 하여 설치를 하였습니다. 사용할 줄도 모르고 설치하다가 물벼락을 맞기도 한 끝에 완전무결하게 완성을 한 후 보고를 하였습니다. 미8군에서 확인하고 엄지손가락으로 원더풀을 연방하며 땡큐땡큐 하는 것이었습니다.

그러면서 그들은 또 다른 제안을 하는 것이었습니다. 헬기장을 푸른 잔디로 설치해 달라는 것이었습니다. 돈은 얼마든지 주겠다는 것이었습니다. 정주영 회장은 잠시 생각하더니 "OK, 하겠습니다. 돈만 많이 주십시오." 하고 모든 건설사를 제치고 수주를 딴 것입니다.

기한은 일주일이었습니다. 한겨울에 잔디를 구하기란 하늘의 별 따기였습니다. 현대건설 임원 이하 직원이 비상이 걸렸습니다. 정주영 회장은 직원을 낙동강가로 급히 보내며 주변에 있는 보리밭을 둘러보고 오라 하였습니다.

가서 주변에 보리밭에 보리싹이 얼마나 컸는지를 확인을 하고 파란색이 얼마나 있는지 확인한 결과 있으면 모두 계약을 하라고 급파했습니다. 결과는 긍정적이었습니다.

정주영 회장은 미8군에 지원 요청을 하였고 시간 관계로 보리는 헬기로 운송하여 용산 미8군 헬기장에 심기 시작하여 대통령이 오기 전날에 푸른 잔디를 헬기장에 깔아놓았습니다.

사방은 흰 눈으로 덮혀 있는데 파란 잔디(보리)를 깔아놓으니 공

중에서도 선명하게 보였을 것입니다. 얼마나 장관이었는지요. 원더
풀 일색이었다 합니다.

현대전설의 정주영 회장이 대한민국의 제1의 기업으로 성장하는
계기가 될 줄이야 누가 알았겠습니까.

그 이후부터 미8군 공사는 물론 미8군에서 나오는 고철은 모두
현대건설의 독식으로 어마어마한 부를 챙길 수 있는 계기가 되었
다 합니다. 우리는 이러한 상황을 운이라고도 하기도 하고 어떤 사
람은 두뇌가 있다고 하기도 합니다. 물론 상황에 따라 판단도 중요
하고 용기도 필요하다고 합니다. 그것이 능력이라고 합니다.

타고난 운명이라고도 합니다. 잘되면 내 탓이요. 못되면 조상 탓
이라고도 하지요.

그러나 사람은 노력하는 자에게 능력도 주고 복을 주는 것을 우
리는 잊지 말아야 합니다.

그것이 그 사람을 만들지요. 노력도 없이 요행을 바라는 것은 심
정이 올바른 사람이 아니지요. 공부 안 하고 만점 맞기를 원하는
수험생과 마찬가지지요.

고생 끝에 낙이 오고 노력 끝에 복이 오는 것을 우리는 어쩌면
당연한 것으로 받아들이고 있습니다.

세상에 살면서 욕심부리지 않는 사람이 있을까 하는 생각을 해
봅니다. 돈도 많이 벌고 싶고, 훌륭한 사람도 되고 싶고 남보다 잘
되고 싶고 자식도 훌륭하게 키우고 싶고 모든 것을 남보다 잘되고
싶고 많이 갖고도 싶을 것이다. 그래서 욕심도 부리고 노력도 해보

고 하지요. 그러다가 안 되면 포기하고 좌절하고 죄도 짓고 살아가지요. 사람은 병에 걸리면 병원에 가서 의사에 진료로 치료를 받고 건강이 회복되지요 그러나 의술로 치료할 수 없을 때에는 의사한테 매달려 사정을 하지요 그러다가 안 되면 이런 의사 또 다른 의사를 용하다는 의사 유명하다는 의사를 두루 수소문하여 찾아다니지요. 그래도 안 되는 경우에는 마지막으로 신의 힘을 빌리게 되는 단계로 넘어갑니다. 하나님, 부처님 등 평소에 믿든 신이든 맞지 않는 신이든 지푸라기라도 잡는 심정으로 나의 모든 것을 다 드릴 테니 살려주십시오 하고 매달리는 단계가 온답니다.

그 단계가 마지막 단계라 합니다.

그러나 그러한 질병으로의 과정과 달리 사업에 실패나 자산탕진 등으로 비관하여 절명하는 경우 또한 상당함을 봅니다.

절명(絶命)하는 사유로 통계를 보면

1. 경제적 어려움 38.2%

2. 질병장애 19.0%

3. 고독 13.4%

4. 가정불화 11.9%

5. 직장 8.7%

6 기타

순이라고 합니다.

사람이 태어나서 한평생 살다 감은 누구에게나 똑같이 주어진바 남을 위하여 살지는 못할망정 날의 마음을 아프게 하는 삶은 살지 말다 가야 하지 않겠는가 말입니다.

바라건대 사람은

- 하나님의 종으로

- 의의 종으로

- 순종의 종으로 살다 감이 올바른 삶이 아닌가 합니다. 감사합니다.

사랑합니다.
감사합니다.